오버 더 센츄리
Over The Century

오버 더 센츄리 8

이영호 판타지 장편 소설

초판 1쇄 찍은 날 § 2002년 12월 24일
초판 1쇄 펴낸 날 § 2002년 12월 30일

지은이 § 이영호
펴낸이 § 서경석

편집장 § 문혜영
편집책임 § 권민정
편집 § 장상수 · 박영주 · 김회정 · 이종민
마케팅 § 정필 · 강양원 · 이선구 · 김규진

펴낸곳 § 도서출판 청어람
등록번호 § 제1081-1-89호
등록일자 § 1999. 5. 31
어람번호 § 제1-0334호

주소 § 경기도 부천시 원미구 심곡1동 350-1 남성B/D 3F (우) 420-011
전화 § 032-656-4452 팩스 § 032-656-4453
http://www.chungeoram.com
E-mail § eoram99@chollian.net

값 7,500원

ISBN 89-5505-535-8 (SET)
ISBN 89-5505-568-4 04810

이영호 판타지 장편 소설

오버 더 센츄리

Over The Century

8 완결

새로운 시작을 준비하며

도서출판 청어람

제1장 **또 재회**

퍼쿵과 아이들은 아무것도 모른 채 나리를 만나러 꼬치의 동굴로 가는 중이었다. 피코와 보보는 자리코에 대한 얘기를 일체 하지 않았다. 이들을 놀라게 해주기 위해서였다. 꼬치와 혼혈 들개족들 역시 아무 말 하지 않았다.

걷는 내내 피코와 보보의 표정을 살피던 유코가 궁금증을 더 참지 못하고 물었다.

"보보, 너 왜 그렇게 싱글벙글이니? 뭐 좋은 일이라도 있어?"

"응? 아, 아니야, 그냥……."

"이상한데? 피코도 그렇고 너도……. 아까부터 둘이서 눈짓을 주고받는 거 다 봤어. 얼른 불어!"

보보가 당황하며 손을 내저었다.

"그, 그게 무슨 말이야, 눈짓을 주고받다니? 우린 그런 적 없어!"

유코가 퍼쿵에게 업혀 있는 치요의 옆구리를 쿡 찔렀다.

"치요, 아까 너도 봤지? 분명히 애들 무슨 꿍꿍이가 있어. 안 그래?"

치요는 대수롭지 않다는 듯 대답했다.

"글쎄, 난 잘 모르겠는데?"

유코는 치요의 대답이 시원치 않자 이번에는 퍼쿵에게 물었다.

"오빠, 퍼쿵 오빠는 어때요? 제가 보기에는 애들이 지금 뭔가를 숨기고 있는 것 같거든요?"

퍼쿵이 미소를 지었다.

"그래? 오빠도 잘 모르겠는걸. 유코가 보기에는 저 애들이 뭘 숨기는 것 같으냐?"

"그건 점쟁이가 아니라서 잘 모르겠지만… 어쨌든 아침부터 계속 실실 웃는 게 좀 수상쩍거든요. 여자로서의 직감인데 틀림없어요!"

"삐비비!"

멋도 모르는 우레만이 유코의 말에 동의하듯 팔짱을 끼는 시늉을 하며 피코와 보보를 흘겨봤다. 그러자 유코는 최초의 동조자가 나옴에 기뻐하며 목소리를 높였다.

"그렇지? 너도 그렇게 생각하지, 우레?"

"삣!"

우레는 마치 뭘 안다는 듯 고개를 끄덕이며 다시 소리쳤다.

그러자 다른 사람들이 일제히 웃음을 터뜨렸다.

"하하하!"

"푸하!"

피코가 킥킥거리며 말했다.

"야, 우레가 뭘 안다고 그렇게 생각해? 쟤가 무슨 생각이라도 하고 시는 놈이냐?"

꼬치와 들개족들도 웃겨 죽겠다는 표정이었다.

"와아! 대단한 짐승인데, 저 조그만 털복숭이! 생각도 다 하고?"

"그러게 말입니다. 사람들이 뭘 숨긴다는 것을 눈치 채다니……. 아마 사람보다도 훨씬 머리가 좋은가 봅니다! 하하하!"

그러자 피코가 들개족들에게 짐짓 주의를 주듯 힘주어 말했다.

"어허, 쟤들을 무시하지 말라고! 유코와 우레는 똑같이 머리가 좋은 애들이니까!"

"하하하, 그렇구나! 둘이서 지능지수가 똑같이 높은 거구나!"

"와하하하!"

모든 사람이 일제히 웃어대자 유코의 얼굴이 새빨개졌다. 짐승하고 지능지수가 똑같다는 말에 자존심이 팍 상하면서도 제 무덤 제가 팠기 때문에 아무 말 못하고 얼굴만 붉히며 참고 있었다.

"삐빗!? 삐비비빕! 비비비? 삐비비!"

자신을 놀리는 분위기라는 것을 눈치 챈 우레만 여기저기 삿대질을 하며 소리를 질러댔다.

일행은 그 일 덕분에 한참을 웃으며 지루하지 않게 산길을 걸어왔다. 유코는 우레를 어깨에 얹고 걷기도 하고 힘들어지면 우레에게 매달려 날아가기도 했다. 그러다가 동굴에 거의 다 도착했을 때 일행에게 말했다.

"참, 나 먼저 날아가도 되는데……. 오빠, 나 우레랑 먼저 동굴에 가 있으면 안 돼요? 이렇게 힘들게 걸어올 것 없이 우레랑 날아갔으면 벌써 갔을걸."

그러자 퍼쿵이 미소 지으며 말했다.

"이제 다 왔는데 같이 가지 뭐. 많이 힘들면 오빠가 유코까지 안고 가줄까?"

유코가 배시시 웃었다.

"아, 아니에요. 나까지 안고 가면 오빠가 너무 힘들잖아요."

몸을 비비꼬며 웃는 게 꼭 바라면서 아닌 척 내숭을 떠는 걸로 보였다.

그 말에 피코가 다시 피식 웃었다.

"풋! 네까짓 게 몸무게가 얼마나 나간다고 퍼쿵이 힘이 드니? 너, 오십 킬로나 나가냐?"

유코가 피코를 흘겨보았다.

"홍, 내가 뭐 어린앤 줄 알아요? 나도 나갈 만큼은 나가요! 다 컸다구요!"

"그래? 어디 한번 볼까?"

"꺄악!"

갑자기 피코가 유코를 번쩍 안아 들자 그 바람에 유코가 비명을 내질렀다.

"훗! 이거 사십 킬로나 되겠어? 퍼쿵은커녕 나라도 너 정도 무게는 기별도 안 간다고."

유코가 발끈해서 말했다.

"어서 내려놓기나 해요! 여자가 무거운 것보다는 가벼운 게 낫죠 뭐! 날씬한 것도 흠인가?"

그러나 피코는 유코를 내려놓지 않고 퍼쿵에게 건네주었다. 그리고 치요를 안아 들었다.

"내가 치요를 업고 갈게, 퍼쿵이 유코를 안고 가. 아무래도 애가 그걸 바라는 것 같아."

"그럴까? 그럼 그렇게 하지."

퍼쿵이 유코를 받아 들고는 번쩍 들어서 목 뒤로 넘겨 목마를 태웠다. 그 순간이었다. 유코가 엉덩이를 뒤로 빼며 퍼쿵의 목에서 몸을 떼어냈다.

"앗! 앗! 오빠, 안 돼요! 목마는 안 돼요!"

"응?"

"나, 나 그냥 걸어갈래요. 내려주세요! 빨리요!"

유코가 기겁을 하며 소리치자 모든 사람들이 깜짝 놀라서 그녀를 바라봤다. 유코는 얼굴은 물론 목덜미와 팔, 다리까지 새빨갛게 달아올라 있었다.

잠시 어리둥절해 있던 퍼쿵은 곧 무슨 말인지 깨닫고 덩달아 얼굴을 붉히며 얼른 자신의 목 뒤에 앉혔던 유코를 앞으로 다시 당겨 안았다. 그리고 떠듬떠듬 얼버무렸다.

"미, 미안. 오, 오빠가 깜빡 잊었다. 아하, 아하하! 지금 목… 그, 그래, 목이 아프다는 걸 깜빡 했네. 앞으로 안아줄게."

잠시 동안 어리둥절 바라보던 피코와 보보, 그리고 치요와 우레도 그제야 무슨 말인지 생각난 듯 얼굴을 붉히며 풋 하고 각자 웃음을 삼켰다.

유코는 지난번 퍼쿵의 목마를 탔다가 어느 부위에 전달되는 강한 진동에 너무 흥분해서 소변까지 지렸던 망신스런 사건을 떠올린 모양이었다. 그래서 퍼쿵이 목마를 태우려는 순간 소스라치게 놀라며 거부한 것이 틀림없었다.

퍼쿵 일행은 모두 얼굴을 붉힌 채 말없이 가던 길을 갔고 꼬치와 두들개족 청년만이 아직도 영문을 몰라 멍한 표정을 짓고 있었다.

이제 조금만 더 가면 동굴이 보일 것이다.

나리와 자리코는 강변 쪽의 동굴 입구에 몸을 숨기고 앉아서 얘기를 나누고 있었다. 매일 두 명씩 보초를 서는 그 위치에 소년들 대신 나리와 자리코가 앉아 있었다. 이를 테면 보초를 대신 서주는 중이었는데 보초도 서고 둘이서 누구의 방해도 받지 않고 데이트를 즐기는 중이기도 했다.

물론 경계의 중요성을 누구보다 잘 아는 나리가 보초를 게을리 하지는 않았지만 그래도 이렇게 하지 않으면 대낮에 자리코와 단둘이 있기가 어려웠다. 밤마다 둘이서 꼭 안고 자기는 하지만 곧 헤어지게 될 것을 생각하면 이들에게는 낮의 시간도 아까웠다. 곧 퍼쿵 일행이 돌아오면 자리코를 데리고 떠나게 된다는 것을 잘 알고 있기 때문이었다.

그래서 서로 말은 하지 않았지만 각자 헤어질 시간이 다가옴에 맘 졸이고 있었다.

나리가 어딘지 아쉬운 표정으로 말했다.

"오늘쯤이면 꼬치님이 퍼쿵과 함께 돌아올 것 같구나. 벌써 떠난 지이틀이나 지났으니."

자리코가 강을 바라보면서 말했다.

"벌써 이틀이나 되었나?"

"응, 이틀이 더 되었지. 정확히 말하면 오늘 아침 동이 틀 때가 이틀째였으니까."

"…시간 되게 빨리 간다. 그치, 오빠?"

"응."

"자리코, 고향에 가면 친오빠를 만나겠구나."

"응, 오빠가 기다리고 있을 거야."

"네 오빠는 네가 죽은 줄 알고 있다면서?"

"응, 그럴 거야. 피코가 죽었다고 말했다니까."

"그럼 이번에 너를 만나면 되게 좋아하겠다. 얼마나 기쁠까? 죽은 줄만 알았던 동생이 살아 돌아왔으니."

"응, 아마 우리 오빠 울 거야."

"너는?"

"나? 나는… 흑!"

자리코가 말하다 말고 눈물을 뚝뚝 떨어뜨렸다. 그러자 나리가 미소를 지으며 손바닥으로 자리코의 뺨에 흐르는 눈물을 닦아주었다.

"뭐, 뭐야? 자리코는 벌써 우는 거니?"

"흑, 오빠 생각하니까 눈물이 나와."

자리코는 겸연쩍어서 배시시 웃음을 지었지만 눈에는 눈물이 그렁그렁했다. 나리는 그런 자리코를 살며시 당겨 뒤로 돌리더니 제 무릎 위에 앉혔다.

이제 두 사람은 자연스럽게 손을 잡거나 서로를 안았다. 며칠 동안 함께 지내면서 서로에 대한 표현이 상당히 자연스러워졌다. 다만 둘 다 말로는 속마음을 표현하지 못하고 그저 의남매로서 사랑하는 척하는 중이었다.

나리가 그녀를 등 뒤에서 안은 채 가만히 귓가에다 속삭였다.

"나도 네 오빠 자라목이라는 분… 한번 만나봤으면 좋겠다."

자리코가 고개를 돌려 나리의 얼굴을 그윽하게 올려다보았다. 나리의 뺨에 자리코의 입술이 닿을 듯 말 듯했다. 그녀의 얼굴에는 아쉬움과 설레임이 가득 묻어 있었다.

나리가 자리코의 머리카락 냄새를 맡으며 다시 말했다.

"자리코를 이렇게 예쁘게 키워준 너의 오빠가 궁금해. 멋진 사람이 겠지?"

"응, 우리 오빠는 아빠나 마찬가지였어. 나를 위해서 자신의 모든 것을 희생했어. 청춘도, 젊음도 다 버리고 직업군인이 되었으니까."

"오직 동생을 위해서? 좋은 사람이구나."

자리코가 나리의 손을 꼭 쥐었다.

"응, 나리 오빠만큼 좋은 사람이야."

나리가 약간 어색한 웃음을 지으며 고개를 저었다.

"나? 아니, 나는 그렇게 훌륭한 사람이 아냐."

"훌륭한 사람이야."

"아니라니까."

"나한테는 나리 오빠가 생명의 은인인걸?"

나리가 자리코의 손을 마주 잡으며 말했다.

"사실… 진짜 생명의 은인은 그 녀석이야. 지난번 봤던 내 친구 있지?"

"그 덩치 큰 아저씨 말야?"

"아저씨는 아니고… 나랑 동갑이니까."

"그, 그래도 아저씨같이 생겼던걸?"

"하하, 아무튼 그 친구가 아니었으면 난 네가 거기 잡혀 있는지도 몰랐을 거야."

나리의 말에 자리코가 약간 시무룩한 표정을 지었다. 지금 이 순간 그녀에게는 나리가 자신의 우상이었고 모든 것이었다. 그녀는 그 신비로움이 깨지는 게 싫었다.

그녀가 나리의 무릎에서 내려오더니 그의 앞에 무릎을 꿇고 마주 앉아 대답했다.

"아냐, 그래도 나리 오빠는 내 생명의 은인이야!"

"물론… 내가 먼저 알았다면 널 들개족의 마을로 데려가지도 않았을 거야. 하지만 그때 난 퍼쿵의 약을 구하러 바다에 나가 있었어."

자리코가 할 수 없이 수긍했다.

"그, 그야 그렇지."

"그랬어. 그때 난 없었어. 대신 그 친구가 널 그 왕도마뱀으로부터 구해냈잖아. 그리고 거기 놔두면 죽을 것 같아서 성으로 업고 들어갔대. 그리고 나를 만나자마자 네 얘기를 한 거야. 불쌍한 여자를 데리고 왔는데 장교들이 못된 짓을 한다고 나보고 널 데리고 나가 달라고 말야."

"그랬었구나."

"그래, 엄밀히 따지면 그 친구가 널 세 번이나 살려준 거란다."

얘기를 듣던 자리코는 이제 감상에 젖은 표정이 되었다. 그때의 기억이 되살아나서 몸서리가 쳐지는 것 같았다. 그녀의 기분을 눈치 챈 나리가 급히 말을 돌렸다.

"아, 그보다 자리코, 네 오빠 얘기를 좀 더 해줄래?"

그러나 자리코는 잠시 말이 없더니 다시 그 얘기를 꺼냈다.

"그러고 보니 그분에게 고맙다는 말도 제대로 못하고 왔네."

"자리코……."

자리코가 차분히 미소를 지으며 나리를 바라보았다.

"나 이제 괜찮아. 그때 얘기를 해도 아무렇지도 않아. 다 지난 일인걸."

나리가 그녀의 눈을 들여다보며 말했다.

"그래도 퍼쿵 일행에게는 말하지 않는 게 낫지 않아?"

"별로 말하고 싶지는 않지만… 하지만 숨길 이유도 없어. 숨긴다고 그 사실이 없어지는 것도 아닌데……."

"자리코……."

나리가 그녀를 측은하게 바라보았다. 그러나 그녀는 아무렇지도 않은 표정으로 나리에게 부탁했다.

"오빠가 나중에 그 친구 분을 만나면 꼭 고맙다고 전해줄래? 내가 진심으로 고마워하고 있다고 말야."

"그래, 알았어. 꼭 전해줄게."

"그분 이름이 뭐야?"

"루루, 루루라고 해."

"어머, 예쁜 이름이네?"

자리코의 반응에 나리가 피식 웃었다.

"왜 웃어?"

"이름이 예쁘니?"

"응, 여자 이름 같아."

"후후, 인간족들 말로는 그렇지? 별다른 뜻이 없으니까. 그런데 그 이름 말야, 들개족 토종 말로는 '바보'라는 뜻이 있어."

자리코가 눈을 동그랗게 뜨며 되물었다.

"바, 바보?"

"하하, 그래."

"왜 그런 이름을 써? 다른 이름을 사용해도 될 텐데?"

"원래 이름이라는 게 자기가 짓는 게 아니잖아. 그 녀석, 어려서부터 루루라는 별명으로 불렸던 게 그냥 이름이 된 거야. 지금은 오히려 인간족의 말이 더 많이 사용되어서 진짜로 '바보'라고 불리기도 해. 너무

착해서 항상 남들에게 양보만 하고 살거든. 하지만 진짜 바보는 아냐."

자리코가 고개를 끄덕였다.

"그만큼 착한 사람이었나 보네?"

"응, 사실 나도 그 친구가 아니었으면 어렸을 때 죽었을지 몰라."

"왜?"

"난 고아 외톨이에다가 거지였잖아. 정말 굶기를 밥 먹듯이 했지. 그래서 이렇게 키도 작고……."

자리코가 위로하듯 나리의 어깨를 쓰다듬으며 말했다.

"괜찮아. 그래도 오빠는 멋있는걸?"

"그, 그래? 고마워. 어쨌든 내가 굶어 죽을 뻔할 때마다 루루 녀석이 내게 먹을 것을 가져다 주곤 했었어. 그 일이 없었다면 정말 그때 굶어 죽었을 거야. 게다가 루루의 아버지는 날 자유민으로 만들어준 분이서."

"자유민?"

"그래, 난 원래 주인이고 뭐고 없었던 고아 거지였지만 아홉 살 때쯤인가 나쁜 놈에게 잡혀 노예가 되었던 적이 있었어. 그때 루루의 아버지가 전 재산을 다 가지고 와서 나를 도로 사 가셨지. 그리고 노예 문서를 태워 버리고 내게 자유민의 호적을 만들어주셨어. 전 재산을 다 들여서 말야."

자리코가 감동하는 표정을 지었다.

"정말 착한 분이구나, 그 오빠의 아버지는."

"그래, 그런데 내가 열네 살 되던 해에 돌아가셨지. 은혜를 갚지도 못했는데……."

"그 아버지가 착해서 루루 오빠도 착했나 봐."

"그래, 그런 사람들은 다시없을 거야. 당시에는 난 정말 절박했지. 굶어 죽기 직전에 그 녀석이 가져다 준 고기 조각 하나로 아사(餓死)를 면하곤 했으니까."

"우리 둘 다에게 생명의 은인이었구나, 그 오빠는."

"응, 맞아. 그런데 난 아직도 신세를 갚지 못했어. 언젠가 꼭 갚을 날이 있겠지 하면서도 아직……. 그전에 그놈이나 나나 죽지나 말아야 할 텐데……."

자리코가 깜짝 놀라며 바르르 떨었다.

"주, 죽다니? 왜?"

"곧 전쟁이 일어날 것 같아. 그 녀석은 터치의 군대에 있고 난 반대 세력이니까 언제 전쟁에 휘말릴지 알 수 없잖아? 이를 테면 우린 적이라고 할 수 있어. 후후, 참 웃기는 운명이지 않니?"

자리코가 나리의 목을 팔로 휘감으며 와락 매달렸다.

"무서워, 그런 말. 아무도 안 죽었으면 좋겠어."

"그래, 죽지 않을 거야. 여태까지도 잘 살아왔는데 뭐."

"오빠, 영원히 날 지켜준다 했던 말 잊지 마."

"영원히……."

"약속했잖아? 영원히 날 지켜준다고. 손가락 걸고 약속한 거 벌써 잊었어?"

나리도 자리코의 등을 감싸 안고 토닥였다.

"잊지 않았어. 내가 살아 있는 한 언제까지나 지켜줄 거야."

"오빠……."

자리코가 나리의 귀에다 대고 속삭였다.

"오빠, 이 다음에 전쟁이 끝나고 평화로운 날이 돌아오면 우리 같이 살 수 있을까?"

"같… 이?"

"응, 나리 오빠랑 나랑… 둘이 함께 살았으면 좋겠어. 그리고 우리 오빠도 같은 마을에서……. 또 퍼쿵 오빠랑 피코랑, 보보, 유코, 치요, 그리고 우레도 말야. 아, 그리고 그 루루 오빠도 같이 모두 어울려서 행복하게 살 수 있으면 좋겠어, 나는."

나리는 아무 대답 없이 아련한 눈으로 먼 산을 바라봤다.

'그런 날이 올까? 그런 날이 오면, 인간족과 들개족이 서로 해치지 않고 평화롭게 살 수 있는 그런 날이 오면 나는 너와… 너와… 꼭 결혼을 하고 싶다. 꼭!'

나리와 자리코는 그렇게 오랫동안 서로를 부둥켜안고 있었다. 아무 말없이 그냥 서로의 등을 어루만지고 있었다.

"쉿!"

갑자기 나리가 자리코의 입을 막았다.

"……?"

자리코는 깜짝 놀라며 본능적으로 몸을 움츠리며 나리의 품 안으로 고개를 묻었다.

나리 역시 몸을 바싹 낮추어 숨기며 바깥을 향해 귀를 기울였다. 그리고 바람의 방향에 따라 코를 벌름거리며 냄새를 맡았다. 서쪽에서 불어오는 강한 강바람에 의해서 누군가 접근하고 있다는 것을 알 수 있었다.

나리는 순간 잔뜩 긴장한 표정으로 자리코를 동굴 안으로 밀었다. 그녀에게 안으로 깊숙이 들어가라고 손짓했다.

자리코는 고개를 저으며 나리의 옷자락을 붙들고 늘어졌다. 그러나 나리는 그녀의 뺨을 한번 쓰다듬어 주고는 그녀의 이마에 급히 입을 맞춘 다음 다시 그녀의 등을 떼밀며 속삭였다.

"제발… 자리코, 저기 안에 가 있어. 저기 안에 돌무더기 너머로 가서 아무 소리 내지 말고 숨어 있어. 오빠가 곧 데리러 갈게. 응?"

자리코는 눈물을 글썽이며 도리질했다. 그러자 나리가 사정하듯 두 손을 내밀며 다시 귓속말을 했다.

"자리코, 제발 부탁이야. 여기 이렇게 있으면 네가 너무 위험해져. 그러니까 제발……."

그러자 자리코도 지지 않고 속삭였다.

"싫어, 오빠랑 함께 있을 거야. 오빠 혼자 위험하게 놔두지 않을 거야. 오빠 죽으면 나도 같이 죽을래!"

그러자 나리가 애써 미소를 지으며 자리코의 이마에 꿀밤을 살짝 먹였다.

"바보, 내가 왜 죽어? 그리고 네가 옆에 있으면 오빠가 더 위험해지는 것도 모르지? 네가 안전한 곳에 있어야 오빠도 안심하고 뭘 할 수 있단 말야. 그러니까 안에 들어가 있어야 도와주는 거야. 자, 어서! 시간이 없어. 벌써 많이 가까워졌어."

그 말을 듣고서야 자리코는 눈물을 글썽이며 주저주저 안으로 걸음을 옮겼다.

나리는 그녀가 어둠 속으로 사라지는 것을 주시하는 한편 밖의 소리와 냄새에 신경을 곤두세웠다. 상대는 다행히 바람이 불어오는 서쪽에서 접근해 오고 있었다.

'꼬치님인가? 꼬치님과 퍼쿵 일행이 돌아오는 건지도 몰라. 제발 그래 주었으면 좋겠군. 다른 적을 맞이하기에는 지금 시기가 좋지 않아.'

나리는 그런 생각들을 하면서 살며시 고개를 내밀었다. 보초가 숨도록 만들어진 이곳은 미리 수풀로 위장을 잘 해놓았기 때문에 이쪽에서는 사방을 다 감시할 수 있어도 밖에서는 이쪽을 들여다볼 수 없었다. 덕분에 소리를 내거나 특이한 냄새를 풍기지만 않는다면 적에게 들킬 염려가 없었다.

나리는 수풀 사이로 소리와 냄새를 찾아 주시했다. 그리고 오래지 않아 접근하는 무리를 볼 수 있었다. 그 순간 가만히 숲 쪽을 살펴보던 나리의 표정이 일순간 확 밝아졌다. 입가에 미소까지 드리워졌다.

멀리 숲 속에서 퍼쿵의 커다란 몸집이 우거진 수풀을 헤치며 불쑥 나타난 것이다. 그의 굵은 팔뚝 위에 고양이처럼 올라 앉아 있는 유코와 등 뒤에 멘 거대한 검도 보였다. 그리고 그 뒤로 치요를 업은 채 날렵한 발걸음으로 나타나는 피코와 조금 지쳐 보이는 보보, 까불까불 왔다 갔다 하는 우레가 차례로 나타났고 마지막으로 꼬치, 그리고 함께 갔던 혼혈 젊은이들의 모습이 보였다.

나리는 급히 몸을 일으켜 자리코가 사라진 곳으로 달려갔다. 그리고 어둠 속에 숨어서 오들오들 떨고 있는 자리코를 불러냈다.

"자리코, 괜찮아. 이리 나와도 돼."

"오빠, 누구야? 꼬치 아저씨가 돌아온 거야?"

"그래."

"퍼쿵 오빠도?"

"모두 함께."

자리코는 가슴을 쓸어 내리며 천천히 걸어나왔다. 잔뜩 겁을 먹고 있다가 긴장이 풀려서인지 조금 피로해 보였다.

나리가 그녀의 허리를 감아 부축하며 말했다.

"이제 가족들에게 돌아갈 시간이 되었구나, 정말로."

"······."

그러나 나리의 목소리에는 왠지 힘이 없었다. 그리고 자리코도 물끄러미 바라볼 뿐 대답하지 않았다. 그런 그녀에게 나리가 애써 미소를 지어주었다.

"축하해. 그동안 정말 고생 많았다."

"오빠가 고생했지."

"내가 뭘, 나는 너와 함께 있어서 정말 즐거웠는걸?"

"정말?"

"응."

"나도 오빠랑 같이 있던 시간 영원히 잊지 못할 거야. 정말 고마워."

"가자. 아이들을 만나야지."

나리는 더 이상 참기가 어려웠다. 그녀와 이렇게 빙빙 겉도는 얘기를 계속하고 있기가 싫었다. 그래서 그녀의 손을 덥석 잡고 걸음을 옮겼다. 자리코는 얌전히 나리에게 손이 끌려서 동굴 입구까지 걸어갔다.

두 사람이 동굴 입구의 초소까지 도착했을 때 퍼쿵 일행도 거의 동굴 앞까지 도달해 있었다. 자리코는 초소의 수풀 사이로 퍼쿵 일행을 보려고 고개를 내밀고 두리번거렸다.

그녀가 두 손으로 제 입을 막고 떨리는 목소리로 중얼거렸다.

"어머, 저, 정말 왔어. 퍼쿵 오빠야. 유코랑 치요도 있어."

그 모습을 보자 나리는 순간 장난기가 동해서 자리코에게 속삭였다.

"우리 퍼쿵과 애들을 놀라게 해줄까?"

"어떻게?"

자리코는 아이들을 보자마자 벌써 눈물이 그렁그렁하면서도 나리의 제안에 눈을 반짝이며 물었다.

"나 혼자 있는 척할 테니 넌 숨어 있다가 갑자기 나오는 거야. 그럼 애들이 얼마나 놀라겠어?"

"하지만 내가 여기 있는 걸 이미 피코가 얘기 했을 텐데?"

"저쪽 입구에 있다고 하지 뭐. 그리고 어쩌면 아직 너에 대해서는 얘기하지 않았을 수도 있잖아?"

"후후, 알았어."

자리코가 살며시 자리에 앉으며 몸을 숨겼다.

한편 꼬치는 왜 보초가 없나 해서 의아한 표정을 짓고 있었다. 항상 그 자리에 보초가 있다가 적이 오는 것을 발견하면 즉시 저쪽으로 달려가 알려야 했고 적이 아닐 경우에는 신호를 보내기로 되어 있었다. 그런데 동굴 입구 가까이 가도록 아무 기척이 없으니 혹시 무슨 일이라도 생긴 게 아닌가 걱정이 되어 불안한 표정을 감추지 못하고 있었다.

꼬치가 일행을 세우고 막 의구심을 얘기하려던 찰나 나리가 소리를 질렀다.

"꼬치님, 저희들 여기 있어요. 보초 잘 서고 있으니 아무 걱정 하지 마십시오."

"오, 나리! 자네가 보초를 서고 있었나?"

"예, 아까부터 보고 있었어요. 혹시 위험할까 봐 아무 소리 하지 않고 있었어요."

"위험하긴……. 우리와 퍼쿵네 가족뿐인데 뭐가 위험해?"

그 말에 나리가 너스레를 떨었다.

"하하, 퍼쿵과 아이들을 놀라게 해주려고요. 그래서 숨어 있었지요."

나리는 피쿵의 나머지 가족에게 인사를 건넸다.

"피쿵, 오랜만이야! 유코와 치요도 잘 지냈니? 우레도 건강하네?"

피쿵 일행도 나리를 향해 손을 흔들며 인사했다.

"응, 잘 지냈어. 자네도 건강한 모습을 보니 반갑군."

"나리 오빠, 안녕하세요?"

치요는 아무 말없이 손을 한번 흔들어주었다. 오랜 산행으로 지친 모습이 역력했다. 비록 스스로 걸어온 것도 아니고 업혀서 오긴 했으나 밤도 아닌 낮에 태양 아래서 오랜 시간 노출되어 있었기 때문에 몸 상태가 그리 좋지 않았다.

나리가 그런 치요를 보고 걱정스럽게 말했다.

"치요는 안 좋아 보이네? 어디 아픈 거야?"

피코가 등 뒤의 치요를 얼른 앞으로 돌려 안으며 대신 대답했다.

"응, 햇볕을 너무 많이 쐬었어. 어서 동굴 안으로 들어가 좀 쉬게 해야 해."

치요가 조그만 목소리로 말했다.

"괜찮아. 조금 자면 나아질 거야."

그러나 그의 목소리는 힘이 하나도 없어서 정말 많이 아픈 것 같았다.

그 순간이었다. 느닷없이 자리코가 막 달려나오며 치요를 빼앗아 안았다.

"치요, 많이 아프니?"

피쿵과 유코, 치요, 우레는 눈이 동그래져서 그 자리에 얼어붙은 듯 멈추어 섰다.

자리코가 피코의 등에서 치요를 빼앗다시피 받아 드는 동안도 멍청해진 그대로 입만 떡 벌린 채 아무 말 못하고 자리코의 모습을 바라보기만 했다. 자리코는 이미 얼굴이 눈물콧물로 범벅이 된 채 얼른 치요를 나리의 망토로 덮어씌우고 해를 가리느라 야단법석이었다.

그녀의 얼굴을 보니 아마 초소 아래에 숨어 퍼쿵과 유코의 목소리를 듣는 그 순간부터, 아니, 그들이 걸어오는 것을 먼발치에서 보던 그때부터 이미 울고 있었던 것 같았다. 혼자 소리 내지 않으려고 입을 틀어막으며 울음보를 터뜨렸을 것이다. 그러다가 치요가 아프단 소리를 듣고 더 이상 참지 못하고 무작정 달려나온 게 분명했다.

"치요, 어서, 윽, 안으로, 어억, 들어가자. 엉엉엉, 치요, 유코, 엉엉, 퍼쿵 오빠아! 억! 어엉!"

그렇게 치요를 안고 난리를 치면서도 그녀는 퍼쿵과 유코를 돌아보며 아는 체를 했다. 우느라 목이 메이고 말도 제대로 나오지 않았지만 얼굴은, 아니, 눈만은 웃고 있었다. 눈물을 철철 흘리면서도 눈은 웃고 있었다.

"언니, 어… 자리코 언니… 어어… 맞아? 어엉! 엉!"

한참 만에 유코도 울음을 터뜨렸다.

"유코! 어엉엉! 나 자리코야! 유코! 엉엉!"

"삐비빗!"

우레가 괴성을 지르며 제일 먼저 자리코에게 달려들어 그녀의 다리에 매달렸다. 그 바람에 자리코가 휘청하며 멈추었다.

"엉엉!"

결국 자리코는 치요를 끝까지 동굴 안으로 안고 들어가지 못하고 주저앉았다. 그리고 유코가 달려들어 그녀에게 매달리자 그 위를 퍼쿵이 덮쳐 유코와 우레, 자리코, 치요를 한꺼번에 감싸 안았다.

"자리코!"

퍼쿵도 더 이상 말을 잇지 못했다. 그저 송아지 같은 눈에서 굵은 눈물 방울을 뚝뚝 떨어뜨리고 있을 뿐이었다.

"오빠, 흐윽, 퍼쿵 오빠, 어억, 어엉엉."

"자리코, 이, 이게… 어떻게 된 거냐? 너… 살아 있었구나!"

퍼쿵은 큰 덩치에 어울리지 않게 온몸을 떨며 오열하고 있었는데 마치 커다란 곰이 울고 있는 것처럼 보였다.

"엉엉… 언니, 언니가 죽은 줄만… 알았어요. 엉엉… 언니가 죽은 줄 알고… 어, 얼마나 엉엉 울었는데……. 엉엉."

치요는 자리코의 품 안에서 아무 말 못하고 눈만 동그랗게 뜬 채 눈물을 줄줄 흘리고 있었다. 아픈 것도 다 잊어버린 듯 오직 자리코의 얼굴에서 눈을 떼지 못했고 우레도 새까만 눈에서 눈물이 철철 흘러 무성한 흰 털을 적시고 있었다.

다섯 사람이 그렇게 부둥켜안고 우는 동안 그 옆에서 피코와 보보도 눈물을 흘렸고 나리도 다시 한 번 눈시울을 적셨다. 그뿐 아니라 꼬치와 들개족 청년들도 눈이 붉게 충혈된 채 아무 말 못했다.

다만 나리와 들개족들은 퍼쿵 일행이 모두 눈물콧물을 짜내는 그 와중에도 열심히 귀를 세우고 코를 벌름거리며 주위를 경계하고 있었다. 혹시나 누가 접근하거나 엿보고 있지는 않을까 하여 그들의 눈과 귀와 코는 한시도 멈추지를 않았다.

잠시 후 꼬치가 퍼쿵의 어깨를 가볍게 두드리며 말했다.

"자, 진정들해라. 여기서 이러지 말고 어서 안으로 들어가자. 여긴 너무 위험해. 터치의 원정대가 언제 들이닥칠지 몰라."

그의 말에 퍼쿵이 움찔움찔 몸을 일으키더니 소매로 눈물을 닦으며 대답했다.

"미, 미안해, 형. 우리가 너무 놀라서… 너무 갑작스런 일이라. 어서 안으로 들어가자."

퍼쿵은 자리코와 유코, 치요, 우레를 한꺼번에 감싸며 안아 들었다. 자리코는 퍼쿵의 왼팔에, 유코는 오른팔에 올라앉았고, 치요는 자리코의 품 안에, 우레는 유코의 품 안에 각각 안겨 있었다. 퍼쿵은 그대로 네 동생들을 안고 성큼성큼 동굴로 들어갔고 그 뒤를 피코와 보보가 나란히 따라 들어갔다.

꼬치가 함께 온 청년들에게 보초를 지시하려 하자 나리가 말했다.

"이 친구들은 많이 지쳤을 테니 일단 함께 들어가십시오. 여기 보초는 제가 서겠습니다."

꼬치가 물었다.

"그렇게 해주겠나?"

"물론입니다. 들어가서서 다른 사람으로 한 명만 보내주시면 됩니다. 저 혼자는 심심하니까요. 참, 먹을 것도 함께요."

"그러지. 그럼 조금만 더 수고해 주게. 곧 교대할 사람을 보내주지."

"예."

나리는 자리코를 안고 사라지는 퍼쿵의 등에서 눈을 떼지 못하고 있었다.

이윽고 퍼쿵 일행과 꼬치 일행이 모두 사라지자 나리는 초소 한구석에 몸을 숨기고 앉았다. 등에 멘 자루를 뒤적여 말린 고기 조각을 하나 찾아낸 그는 조금씩 찢어서 입에 넣고 씹기 시작했다. 아무 맛도 느껴지지 않았다.

나리는 조금 전 눈물을 참느라고 콧속에 꽉 들어찬 콧물을 팽 하고 풀어냈다. 이윽고 막혔던 코가 뻥 뚫리자 입 안의 고기에서 향긋한 냄새와 고소한 맛이 느껴졌다.

나리는 고기를 씹으며 생각에 잠겼다.

'…냄새를 못 맡는다면 맛도 느껴지지 않는다지? 누가 그런 말을 했더라? 기억이 나지 않네. 응가가 아저씨가 했던 얘기인가?'

나리는 다시 고기를 찢어서 입에 넣었다. 아까와는 달리 그의 표정은 상당히 차분해져 있었다. 자리코가 퍼쿵 일행과 부둥켜안고 오열하던 모습을 볼 때와 사뭇 달랐다.

'…이제 됐어. 자리코는 제자리로 돌아가는 거야. 그래, 다 잘됐어. 친오빠도 만나야 하고 응가가 원장님도 만나야 하고… 무엇보다 지금의 가족인 퍼쿵과 그 식구들에게 돌아가야 해. 그래야 그녀는 행복하게 살 수 있어.'

나리가 피식 웃음을 터뜨렸는데 매우 자조적으로 보였다.

'행여 나 같은 놈하고……. 주제넘은 생각이지. 풋! 어디 들개족 혼혈아 따위가 그녀처럼 천사 같은 여자를……. 잘됐어. 이렇게 보내는 거야.'

나리의 미소와는 대조적으로 그의 눈가에 물기가 촉촉하게 젖어들었다.

'…그래, 자리코에게 있어서 난 아까 콧구멍을 막고 있던 콧물 같은 존재일지도 몰라. 어려울 때 일시적으로 도움은 줄 수 있지만 그게 계속 남아 있으면 맛도, 향기도 느낄 수 없게 만드는……. 그래서 종국에는 풀어버려야 하는 그런 콧물이야, 나는.'

얼마나 시간이 지났을까. 나리의 눈은 먼 숲을 향해 고정되어 있었고 귀는 양쪽의 소리를 다 들었다. 그리고 코도 벌름벌름하며 근처를 지나가는 모든 냄새를 다 맡았다. 아무리 슬퍼도 경계는 소홀히 할 수 없기 때문이었다.

나리가 결론을 지었다.

'…그녀를 보내주자. 깨끗하게…….'

이윽고 귀와 코를 자극하는 어떤 기척이 뒤쪽으로부터 다가오는 것을 느낀 나리는 살며시 몸을 일으켰다. 동굴 안쪽에서 교대자 두 명이 걸어오고 있었다.

퍼쿵은 일 킬로미터가 넘는 터널을 지나는 내내 네 아이를 내려놓지 않고 걸었다. 행여나 동생들이 불편할까 봐 조심하면서. 피코도 지친 보보를 업고 걸었고 그 모습을 보고 꼬치와 들개족 청년들은 고개를 저으며 혀를 내둘렀다.

자리코와 퍼쿵 일행은 꼬치의 마을로 돌아와서도 한동안 울음을 멈추지 못했다. 꼬치네 마을의 나이 많은 남자들은 인간족과의 회담에 대해 다시 한 번 토론이 벌어졌고 그동안에 여자들은 조촐한 잔치를 준비했다. 지난번 사냥을 많이 해 와서 당분간 먹을 것은 걱정하지 않아도 되었다.

교대자가 오고 나리가 돌아오자 퍼쿵이 다가오며 손을 내밀었다.

"나리, 정말 고맙네. 자네가 자리코를 구해주었군."

"뭐, 고마울 것 없어. 당연한 일을 했을 뿐, 나도 자네들과 가족이 되었지 않나?"

"그래, 자네는 우리 가족이야."

"형제지."

유코는 웬일인지 자리코에게 이것저것 꼬치꼬치 묻지 않았다. 그저 자리코 옆에 바짝 붙어서 그녀의 팔을 껴안고 있을 뿐이었다. 치요와 퍼쿵도 아무것도 묻지 않았다. 피코와 보보가 이것저것 캐물었을 때 진땀을 뺀 적 있던 자리코는 의아해하면서도 내심으로 안심이 되지 않을 수 없었다.

피코 역시 퍼쿵과 치요가 왜 자리코의 행적을 궁금해하지 않나 의아해하면서도 역시 그 두 사람은 속이 깊어서일 거라고 생각했다. 하지만 유코가 얌전히 있는 것은 정말 의외였다.

피코가 유코에게 은근슬쩍 물었다. 유코를 자극해서 자신의 궁금증도 풀어보려는 마음이 살짝 들어서였다.

"유코야, 자리코가 그동안 어디 갔다 왔는지 궁금하지 않아?"

그러자 유코가 울어서 퉁퉁 부은 눈으로 피코를 흘겨봤다.

"그게 무슨 상관이에요? 언니만 살아 있으면 그만이지!"

의외의 대답이 나오자 피코는 겸연쩍어서 얼버무렸다.

"그, 그거야… 그렇지만… 그냥 나는……."

그러자 유코가 다시 톡 쏘았다.

"누구에게나 말하고 싶지 않은 일이 있는 거에요. 피코도 그런 거 있잖아요? 누가 그거 꼬치꼬치 캐묻거나 동네방네 떠들고 다니면 좋겠어요?"

유코의 말투는 왠지 곱지 않았다. 그것을 느낀 피코가 콧방귀를 뀌었다.

"쳇, 난 그런 거 없어!"

그러자 유코가 가만히 뚫어져라 피코의 얼굴을 바라봤다. 너무 많이 부어서 눈이 보이지도 않았지만…….

피코는 떳떳하다는 표정으로 거만하게 유코를 내려다보았다.

잠시 후 유코가 두 손을 내밀더니 각각 검지와 장지만 펴고 나머지 엄지, 약지, 새끼는 접어 사람의 다리 모양을 만들었다. 그렇게 두 개의 사람 모양을 만든 후 두 손을 갖다 붙여서 마치 아랫도리끼리 맞댄 형상을 만들었다. 그리고 살짝 떼었다 붙였다를 반복하며 어떤 행위를 흉내 내 보여주었다.

무슨 뜻인가 해서 가만히 들여다보던 피코는 갑자기 소스라치게 놀라 달려들면서 유코의 두 손을 커다란 제 손으로 확 덮어 가렸다. 그리고 화급히 주위를 둘러보아 누구 본 사람은 없는지 열심히 살폈다.

다행히 바로 옆에 있는 자리코 외에는 아무도 본 사람은 없는 것 같았다. 자리코는 두 사람이 손짓발짓을 해가며 티격태격하는 것을 의아한 눈으로 바라보고 있었다. 그러나 그녀가 영문을 알 리 없었다.

피코가 유코의 귀에다 대고 귓속말로 부르짖었다.

"이, 이게 무슨 짓이야? 누가 보면 어쩌려고!!"

"그것 봐요! 피코에게도 숨기고 싶은 비밀이 있잖아요! 그러니 더 이상 이것저것 묻지 말아요!"

피코는 더 말을 못하고 새파랗게 질린 얼굴로 유코를 잡아먹을 듯이 노려보았다. 그러나 유코는 콧방귀를 한번 뀌고는 자리코의 팔을 잡으며 고개를 팩 돌려 버렸다.

"흥!"

가만히 생각하니 아무래도 아까 우레랑 지능지수가 똑같다고 약 올렸던 것에 대한 복수를 하고 있는 것 같았다.

약이 올라서 그대로 잠시 끙끙거리던 피코가 유코의 눈앞에 제 오른손을 쑥 내밀었다. 그리고 역시 검지와 장지만을 펴서 사람의 다리 모양을 만들었다.

유코는 외면하는 척하면서도 무슨 짓을 하나 궁금해서 곁눈질로 바라보고 있었다.

그 다음 왼손을 뻗어 주먹을 꽉 쥐고는 그 손목을 오른손으로 만든 사람의 다리 사이에 푹 끼웠다. 그렇게 하고 보니 마치 작은 사람이 큰 사람의 목마를 탄 것 같은 형상이 만들어졌다.

상황이 그쯤 되자 이번에는 유코의 얼굴이 하얗게 질렸다. 그랬다가는 금방 얼굴색이 새빨갛게 변하며 자리코의 팔을 놓고 벌떡 일어섰다. 그리고 그대로 피코에게 돌진해 그녀의 손을 잡으려고 했다. 그러나 피코는 아랑곳하지 않고 두 팔을 높이 쳐들어 목마 탄 두 사람 모형을 위아래로 마구 흔들었다.

"이잇! 그만두지 못해요?!"

유코는 행여 남이 들을세라 목소리를 낮추며 피코의 팔을 잡고 매달렸다. 그러나 피코는 유코보다 머리 두 개 정도는 더 컸고 힘이 장사였다. 유코의 온몸이 공중에 붕 떠서 매달려 있는데도 그녀는 능청스러운, 아니, 통쾌해 죽겠다는 표정으로 두 팔을 흔들어 목마를 마구 흔들다가 돌연 멈추었다. 그리고 목마 위에 올라앉았던 가랑이 사이에 침을 찍 뱉었다.

그 마지막 행위에 유코는 경악을 금치 못하며 피코의 팔에서 뚝 떨어졌다. 그리고 얼굴을 두 손으로 감싼 채 한참을 그대로 서 있었다. 어두운 동굴 안에서도 그녀의 얼굴이 새빨갛게 달아올라 있는 것을 알 수 있었다.

피코는 통쾌하게 복수했다는 표정으로 늠름하게 서 있었고 유코는 한참 만에 가렸던 얼굴에서 손을 떼더니 피코를 잡아먹을 듯 흘겨보았다. 그런 다음 팽 하고 바람 소리가 나도록 돌아서서 혼자 어둠 속으로 걸어가 버렸고 피코도 휑하니 반대 방향으로 가버렸다.

'……?'

혼자 남겨진 자리코는 영문도 모른 채 두 여자를 번갈아 바라볼 뿐이었다.

한편, 멀찌감치 떨어진 곳에서 안 보는 척 그 광경을 엿보던 보보가 한숨을 내쉬며 고개를 저었다.

그날 밤 꼬치의 마을에서는 오래도록 깊은 토론이 벌어졌다. 마을 외곽에는 여전히 남자들이 돌아가며 보초를 섰고 퍼쿵 일행을 중심으로 동굴 깊숙이 자리를 잡고 앉아 앞으로의 일에 대한 의논을 했다. 이윽고 토론이 끝나자 그 자리는 자리코의 무사 귀향을 축하하는 술자리로 이어져 밤늦도록 계속됐다.

치요는 몸이 많이 아픈지 일찍 잠자리에 들었고 밤이 새도록 일어나지 않았다. 내내 끙끙 앓는 치요 옆에는 자리코가 붙어서 계속 간호해 주었는데 나리는 일부러 자리코 곁으로 가지 않고 남자들과 함께 늦도록 술자리에 어울렸다.

그렇게 술자리를 하는 가운데도 나리는 슬쩍슬쩍 눈을 들어 저만치 모닥불가에 앉은 자리코를 훔쳐보았다. 그러다가 역시 자신 쪽을 훔쳐보는 자리코와 눈이 마주치면 깜짝 놀라며 고개를 돌려 외면해 버렸다.

'…그녀를 편하게 보내주어야 해. 부담을 주어선 안 돼.'

그렇게 동굴의 밤은 깊어만 갔다.

제2장 사랑, 그 슬프도록 아름다운…

다음날 퍼쿵 일행은 아침 일찍 떠날 준비를 시작했다. 꼬치는 며칠 더 쉬었다 가기를 원했지만 퍼쿵과 아이들은 할 일이 많다며 서둘렀다.

준비를 끝내고 떠나려 하는 퍼쿵 일행에게 꼬치가 말했다.

"좀 더 있다가 가지 그래? 치요의 몸도 성치 않은데 다 나으면 떠나는 게 어때?"

퍼쿵이 고개를 저었다.

"아니, 가봐야 해. 자리코도 오빠에게 데려다 주어야 하고. 그것 외에도 인간족의 성에 들러서 할 일이 많아. 누굴 만나기로 약속이 되어 있거든. 그리고 무엇보다 더 이상 이 마을 음식 축내는 것도 미안하고."

꼬치가 펄쩍 뛰었다.

"음식을 축내다니, 무슨 그런 말을 하냐, 서운하게! 우리가 그런 사이냐?"

퍼쿵이 무안한 듯 손을 내저으며 크게 웃었다.

"하하, 그냥 해본 말이야. 신경 쓰지 마. 어쨌든 우린 가야 해. 말려도 소용없어."

꼬치가 포기하듯 말했다.

"정 그렇다면 할 수 없지 뭐. 앞으로 언제 또 보지?"

"오가다 종종 들를 거야. 우리야 원래 한군데 오래 머물지 않으니까. 형도 건강해. 곧 인간족 사람들이 연락할 테니 그거 잘 좀 부탁해."

"그건 걱정 하지 마. 전쟁없이 평화롭게 사는 건 모두가 바라는 바니까."

자리코는 며칠 전과 마찬가지로 왠지 우울한 표정을 한 채 퍼쿵의 일행과 함께 서 있었다. 그리고 어제저녁부터 자꾸만 시선을 피하는 나리를 힐끔힐끔 훔쳐보았다.

나리는 여전히 자리코의 시선을 정면으로 바라보지 않고 있었다.

퍼쿵이 나리에게 손을 내밀었다.

"자, 또 만나자고."

나리가 퍼쿵의 손을 마주 잡았다.

"그래, 몸조심해."

퍼쿵이 자리코에게 말했다.

"자리코, 나리에게 인사해야지. 그동안 잘 돌봐주었는데."

"응······."

자리코는 쭈뼛거리며 나리 앞으로 걸어갔다. 그녀의 눈은 금세 촉촉하게 젖어들었다. 입술이 달싹이고 있었으나 무슨 얘기를 해야 할지 알 수 없었다.

'…그동안 고마웠다고 해야 하나? 또 만나자고 말해? 아님 건강하라고? 이, 이건 아냐. 이게 아닌데……'

자리코의 눈이 크게 흔들렸다. 그녀는 간밤에 치요를 돌보며 밤새 한숨도 자지 않았다. 나리가 술자리에서 그만 돌아오기만을 기다리면서… 그렇게 밤을 샜다. 그러나 술자리는 끝없이 이어지다가 새벽녘이 되어서야 겨우 끝이 났다.

'…그리고도 나리 오빠는 오지 않았어. 아침까지, 아니, 지금까지도 기다리고 있는데 오빠는 내 곁으로 오지 않았어.'

순간 자리코의 눈썹이 찌푸려지며 입이 부은 것처럼 튀어 나왔다. 그리고 눈에는 원망의 빛이 가득 담겼다. 눈물이 그렁그렁해서는 나리를 원망스런 표정으로 흘겨보고 있었다.

나리는 애써 그녀의 눈을 외면하며 아무렇지도 않은 미소를 짓고 있었다.

퍼쿵 일행과 꼬치 등은 저쪽에서 이런저런 얘기를 나누며 자리코와 나리의 인사가 끝나기를 기다리고 있었고 유코는 어느새 친해진 들개족 아이들과 일일이 인사를 하느라 바빴다. 자리코의 마음을 알 리 없는 퍼쿵 일행은 그저 인사가 길어지는가 보다고 생각할 뿐이었다.

그러나 정작 마주 선 두 사람은 서로를, 아니, 자리코는 나리의 눈을, 나리는 자리코의 입 언저리를 바라보며 한마디도 않고 서 있었다.

단 한 사람, 보보만이 염려스러운 표정으로 치요를 업고 있는 피코의 몸 뒤에 숨어서 두 사람을 훔쳐보고 있었다.

둘 중 누군가가 고함이라도 지를 것 같은 일촉즉발(一觸卽發)의 그 분위기를 불안하게 바라보며 보보가 생각했다.

'…이거 이대로 자리코를 데리고 가서는 안 되는 거 아닌가? 어째

좀 불안하네.'

보보가 피코를 힐끔 돌아보았다. 지난번 떠날 때 자리코의 행동을 같이 보았기 때문에 피코도 그 둘의 관계를 알고 있을 거라고 생각해서였다. 그런데 어찌 된 일인지 피코는 전혀 신경을 쓰지 않고 있었다. 그저 치요를 업은 채 다른 사람들과 웃거나 얘기하느라 정신이 없었다.

'이상하네? 피코는 이 둘의 관계에 대해서 잊어버린 건가? 아니면 아예 모르고 있었나?'

결국 나리가 먼저 입을 열었다.

"자리코, 잘 가. 행복하게 살아야 해."

"……."

자리코는 여전히 눈물만 글썽이며 나리의 눈을 노려봤다. 그러나 나리는 계속 그 눈을 피한 채 딴소리만 했다.

"그동안 정말 고생이 많았어. 오빠가 능력이 없어서 더 잘 챙겨주지 못해서 미안해."

"……."

자리코가 계속 아무 대꾸도 하지 않자 나리가 생각했다.

'미안, 자리코. 화가 많이 났구나. 어젯밤 일부러 너에게 가지 않았어. 네가 기다리고 있는 걸 알면서도……. 그게 널 위한 길인 것 같아서… 네가 마음 편하게 떠나게 해주려고…….'

한참의 시간이 지나자 피코가 장난 섞인 말투로 소리쳤다.

"어이, 두 사람! 아직도 인사가 끝나지 않은 거야? 적당히 해두라고! 둘이 각별한 건 알지만 일찍 출발해야 한다는 점도 생각해야지!"

그 말에 유코가 귀를 쫑긋 세웠다.

"어머, 그게 무슨 말이에요? 자리코 언니랑 나리 오빠랑 각별한 사이에요?"

그러자 피코가 무시하듯 말했다.

"넌 알 거 없어. 가서 코흘리개 애들이랑 인사나 더 하고 있어. 출발할 때 되면 부를 테니까."

그러자 유코가 발끈해서 펄쩍 뛰더니 톡 쏘았다.

"뭐, 뭐예욧? 그, 그러는 피코야말로 아줌마들과 인사는 다 했나요? 애 업은 모습이 너무 잘 어울리는데요? 절대 처녀 같지는 않아요. 호홋!"

이번에는 피코가 얼굴을 붉히며 펄쩍 뛰었다.

"뭐, 뭐라고? 너 말 다 했어?"

"흥, 피코가 먼저 시비를 걸었잖아요!"

"이게!"

"흥이에욧!"

유코의 목마 사건 이후로 많이 대담해진 피코였다. 보보와의 정사 장면을 들킨 것 때문에 유코에게 약점이 잡혀 있다가 유코에 대해 비슷한 약점을 쥐게 된 이후로 다시 두 사람은 티격태격 싸움을 해댔다.

그때 퍼쿵이 걸어와서 자리코의 어깨에 살며시 손을 얹었다.

"자, 자리코, 이제 그만 가야지? 너무 늦었네?"

"으, 으응……"

자리코는 얼른 나리로부터 눈을 거두고 땅을 바라보며 대답했다. 그리고 힘없이 퍼쿵의 손에 이끌려 강 쪽으로 난 긴 터널을 따라 터벅터벅 걸음을 옮겼다. 퍼쿵 일행은 강가로 나가 미리 준비해 둔 뗏목을 타고 떠날 예정이었다.

나리는 퍼쿵 일행을 동굴 입구까지 배웅하지 않았다. 그냥 마을이 끝나는 그 자리에 박힌 듯이 서서 손을 흔들어 배웅을 끝내 버렸다.

자리코의 축 처진 뒷모습을 바라보며 나리가 쓴 침을 꿀꺽 삼켰다.

'자리코, 미안하다. 널 끝까지 지켜주지 못해서. 하지만 이게 최선일 거야. 난 널 원하지만 그럴 만한 처지가 못 돼. 나도 곧 다른 들개족들에게 연락하기 위해서 이곳을 떠나야 하니까. 그렇게 되면 널 데리고 다닐 수도 없으니까. 잘 가라. 행복하게 살아야 한다. 안녕!'

나리는 속으로 자리코에게 인사했다. 그녀의 뒷모습에 대고 아무도 들을 수 없게…….

자리코는 일 킬로미터 남짓한 어둡고 긴 터널을 걸어가며 눈물을 줄줄 흘렸다. 어두운 곳에서 고개를 푹 숙이고 있어서 아무도 그녀가 우는 것을 눈치 채지 못했다. 하지만 그녀의 두 뺨과 목덜미는 하염없이 흐르는 눈물로 어느새 축축하게 젖어 있었다.

'…그래, 오빠가, 나리 오빠가 날 선택할 리 없지. 나 같은 걸… 이렇게 더러워진 여자를 사랑해 줄 리 없었던 거야. 나 혼자 착각하고 있었나 봐. 우리가 사랑할 수 있을 거라고……. 나리 오빠는 단지 날 퍼쿵 오빠의 동생이라서 도와줬던 것이었어. 그러다가 퍼쿵 오빠가 오니까 얼씨구나 하고 떠넘긴 거야. 혹 떼어내듯이……. 흑, 흐흑!'

보보는 자리코의 바로 뒤에서 따라오며 계속 마음이 조마조마했다. 조금 전 소리라도 지를 것같이 나리를 노려보던 자리코의 눈을 쉽게 잊을 수 없었다.

'어째서 그냥 온 것일까? 아무 말도, 인사도 하지 않고 두 사람은 왜 그냥 헤어진 것일까? 지금 심정이 그렇지 못할 텐데……. 지난번만 해도 자리코는 나리 형과 헤어지는 게 싫어서 그렇게 애를 태우더니… 왜 이번에는?

그러나 일행은 아무 일도 없이 잘도 터널을 빠져나가고 있었다. 벌써 중간도 훨씬 더 왔으니 조금만 더 가면 완전히 이 동굴과는 안녕이었다.

그때였다.

"아······!"

너무 어두운데다가 눈물 때문에 앞이 거의 보이지 않았던 자리코가 바닥의 커다란 돌멩이에 걸려 넘어지고 말았다.

"괜찮아? 다치지 않았어?"

"언니, 조심해요!"

"자리코!"

"삐빗!"

퍼쿵과 유코와 피코, 그리고 우레까지 자리코에게 달려왔다.

우레까지?

참, 우레는 지난번 자신이 맘대로 돌아다니는 바람에 자리코가 죽을 뻔했던 일로 그녀에 대한 태도가 완전히 달라졌다. 다시 살아온 그녀에게 전혀 치근덕거리지 않았음은 물론 마치 소중한 보물을 다루듯 깨질세라, 다칠세라 신경을 쓰고 있었다. 먹을 것도 자리코 먼저 챙겨주고 혹시 누가 자리코에게 장난이라도 걸라치면 나서서 가로막고 싸우고 야단이었다. 대단한 변화가 아닐 수 없었다. 우레가 그런 태도를 보인 것은 놈이 태어난 이후로 처음이었으니······. 물론 언제까지 갈지는 알 수 없었지만.

자리코는 넘어진 채 일어나지 않았다. 주위에 여러 사람이 몰려와서 그녀의 팔을 부축해 일으키려 했지만 그녀는 팔을 살짝 뿌리쳐 버렸다. 그리곤 그대로 땅을 짚은 채 가만히 움직이지 않고 있었다.

그녀의 이상한 태도에 사람들은 더욱 걱정이 되어 분주해졌다.

퍼쿵이 뿌리치는 자리코를 번쩍 안아 들었다.

"자리코, 왜 그래? 많이 다쳤어?"

"어디야? 어디가 아파?"

너무 어두워서 잘 보이지가 않자 꼬치가 소리쳤다.

"횃불! 횃불 이리 가져와! 자리코가 다친 것 같아!"

앞서 가던 들개족 청년이 횃불을 가지고 급히 달려왔다.

그리고 횃불을 그녀의 얼굴과 몸에 비추었다. 그녀의 몸에는 별 상처가 없었다. 그런데 얼굴과 목덜미가 온통 눈물로 범벅이 되어 있는 것이 아닌가!

"어?"

"자리코? 왜 울어? 많이 다친 거니?"

"언니, 말 좀 해봐요! 어디가 아픈 거예요?"

"삐비빗 삐비비빗!"

그제야 자리코의 입에서 울음이 터져 나왔다.

"흑, 흐흐흑, 윽, 윽, 엉엉! 엉엉엉!"

"자리코?"

모두들 영문을 몰라서 어리둥절해 있었고 보보와 꼬치만이 착잡한 얼굴로 울고 있는 자리코를 내려다보았다.

자리코는 퍼쿵의 팔에 안겨 들린 채 얼굴을 두 손으로 감싸고 어린 애처럼 울어댔다.

그녀의 울음은 한참이나 계속되었고 일행은 더 나가지 못했다. 아무 말도 못하고 그저 우는 자리코만 바라볼 수밖에 없었다. 한참 후 보보가 꼬치에게 뭐라고 속삭이자 다시 꼬치가 퍼쿵을 불렀다.

"퍼쿵, 잠깐 나랑 얘기 좀 하자."

퍼쿵은 엉거주춤 자리코를 안은 채 물었다.

"응? 왜?"

"글쎄, 이리 와보라니까. 자리코는 좀 내려놓고."

퍼쿵은 자리코를 피코에게 넘겨주고 꼬치를 따라갔다. 피코의 등에 업혀 있던 치요는 유코가 받아 업었다.

퍼쿵과 꼬치와 보보는 멀리 사람이 없는 곳으로 걸어가 속닥속닥 저희들끼리 뭔가 상의하기 시작했다.

꼬치가 작은 소리로 말했다.

"아무래도 안 되겠다. 자리코를 이대로 데리고 가는 건 무리야."

퍼쿵이 놀라 물었다.

"왜? 대체 왜 그러는 건데?"

"나리 때문이야."

"나리? 나리가 왜?"

보보가 입에 손가락을 갖다 대 조용히 하라고 신호했다. 그리고 퍼쿵의 귀에 대고 속삭였다.

"실은… 자리코와 나리 형이 그사이에 사랑에 빠진 것 같아요. 그런데 이렇게 기약도, 대책도 없이 생이별을 하게 되었으니 저러는 것도 무리가 아니죠. 휴~"

놀라 눈이 동그래진 퍼쿵에게 꼬치도 속삭였다.

"그래, 보보 말이 맞아. 지난번에 인간족 대표들을 만나러 갈 때도 이런 일이 있었지. 지금보다는 좀 약했지만 말야."

퍼쿵이 꼬치와 보보에게 안타까운 표정으로 물었다.

"그, 그런 일이……. 왜 진작 얘기하지 않았어?"

"그거야 당사자들이 알아서 할 일이라고 생각했지. 남 얘기를 어디 함부로 할 수 있나. 두 사람이 알아서 무슨 얘기나 약속이라도 한 줄 알았는데 잘 안 된 모양이야. 어쩌면 좋지?"

"글쎄……."

살아오면서 연애라고는 단 한 번도 흉내 내보지 못했던 퍼쿵은 도무지 어떻게 해야 할지 알 수 없었다. 그래서 눈만 두릿두릿 굴리며 아무 말도 하지 못했다.

그러자 보보가 대신 얘기했다.

"할 수 없어요. 우선 나리 형을 불러와야 해요. 지금으로썬 자리코를 달랠 사람이 나리 형밖에 없을 것 같아요."

꼬치도 혀를 끌끌 차며 동의했다.

"쩝, 내 생각도 그래. 두 사람이 무슨 결론을 내든지 아니면 자리코를 아예 놓고 가든지 해야지 저대로 데리고 가면 오래 못 살지 아마. 쯧쯧!"

퍼쿵이 고개를 저으며 말했다.

"하지만 나리는 곧 다른 들개족들을 모으러 떠나야 하잖아? 그 위험한 일을 하면서 어떻게 자리코를 데리고 다녀? 말도 안 돼! 이번에는 진짜로 죽을 수도 있다고!"

꼬치가 답답한 듯 말했다.

"그래, 하지만 두 사람이 무슨 얘기라도 할 시간은 줘야 하잖아? 지금 생각해 보니 어젯밤 나리가 자리코와 자지 않았어. 그리고 오늘 아침에도 둘이 함께 있는 것을 못 본 것 같아. 얘기할 시간이 전혀 없었다는 거지."

퍼쿵이 깜짝 놀라며 되물었다.

"어, 어젯밤… 같이 자지 않았다고? 그럼 두 사람이 같이 잔 적도 있어?"

꼬치가 입맛을 쩝쩝 다셨다.

"그래, 실은 두 사람 이곳에 온 뒤로 쭉 둘이서 같이 잤어. 자리코가 한사코 나리와 떨어지려 하지 않아서 말야. 할 수 없이 동침을 시켰지. 쩝!"

그 말에 보보가 뭘 좀 안다는 듯이 팔짱을 끼며 고개를 주억거렸다. 그래도 저는 연애를 해봤다 이거지.

"맞아요, 지금 두 사람 심각한 상태 같아요. 혹시… 어쩌면 자리코가 나리 형의 애를 뺐을지도 모르는 일이거든요?"

"애? 읍!"

퍼쿵이 깜짝 놀라서 소리치자 보보가 그보다 더 깜짝 놀라 달려들어 퍼쿵의 입을 막았다.

"아이고, 왜 이래요? 좀 조용히 말해요, 형!"

세 사람이 돌아보자 아직도 저쪽에서는 울음을 그치지 않는 자리코를 달래느라 정신이 없었다.

퍼쿵이 한숨을 내쉬었다.

"휴, 할 수 없군. 그럼 일단은 돌아가자. 나리와 시간을 좀 더 주도록 하지. 하지만 아무리 생각해도 자리코를 이곳에 두고 갈 수는 없어. 그건 변하지 않는 사실이야."

"어쨌든 지금은 데려갈 수 없어. 단 몇 시간 만이라도 둘만의 시간을 줘야 해."

"맞아요!"

"흠……."

그 뒤로도 한참을 더 쑥덕거리던 세 사람이 긴장한 얼굴로 사람들에게 돌아왔다. 자리코는 이제 통곡은 하지 않았으나 여전히 힘없는 표정으로 눈물을 흘리고 있었다.

퍼쿵이 헛기침을 두어 번 하더니 입을 열었다.

"험, 어험! 저… 이거 어떡하지?"

피코가 물었다.

"뭘?"

"갑자기 사정이 좀 생겨서 말야. 출발을 좀 늦춰야 할 것 같아."

유코가 궁금한 듯 물었다.

"사정이라뇨? 무슨 사정인데요?"

퍼쿵은 조금 전 셋이서 머리를 맞대고 짠 대로 떠듬떠듬 말했다.

"응, 시, 실은 중요한 일에 대해서 마을 사람들과 상의할 게 남았거든. 깜박 잊고 그 얘기를 하지 않았지 뭐야?"

상의 얘기가 나오자 피코가 심드렁한 표정으로 내뱉었다.

"뭘 또 상의해? 어제 밤새도록 했잖아? 더 상의해 봐야 나올 것도 없어 이제는! 게다가 모레까지 가겠다는 약속은 어쩌고?"

퍼쿵이 다시 더듬거렸다.

"그, 그거야 못 지키겠지만… 하, 하루나 이틀 정도 늦는다고 크게 달라질 일은 없을 거야 아마."

그러자 몸이 아파서 여태 아무 말 않고 있던 치요가 처음으로 입을 열었다.

"그래, 일단은 마을로 돌아가자. 퍼쿵이 뭘 잊었는지는 몰라도 뭐든지 확실히 해두는 게 좋으니까. 그리고 자리코도 지금 많이 아픈 것 같은데 치료라도 좀 하고 떠나는 게 좋을 것 같아."

치요의 말에는 피코도 그럴듯하다는 생각이 들었다. 피코가 퍼쿵에게 치요를 건네주며 말했다.

"그럴까? 좋아, 그럼 내가 자리코를 업을게. 퍼쿵이 치요를 업어."

그리고 자리코를 안으려고 다가갔다. 그런데 쓰러진 채 여태 주저앉아 있던 자리코가 별안간 일어섰다.

"괜찮아. 나 걸어갈 수 있어."

"엉?"

"엇?"

그녀가 일어서자 사람들이 다시 한 번 깜짝 놀라며 자리코에게 주목했다.

되돌아간다는 말에 자리코의 표정이 확연히 달라지는 것을 퍼쿵과 꼬치, 보보는 놓치지 않았다. 분명 자리코는 울음을 멈추고 부스스 몸을 일으킨 것이다. 아직도 훌쩍이고 있기는 했지만 소매로 눈물을 닦으며 살짝 웃기까지 했다.

퍼쿵은 그녀의 변화에 깜짝 놀랐다.

'허억! 저, 저럴 수가!! 보보의 말이 사실인가?! 그렇다면 정말 자리코가 나리의 애를?!'

자리코는 수줍은 듯 주위의 시선을 외면하며 먼저 되돌아 걸어가기 시작했고 그녀의 뒤를 멍청해진 사람들이 죽 따라갔다.

유코가 조그만 소리로 옆 사람들에게 물었다.

"뭐, 뭐죠? 이제 괜찮아진 건가요?"

피코와 치요도 놀란 표정으로 속닥거렸다.

"뭐, 뭐니, 저 여자? 아팠던 거 맞아?"

"조심해. 저러다가 또 쓰러질지 몰라."

보보가 피코의 팔을 살짝 잡아당겼다.

"왜?"

피코가 돌아보자 보보가 그녀의 팔을 당겨서 줄의 맨 뒤로 데려갔다.

일행의 맨 뒤로 오자 피코가 물었다.

"어떻게 된 거지? 자리코가 왜 울었던 거야? 지금 보니 아프지는 않은 것 같은데……."

보보는 어이없는 표정으로 물었다.

"피코, 정말 몰라서 묻는 거야?"

"몰라! 묻고 싶은 것은 오히려 나라고! 갑자기 통곡하다가 이젠 생글생글 웃고 있으니……."

그러자 보보가 답답하다는 듯이 피코의 귀에 손을 대고 속삭였다.

"생각 안 나? 지난번 동굴을 떠날 때의 일! 자리코가 나리 형과 헤어지기 싫어했잖아? 왜 되돌아가 있으라고 했더니 신이 나서 달려가는 것 못 봤어? 그리고 둘이 부둥켜안고 난리였잖아?"

피코는 그제야 알겠다는 듯 제 이마를 탁 쳤다.

"아, 그랬었지?"

"그래, 지금도 똑같은 이유야. 자리코는 나리 형과 헤어지기 싫어서 그렇게 울었던 거라고! 난 그걸 눈치 채지 못하는 피코가 더 이상한데?"

보보의 말에 피코가 머쓱해서는 뒤통수를 긁었다.

"그, 그야… 난 그냥 심각하게 생각하지 않았었지. 그저 두 사람이 많이 친해졌나 보다고만 생각했었어."

"퍼쿵 형은 그래서 되돌아가는 거야 지금. 나리 형과 인사라도 제대로 하게 해주려고. 두 사람이 무슨 정리라도 할 수 있도록 시간을 주려는 거야."

피코는 자신의 둔함을 깨달으며 고개를 주억거렸다.

"그랬구나. 둘이 정말 좋아하는가 보구나. 난 왜 그걸 몰랐을까?"

"후후, 피코는 정말 둔해."

보보가 피코의 팔짱을 끼며 웃자 피코도 미소를 지었다. 그리고 두 사람은 줄의 맨 뒤에서 남 눈을 피해 다정히 서로의 손을 주물딱거리며 걸었다.

그렇게 떠나던 퍼쿵 일행은 다시 동굴로 돌아왔다.

그들이 돌아오는 것을 제일 먼저 발견한 것은 나리였다. 일행과 작별한 곳에 아직도 우두커니 혼자 앉아서 멍하니 그쪽을 바라보고 있었기 때문이다.

"어?!"

나리는 벌떡 일어나더니 자신도 모르게 자리코에게 달려갔다. 그리고 마주 달려오는 자리코를 껴안으려다가 멈칫했다.

'아, 이게 아닌데……. 자리코를 편하게 보내주어야만…….'

그때였다.

찰싹!

"아……!!"

갑자기 자리코가 나리의 뺨을 때리자 그의 입에서 가벼운 탄성이 터졌다.

"……?"

"엉?!"

"헉?!"

"삣?"

뒤따라 오던 퍼쿵 일행과 꼬치 일행은 깜짝 놀라며 그 자리에 멈추어 섰다. 그리고 숨을 죽인 채 두 사람을 바라보았다.

자리코의 외침이 동굴의 적막을 날카롭게 가르며 메아리쳤다.

"나쁜 사람! 오빠 나쁜 사람이에요!"

"…자리… 코!"

"흑!"

나리의 입에서 신음하듯 그녀의 이름이 새어 나오자 자리코가 나리의 가슴 속으로 몸을 던졌다.

얼떨결에 자리코를 껴안은 나리는 그 뒤쪽에서 멍청해진 채 바라보는 수많은 눈들을 발견하고는 정신이 번쩍 났다. 그래서 자리코의 양어깨를 쥐고 살며시 밀어내려 했다.

"싫어! 싫어! 나 보내지 마요! 어엉~ 엉~"

그러나 자리코는 도리질을 하며 한사코 나리의 품에서 떨어지지 않으려고 매달렸다. 나리의 목을 가느다란 두 팔로 꼭 껴안은 채 엄마에게서 떨어지지 않으려는 아기처럼 엉엉 울며 보채고 있었다.

다시 터진 자리코의 울음에 뒤에서 바라보던 사람들이 슬금슬금 눈치를 보며 어둠 속으로 하나둘 몸을 숨겼다. 두 사람에 막혀서 마을로 들어가지도 못하고 그저 터널의 중간으로 다시 발길을 돌리는 수밖에 없었다. 단지 두 사람의 분위기를 깨지 않기 위해서……. 쯧쯧!

"…자리코… 미안."

이제 그 자리에는 자리코와 나리만 남게 되었고 한동안 자리코의 울음소리가 동굴을 울리며 메아리치다가 점차 사그라들었다.

울음이 거의 잦아들자 자리코가 얘기를 시작했다.

"…너무해요. 오빠는 나쁜 사람이에요!"

"…그런 게 아냐, 자리코!"

"어떤 변명도 하지 마세요. 오빠는 날 영원히 지켜준다고 약속했잖아. 그런데 왜 날 보내? 왜 아무 말도 하지 않고 날 그냥 보냈어?"

"그… 건……."

자리코는 이제 거침없이 자신의 얘기를 하고 있었다. 누가 듣든 말든 상관없다고 생각했다. 어차피 나리에게 버림을 받았으니까 이제 수치심 따위는 아무래도 좋았다.

"알아요, 나도… 내가 그럴 자격이 없다는 것쯤은……. 하지만 그래도 좋아할 수는 있는 거잖아? 나 오빠랑 결혼할 수는 없어도 옆에서 보며 함께 살 수는 있을 거라고 생각했었어. 그저 옆에서 바라볼 수만 있어도… 흑, 그런데… 그런데 오빠는 아무 말도 없이 그냥 날 보냈어. 기다렸는데… 어젯밤 밤새도록 기다렸는데… 흑흑!"

"자리코……."

나리의 표정이 점점 가라앉았다. 더 이상 참담할 수 없도록 무거운 표정이 되었다. 그 위로 자리코의 말이 이어졌다.

"흑, 이대로 날 보내고 다신 안 보려고 한 거죠? 날 데리고 다니는 게 너무 귀찮고 힘드니까 그냥 이 참에 보내 버리려고 한 거죠? 혹 떼듯이, 흑, 그래, 난 오빠에게 사랑받을 자격도 없는 여자니까, 더러워진 여자니까 나는……. 흑."

여태 말도 못하고 버벅거리던 나리가 '더러워진 여자'라는 말에 반사적으로 소리쳤다.

"아냐! 제발 그런 말 하지 마, 자리코! 넌 그런 여자가 아냐!"

그러나 자리코는 도리질을 해 나리의 말을 끊더니 자신의 얘기를 이었다.

"됐어요 그만두세요, 이젠! 오빠 마음 다 알게 되었어. 난 다만 그 말이 하고 싶었을 뿐이야. 마지막으로 그 말만은 꼭 하고 떠나고 싶었어. 오빠를… 오빠를 정말 좋아한다고… 오빠랑 사랑하고 싶었다고……. 흑, 잘사세요. 좋은 여자 만나서 행복하게 살아요. 그렇지만 나, 오빠를 영원히 잊지 않… 억!"

갑자기 나리가 자리코를 와락 끌어안았고 그녀는 숨이 턱 막혀서 말을 더 잇지 못했다.

이번에는 나리가 말을 쏟아내기 시작했다.

"자리코, 나도 널 좋아해! 정말 널 사랑하고 있어. 널 위해 내 목숨도 버릴 수 있어! 하지만 내가 널 보낸 것은… 그건 내가… 내가 못나서야! 결코 너 때문이 아니란 말야!"

"오빠?"

자리코는 커다란 두 눈 가득히 그렁그렁 눈물을 담고서 나리를 바라봤다. 그리고 이제는 나리의 눈에서도 눈물이 줄줄 흘러내리고 있었다.

"나는, 나는 곧 떠나야 해. 이번 전쟁을 막기 위해서……. 터치를 몰아내기 위해서는 다른 들개족들을 협상 테이블로 끌어내야 해. 그러려면 얼마나 힘들고 위험한 여행을 해야 할지 몰라. 도중에 죽을 수도 있고! 이런 내가 어떻게 널 사랑할 수 있겠니? 언제 죽을지도 모르는 놈이! 그래서 널 보낸 거야. 그게 너의 행복을 위해서 더 나을 거라고 생각했어. 퍼쿵은 나보다 훨씬 강하니까 널 더 안전하게 지켜줄 수 있을 테니까. 그리고 너는… 너무 아름답고 고귀해서 나같이 비천한 놈과는 어울리지 않아. 얼마든지 더 좋은 남자를 만날 수 있는데 나같이 보잘

것없는 놈이 어떻게 너에게 맘을 품겠니?"

"오빠……!"

얼굴이 닿을 정도로 마주 보며 떠들고 있는 두 사람의 눈에서는 누가 더 많이 흐르나 내기를 하는 것처럼 눈물이 쏟아지고 있었다. 마치 두 사람의 머리통이 물통이라도 되는 것 같았다.

"자리코, 내 말 믿어줘. 난 진심으로 널 사랑해. 결코 네가 싫어서 보낸 게 아냐. 만일 가능하다면, 내가 위험한 일만 하지 않는다면 너와 살고 싶어. 진심이야!"

자리코가 나리의 눈을 똑바로 바라보며 말했다.

"그럼… 살면 되잖아. 나 오빠랑 살래. 오빠랑 결혼해서 살고 싶어. 오빠의 아기를 낳고 싶어. 어디든지 가서, 깊은 산속에 우리 둘이 숨어서 살더라도 오빠하고 같이 살 거야. 나 돌아가지 않을래."

"안 돼!"

"왜?"

"난 할 일이 너무 많아."

"나도 따라갈 거야. 나랑 같이 다니면 되잖아!"

"너무 위험해서 널 데리고 다닐 수 없어!"

"여태까지도 같이 다녔잖아? 내가 도움이 될지도 몰라! 날 데리고 가줘!"

"안 돼! 여태까지와는 달라! 이번 일은 단순히 도망치는 것이 아니야! 전쟁 속으로 뛰어들어야 한단 말야. 그런 일에 널 데리고 다닐 수는 없어!"

"그럼 안 하면 되잖아? 나랑 어디 멀리 도망가서 숨어 살면 안 돼?"

"하아……."

그녀의 말에 나리가 한숨을 내쉬었다. 나리가 눈을 떨구자 자리코가 머뭇거리며 사과를 했다.

"미, 미안해, 오빠. 난 그런 뜻이……. 이래서는 안 되는 건데… 난 속이 좁은 여자라서……. 오빠는 큰일을 하는데 나는 나만 생각하고… 그래서 방해만 되니까… 내가 있으면 큰일을 할 수가 없으니까……. 미안해요, 정말."

"자리코, 괜찮아. 네 잘못이 아냐. 나도 그러고 싶을 때가 많단다. 네가 그런 생각을 하는 것이 잘못된 것은 아냐."

"미안, 다신 안 그럴게."

잠시 조용히 바라보던 나리가 자리코의 손을 잡았다. 그리고 물었다.

"자리코, 정말 날 좋아하니?"

"응."

"정말 나와 결혼하고 싶어?"

"응."

"나는 보잘것없는 혼혈 들개족 거지인데도?"

"나는 더 보잘것없어."

"넌 예쁘고 착해. 부지런하고 성격도 좋고 아는 것도 많고… 정말 괜찮은 여자야."

"아니, 오빠한테는 모자란 여자야."

"……."

잠시 말이 없던 나리가 그녀를 꼭 안았다.

"날… 기다려 줄 수 있겠어?"

"응?"

"내가 찾으러 갈 때까지 날 기다려 줄 수 있겠어?"

자리코의 눈이 확 커졌다.

"정말? 정말 날 데리러 올 거야?"

나리가 침을 꿀꺽 삼켰다.

"퍼쿵을 따라가서 안전한 곳에 있으면 데리러 갈게. 지금은 안 돼."

"난 지금이 좋은데?"

자리코가 다시 보채려 하자 나리가 고개를 저었다.

"그럼 평생 데리러 가지 않을 거야."

자리코가 불안한 표정으로 다시 물었다.

"퍼쿵 오빠와 함께 있으면… 그러면 날 데리러 올 거야?"

"그래, 전쟁이 끝나고 평화가 오면… 그래서 더 이상 싸우지 않아도 되면… 널 데리러 갈게."

"그게 언젠데?"

"전쟁은 곧 끝날 거야."

"꼭 데리러 올 거지? 정말이지?"

"그럼. 오빠는 널 진심으로 사랑하게 되었어. 이제 너 없이는 한숨도 못 잘 것 같아."

"정말이지? 거짓말하는 거 아니지?"

자리코는 반신반의하는 표정으로 거듭 확인했다.

"정말이야."

"날 데리러 와서 결혼해 줄 거야?"

"응."

"날 영원히 지켜줄 거야?"

"그럼! 영원히!"

자리코가 다시 눈물을 글썽였다. 그러나 이번 눈물은 아까와는 다른 환희와 감동의 눈물이었다.

"만약 오빠가 돌아오지 않으면 난 죽어버릴 거야."

나리가 미소를 지으며 자리코의 이마에 알밤을 먹였다.

"못써, 그런 말 하면! 다신 그런 말 하지 마. 오빠가 찾으러 갔을 때 네가 죽고 없으면 나는 어떡해? 우리 아기는 어떻게 만들어?"

아기라는 말에 자리코가 환하게 웃었다. 마치 꽃이 활짝 핀 것처럼 환한 웃음이었다.

"아기?"

"그래, 나와 결혼해서 아기를 낳고 싶다며?"

자리코가 꿈결 같은 목소리로 되뇌었다.

"맞아, 아기! 우리 아기 낳고 싶어. 오빠의 아기……."

나리도 행복한 미소를 지었다.

"자리코 닮은 예쁜 아기……."

그때였다.

짝짝짝짝짝—

"뭐, 전쟁이 끝날 때까지 기다릴 필요 있나? 오늘 당장에 만들지 뭐!"

"와아! 축하해, 두 사람!"

어둠 속에서 갑자기 들려온 외침과 박수 소리에 두 사람은 깜짝 놀라며 떨어져 섰다.

"엇?"

"어머!"

나리와 자리코는 서로의 감정에 푹 빠져서 그만 주위에 사람들이 숨어 있다는 것을 까맣게 잊고 있었던 것이다. 그러다가 둘의 분위기가 좋아진 것을 알고 사람들이 쏟아져 나오자 순간 정신이 들며 부끄러워 어쩔 줄 몰라 했다.

나리가 새빨개진 얼굴로 변명했다.

"아, 이거 죄송합니다, 모두들."

자리코는 너무 부끄러워서 고개를 푹 숙인 채 나리의 등 뒤에 몸을 숨겼다.

꼬치가 퍼쿵에게 물었다.

"이봐, 퍼쿵, 하루만 더 있다가 가면 안 되겠냐?"

퍼쿵도 머쓱하게 웃으며 그 말에 동의했다.

"그러는 것도 나쁘지는 않겠지. 하루쯤이야 뭐."

유코가 놀랍다는 표정으로 연신 웃어댔다.

"어머, 정말 몰랐어요. 언니, 언제 그렇게 된 거예요? 나리 오빠랑 언제 사랑에 빠진 거야?"

"……."

자리코는 부끄러운지 아무 말 않고 미소만 지었다.

"어머, 너무 아름다운 사랑이에요. 나도 저런 사랑 하고 싶다. 그렇죠, 퍼쿵 오빠?"

유코가 돌연 퍼쿵의 팔을 꽉 껴안으며 매달리자 퍼쿵은 얼굴을 붉히며 헛기침만 해댔다.

"어? 어험! 어험!"

피코가 고개를 저었다.

"정말 난 이 정도일 줄은 상상도 못했는데……. 나 정말 둔한가 봐."

그 말에 보보가 다시 피식 웃었다. 그러다가 자기의 궁금증을 슬며시 털어놓았다.

"저… 그런데… 혹시 자리코가 지금 나리 형의 아기를 가지지는 않았어?"

갑자기 나온 보보의 말에 사람들의 이목이 확 쏠렸고 나리와 자리코는 얼굴을 붉혔다.

나리가 손을 내저었다.

"어어, 무, 무슨 소리야? 아기라니? 우린 아직 결혼도 하지 않았는데……."

보보는 자기가 말해 놓고는 덩달아 얼굴을 붉히며 변명을 했다.

"아, 아니, 내 말은… 그저… 그동안 둘이 같이 잤다기에……. 신경쓰지 마! 하하하, 그냥 해본 말이었어. 아하하!"

꼬치가 끼어들었다.

"아기는 아직 없을 거야. 그건 내가 보장하지. 저 두 사람은 손만 꼭 잡고 잤거든. 이상한 짓은 전혀 하지 않았어. 한 이불 속에서 잠을 자긴 했지만 진정한 초야(初夜)라고 볼 수는 없지."

그러자 갑자기 유코가 가자미눈을 뜨고 꼬치를 바라봤다. 마치 수상한 사람을 보는 것 같은 눈초리로.

"아저씨가 그걸 어떻게 알아요? 남녀 둘이 자는 걸 옆에서 훔쳐보기라도 했어요?"

꼬치가 배를 잡고 웃었다.

"하하, 이 아가씨가 날 변태 취급하네? 엿본 게 아니라 그런 건 다 알 수가 있다고! 왜 그거 있잖아? 소리라는 거. 남녀가 아기를 만들 때는 요상한 소리가 나잖아?"

그 말에 유코는 더욱 이상한 눈으로 꼬치를 바라봤다. 이제 제 몸을 감싸며 도사리기까지 했다.

"어머, 망측하게! 무, 무슨 소리가 난다는 거예요? 정말 이상한 아저
씨야."

"아니, 그저 내 말은……."

꼬치는 유코의 반응에 그만 벙쪄서 변명을 하려고 그녀의 어깨에 손
을 댔다. 그러자 유코는 펄쩍 뛰며 뒤로 물러났다.

"됐어요! 어머, 어딜 만져요?"

이제 완전히 착각에 빠진 유코에게 꼬치는 더 이상 아무 말도 하지
못했다. 더 이상 말했다가는 진짜 변태 취급을 당할 것 같아서였다. 그
러자 피코가 꼬치의 옆구리를 꾹 찔렀다.

"신경 쓸 것 없어. 쟤는 세상 모든 남자가 다 자길 노린다고 생각하
고 사는 애니까. 쟤 말에 일일이 대꾸하다가 남자들 여럿 갔지."

"뭐, 뭐, 뭐라고요? 지, 지금 말 다 했어요?"

유코는 입을 떡 벌리며 피코를 바라봤다. 그녀의 말에 너무 큰 충격
을 받았는지 말을 다 더듬었다.

"다, 다시 말해 봐요!"

"룰루루루~"

"다시 말 못해요?"

"하늘엔 조각구름 떠 있고~ 강물엔 유람선이 떠 있고~"

피코와 유코는 그렇게 콧노래와 종알거림을 뒤로 남긴 채 또 어디론
가 사라져 버렸다.

잠시 멍해져 있던 사람들이 다시 나리와 자리코를 바라봤다.

퍼쿵이 말했다.

"미안하게 됐구만. 난 그런 줄은 꿈에도 모르고 그냥 자리코를 데리

고 가려고만 했지 뭐야? 진작 얘기를 하지 그랬어?"

나리가 머리를 긁었다.

"오히려 내가 미안해, 이런 소란을 피워서."

자리코도 일행에게 사과했다.

"미안해, 오빠. 다 나 때문이에요."

퍼쿵은 환한 미소를 지어 이들을 안심시켰다.

"아냐. 어차피 이렇게 되었으니 하루만 더 묵었다 갈까?"

꼬치가 제안을 했다.

"그렇게 해. 그리고 내 생각에는 이 참에 아예 신방을 차리는 게 어떨까 싶은데……."

"신방?"

"그래, 어차피 결혼하기로 했으니 오래 기다릴 것 없이 오늘 하는 게 좋을 것 같아. 뭐, 사실 미래라는 것은 보장할 수가 없으니까."

꼬치는 말을 흐렸다. 그러나 그의 말에 거기 있는 모든 사람이 입을 다물고 말았다. 그 말의 의미를 알기 때문이었다.

그랬다. 이 일대는 곧 전쟁의 소용돌이에 휘말릴 것이 분명했다. 그리고 나리는 그 전쟁의 소용돌이의 중심으로 들어가야 했고 반드시 살아남는다는 보장은 없었다.

또 그건 퍼쿵 일행도 마찬가지였다. 그들은 어느 부족의 소속도 아니긴 했지만 그래도 양쪽 부족에 다 혈연 관계가 연결되어 있었다. 그러므로 어떤 경우라도 무관하게 지나친다는 보장은 결코 할 수 없었다.

만일 그렇게 된다면 그 누구라도 죽을 가능성이 있었다. 아니, 전쟁이 아니라도, 아무리 평화로운 세상에서 산다 하더라도 장래라는 것은 그 누구도 장담할 수가 없는 것이다. 나리가 죽을지 아니면 자리코가 죽을지, 퍼쿵이나 피코, 또는 다른 아이들이 죽게 될지……. 그런 의미를 알고 있기에 모두 침묵할 수밖에 없었다.

나리가 굳은 얼굴로 자리코의 손을 꼭 쥐었다. 그리고 그녀의 눈을 깊이 들여다보며 말했다.

"자리코, 나랑 결혼해 줄 수 있겠어? 전쟁이 끝나고가 아니라 오늘 당장 말야."

"예, 하고 말고요!"

두 사람은 뜨거운 시선으로 서로를 마주 보았다. 그러자 주위에서 다시 박수와 환호성이 터져 나왔다.

짝짝짝짝ㅡ

"와아! 축하해! 정말로!"

휘익ㅡ 휘이익ㅡ

"좋아, 당장 마을로 돌아가서 결혼식을 올리자! 오늘은 모두 마음껏 먹고 마시는 거야."

"와아! 축제야, 오늘은!"

사람들의 환호성 소리에 멀리 떨어졌던 피코와 유코가 달려왔다.

"뭐야? 무슨 일이야?"

"뭔 일 났어요? 뭐예요?"

두 여자는 방금 싸우던 것을 말끔히 잊어버린 것 같았다. 대신 새로운 흥밋거리에 집중하고 있었다.

보보가 대답했다.

"어서 마을로 가자. 오늘 나리 형과 자리코가 결혼식을 하기로 했어. 바로 오늘 말야!"

두 여자의 눈이 왕방울만해졌다.

"정말? 축하해!"

"와아~ 좋겠다~ 언니, 정말 축하해요오~"

피코와 유코는 진심으로 축하하면서도 자리코가 부러워서 어쩔 줄 몰랐다. 사랑하는 사람을 둔 여자들은 다 똑같이 그런 마음이 생기는 모양이었다.

그날 꼬치의 동굴 마을은 온통 축제 분위기였다. 먼저 여자들은 나리와 자리코를 씻기고, 닦이고, 입히고, 꾸미느라 난리였고 남자들은 둘의 신방을 준비하고 술을 준비하는 등 야단이었다.

결혼식을 준비하는 동안 피코와 퍼쿵이 유코와 우레를 데리고 급히 나갔다. 치요는 몸이 아파서 누워 있었기 때문에 유코가 우레와 같이 날아다니며 숲을 뒤져 짐승을 찾아냈다. 하늘에서 알려주는 빠르고 정확한 정보에 의해서 퍼쿵과 피코는 사냥을 시작했고 한 시간도 못 되어 상당히 큰 초식 공룡을 끌고 동굴로 돌아왔다. 결혼식에 쓸 음식을 준비해 준 것이다.

꼬치와 마을 남자들은 둘의 사냥 실력에 혀를 내둘렀다.

"와아, 이걸 그새 잡아왔어?!"

"하긴… 이보다 다섯 배는 더 큰 육식 공룡도 잡아먹는 애들이니까. 아무튼 대단하군!"

"정말이에요. 우리 마을 남자들 다 합친 것보다 더 낫군요! 하하하!"

경계 근무 중인 사람을 제외한 마을의 사람들이 다 달려들어서 공룡을 해체하기 시작했고 고기가 베어져 나오는 대로 여자들이 음식을 만들었다. 언제 터치의 군대가 들이닥칠지 몰라서 조마조마하고 조심스럽긴 했지만 그래도 모두 즐거워서 어쩔 줄을 몰랐다.

퍼쿵 일행과 꼬치 마을의 모든 사람들이 증인이 된 가운데 나리와 자리코는 결혼식을 무사히 끝마쳤다. 그리고 조용하면서도 즐거운 축제가 이어졌다.

이윽고 밤이 찾아오자 나리와 자리코는 진정한 초야(初夜)를 치르기 위해서 마을 사람들이 준비해 준 신방으로 들어갔다.

자리코를 안고 신방으로 걸어 들어가는 나리에게 사람들이 환호를 보냈다.

"잘해! 잘할 수 있겠지?"

"부럽다, 부러워! 나도 빨리 결혼하고 싶다!"

"신부, 떨 거 없어! 눈만 꼭 감고 있으면 돼!"

누군가 자리코에게 보낸 응원을 듣고 보보가 생각했다.

'떨지 말라고? 훗! 자리코를 뭘로 보고.'

그녀를 처음 만났던 때의 일이 떠올랐기 때문이다. 그런가 하면 유코도 살짝 얼굴을 붉히며 소리쳤다.

"언니, 나중에 꼭 얘기해 줘요! 꼬옥요!"

풋, 계집애! 새침 떨더니 궁금하긴 한가 보지?

꼬치가 소리쳤다.

"어이, 신랑아! 신부 아프지 않게 살살 해줘라!"

유코는 제가 괜히 벌겋게 달아서는 물었다.

"뭐, 뭐예요? 어디가 아프단 말이에요?"

꼬치는 유코의 질문을 외면하며 꽁무니를 뺐다. 자칫 말 상대 하다간 아침처럼 당할까 봐서였다.

"좀 지나면 너도 알게 돼. 지금은 몰라도 돼."

"어머머? 나도 다 컸어요! 있을 건 다 있다구요. 그렇죠, 퍼쿵 오빠?"

"어험, 험, 어험!"

사람들의 환호와 놀림을 뒤로하고 나리가 방문을 닫았다. 그리고 자리코를 폭신한 침상에 뉘였다.

"자리코……."

"나리 오빠……."

자리코는 너무나 가슴이 뛰어서 나리를 똑바로 바라보지도 못했다. 남자와 잠자리를 하는 것이 처음이 아닌데도, 아니, 그녀로서는 언제나 마음만 맞으면 하던 것이 남자와의 잠자리였다. 자유혼제도 하에서 자란 처녀이기 때문에.

그런데 오늘은 달랐다. 보보에게 처음 사랑을 느꼈던 때와도 확실히 달랐다. 인간족의 사회에서 이제는 사라졌기 때문에 말로만 들어왔던 결혼식. 그것을 자신이 한 것이다. 바로 지금 한 남자만 사랑하기로 맹세한 것이다.

자리코는 떨리는 가슴으로 조금 전에 한 맹세를 생각했다.

다른 남자와는 이제 사랑을 하지 않는다고 자기 입으로 대답을 했고 제 남편이 된 나리도 다른 여자와는 사랑을 하지 않고 자신만 사랑해 준다고 대답하는 것을 두 귀로 똑똑히 들었다.

'…이게 진정한 사랑인가? 왜 이렇게 가슴이 두근거리지?'

열여섯에 초경을 한 후 처음으로 동네의 아는 오빠를 받아들였던 그날처럼 자리코는 떨고 있었다.

아니, 그때와는 또 달랐다. 그때는 성교에 대한 호기심과 두려움일 뿐 사랑은 아니었다. 하지만 지금은 눈앞에 선 남자에 대한 깊은 신뢰와 사랑으로, 그리고 감동으로 가슴이 조여드는 것이다. 그리고 아련히 온몸을 죄어오는 어떤 구속감이 그녀로 하여금 주체할 수 없이 떨게 하고 있었다.

그런 그녀의 마음을 아는지 모르는지 나리는 말없이 그녀의 얼굴을, 그리고 몸을 바라보기만 했다.

"오빠, 우리 결혼한 거 맞아요?"

"그래, 우린 이제 부부가 된 거야. 나는 네 남편이고 너는 내 아내야."

"행복해요. 믿어지지 않아요."

"나도 행복해."

"사랑해요."

"사랑해."

나리가 그녀의 입술을 제 입으로 덮었다. 그녀는 너무 떨려서 이가 부딪치기까지 했다. 그렇게 시간이 지나자 나리가 서툰 손놀림으로 자리코의 옷을 벗기기 시작했다.

이윽고 그녀의 옷이 다 벗겨지고 뽀얀 알몸이 드러났다. 나리는 눈부시게 하얀 자리코의 알몸을 오랫동안 바라봤다. 마치 눈에 새겨놓기라도 하려는 듯이.

자리코는 아무 말도, 움직임도 없이 처음 경험하는 소녀처럼 나리의 손에 몸을 맡겼다.

경험이 많은 자리코로서는 나리의 손놀림만으로 그가 전에는 한 번도 여자의 몸을 만져 본 일이 없다는 것을 알 수 있었다. 어떻게 어루만져야 하는지, 어디를 만져 줘야 여자가 반응하는지 전혀 모르는 나리의 손놀림은 서툴기 그지없었다.

그러나 자리코는 지금 첫 경험의 심정이 되어 행복감에 빠져들고 있었다. 그를 사랑한다는 것, 사랑하는 그가 만져 준다는 것 하나만으로 그녀는 깊은 황홀경을 느끼고 있었다.

서투른 애무의 시간이 오랫동안 이어지고 나서 이윽고 나리의 손은 자리코를 침상 위에 서서히 눕혔다. 그리고 그녀의 몸 위로 자신의 몸을 포개기 시작했다.

그렇게 두 사람의 '진정한 초야'는 깊어만 갔다.

다음날 아침 습관대로 일찍 눈을 뜬 나리는 깜짝 놀랐다. 침상 옆에 아주 맛있어 보이는 식사가 김을 모락모락 내며 가지런히 놓여 있었던 것이다. 한눈에 보기에도 정성이 가득 담긴 식탁이었다. 그리고 그 옆에 다소곳이 앉아서 남편이 깨기를 기다리는 자리코가 보였다.

"일어나셨어요?"

그녀의 아름다운 미소에 나리는 눈물이 핑 돌았다. 생전 처음 진정한 가정의 따스함을 겪어본 자만이 느낄 수 있는 감동이었다.

"어, 언제 이걸 준비했어?"

나리는 본래 전문 스파이로서 귀와 코, 그리고 주변의 기척에 대해 엄청나게 예민한 사람이었다. 그런데 자신도 눈치 채지 못하도록 침상에서 빠져나가 음식을 준비한 그녀에게서 놀라움을 금치 못했다.

"조금 전에요. 어서 일어나세요."

"난 네가 일어나는 줄도 몰랐는데……."

자리코는 부끄러운 듯 얼굴을 붉히며 웃었다.

"많이 피곤하셨나 봐요. 간밤에 너무… 호홋, 어서 이리 와서 드세요. 식으면 맛이 없어요."

그녀가 간밤의 얘기를 하자 나리도 얼굴이 확 달아올라 입을 다물었다.

"으응."

나리가 몸을 일으키자 자리코가 얼른 다가와서 그의 알몸에 옷을 입혀주었다.

나리는 알몸을 보이는 게 아직 부끄러워서 얼굴을 붉히며 중얼거렸다.

"내, 내가 입어도 되는데……."

"제가 입혀 드릴 거예요. 자……."

옷을 다 입은 나리는 자리코의 이끌림에 따라 식탁에 앉았다. 그리고 음식을 먹기 시작했다. 음식은 매우 맛있었고 정성스러웠다.

"같이 먹지."

"먼저 드시면 저도 먹을게요."

그녀의 존댓말에 어색함을 느낀 나리는 아내의 눈을 들여다보았다. 자리코의 눈에는 깊은 사랑과 행복감이 들어 있었다. 그리고 또한 깊은 슬픔이……?!

슬픔이 담겨 있다고 느끼는 순간 자리코의 눈에서 눈물이 주르륵 흘렀다.

나리가 깜짝 놀라서 벌떡 일어나 자리코의 어깨를 짚었다.

"자리코, 왜?"

"흑, 오빠, 나 언제 데리러 올 거야?"

"자리코……."

그랬다. 그녀는 오늘 아침 식사가 끝나는 대로 퍼쿵 일행과 함께 인간족의 성으로 떠나기로 되어 있었다. 곧 있을 남편과의 헤어짐이 슬퍼 울고 있는 것이다.

그렇게 애절한 마음으로 만든 식탁이니 얼마나 애틋한 정성이 담겨 있을지는 가히 짐작이 갔다.

나리가 자리코에게 다가가 그녀를 안았다.

"자리코, 울지 마. 이러면 안 돼. 벌써 이렇게 울면 내가 데리러 갈 때까지 건강하게 있을 수 있겠어?"

"그래도 눈물이 나는 걸 어떡해?"

"바보, 내가 그렇게 좋아?"

"그럼 오빠는 내가 안 좋아?"

"좋지. 이 오빠는 태어나서 지금처럼 행복해 본 적이 없어. 너를 만나서 너무너무 행복해."

"그런데 왜 안 울어?"

"하하하, 남자는 그렇게 막 아무 때나 울면 안 되는 거야. 울보는 사랑하는 사람을 지켜줄 수 없어."

"그럼 날 지켜주기 위해서 안 우는 거야?"

"그럼. 대신 이렇게 웃잖니? 행복해서 말야. 자리코도 웃어야지. 행복하면 울지 말고 웃어야 하는 거야. 이렇게. 하하하하!"

"헤헤."

나리의 말에 자리코도 눈물을 닦더니 살며시 웃기 시작했다. 그리고 두 사람은 같이 식사를 시작했다. 서로 먹여주고 챙겨주면서, 또 울고 웃으면서 식사를 마쳤다.

아침 식사가 끝나자마자 떠나기로 했던 퍼쿵 일행은 다시 오랜 시간을 더 기다려야 했다. 자리코와 나리의 인사가 너무나 길어서였다.

두 사람은 마치 아교로 붙여놓은 것처럼 떨어질 줄을 몰랐다. 무슨 할 말이 그렇게 많은지……. 자리코는 계속 울고 나리는 달래고… 그렇게 시작된 인사는 아침부터 정오가 다 되도록 이어졌다.

마침내 성질 급한 피코가 한숨을 내뱉었다.

"하아, 정말 너무하네! 이러다간 날 저물겠다."

퍼쿵도 답답하긴 마찬가지였으나 그래도 피코를 달랬다.

"이해해야지. 언제 또 만나게 될지도 모르는데 얼마나 맘이 아프겠냐?"

보보도 맞장구치며 피코를 달랬다.

"맞아, 게다가 신혼이잖아? 오늘이 결혼 첫날인데 신부 마음이 왜 안 그렇겠어?"

유코가 감동에 젖은 목소리로 읊조렸다.

"아, 너무나 아름다운 사랑이에요!"

피코가 내뱉었다.

"사랑 두 번만 했다간 다른 사람 다 말라 죽겠다. 아예 자리코를 놓고 가는 게 어때?"

그러자 치요가 피코를 달래듯 말했다.

"그러면 안 되는 거 알면서 왜 그래? 여긴 너무 위험해. 그리고 나리도 곧 떠나야 하잖아?"

치요는 어두운 동굴 안에서 하루 더 쉬며 잘 먹은 덕분에 몸이 많이 나아졌는지 어제보다 얼굴색이 확연히 좋아져 있었다.

"알아, 그냥 해본 말이야. 그리고 어차피 자리코는 자라목에게 데려다 주어야 하잖아? 하도 답답해서 한 소리야."

보보가 피코의 귀에 대고 귓속말을 했다.

"나도 피코와 헤어지게 되면 저럴 것 같아."

그제야 피코가 얼굴을 풀고 마주 속삭였다.

"정말? 그러고 보니 나도 그럴 것 같네. 후후."

퍼쿵 일행은 결국 정오가 한참이나 지나서야 출발할 수 있었다. 뗏목이 출발하자 점점 멀어지는 나리와 자리코는 서로 보이지 않을 때까지 손을 흔들었다. 일행은 서풍을 돛에 가득 받으며 인간족의 성을 향해 이동하기 시작했다.

제3장 인연

자라목과 부하들은 피투성이가 된 채 의식을 잃고 신음하는 한 들개족 병사를 보고 멈칫 걸음을 멈추었다.

"저, 저게 뭐죠?"

"사람… 같은데?"

"사람은 맞는데… 피투성이잖아요. 무슨 일이 있나 봐요!"

"어서 가보자."

세 사람은 칼을 뽑아 들고 주위를 경계하면서 피투성이로 쓰러진 사람에게 다가갔다.

"엇? 이건?"

"들개족이잖아? 여, 여기에 왜 들개족이?"

세 사람은 서로의 얼굴을 들여다보며 의문의 눈초리를 교환했다. 그러다가 그중 한 부하가 말했다.

"죽여 버리죠."

자라목이 손을 들어 제지했다.

"안 돼, 죽이면!"

"들개족입니다. 화근은 없애 버리는 게 좋지 않을까요?"

"심한 부상을 당했다. 게다가 어떤 정보를 얻을 수 있을지도 몰라. 일단은 치료해서 살려놓아야 해."

"위험하지 않을까요?"

"괜찮아. 걱정할 것 없어. 몸에 있는 무기부터 모두 회수해."

"예."

자라목은 들개족의 몸에 있는 여러 개의 단검과 표창, 그리고 장검을 모두 걷어낸 다음 부상자를 옆의 숲 속으로 끌고 들어갔다. 그리고 부하들로 하여금 주위를 경계하게 해놓고 상처를 살펴보기 시작했다. 그는 어려서부터 응가 원장으로부터 의술을 배워왔기 때문에 웬만한 상처는 볼 줄 알았다.

'…음, 이건… 마치 폭탄 파편을 맞은 상처와 비슷하잖아? 그런데 훨씬 더 강력해. 그냥 파편이 아니라 강하게 회전하면서 상처를 후벼 판 것 같아. 도대체 무엇에 당한 거지?'

급한 대로 주변의 숲을 뒤져 몇 가지 약초가 될 만한 풀을 뜯어온 자라목은 작은 불을 피워놓고 날카로운 단검을 달궈 상처를 벌려 보았다.

"으으아아아!"

의식이 없는 중에도 무척 고통스러운지 들개족이 신음을 토하며 몸을 뒤틀었다.

"이봐, 한 사람 와서 도와줘!"

그 들개족은 커다란 덩치에 힘이 너무 세서 자라목 혼자서는 몸부림을 감당하기 어려웠다. 옆에서 잡아주는 부하가 여전히 걱정스런 불평을 늘어놓았다.

"묶어놓기라도 해야 하지 않을까요? 너무 힘이 세 의식이 살아나면 되려 걱정거립니다."

"걱정하지 마. 생명의 은인을 어쩌지는 않을 거야. 게다가 무장을 모두 해제했으니 큰 무리는 없다."

자라목이 들고 있는 단검에 검붉은 피가 묻어나기를 한참, 마침내 그의 단검 끝에서 무엇인가 새끼 손톱보다 작은 덩어리가 묻어 나왔다.

"그게 뭐죠?"

"폭탄의 파편인가요?"

"아니, 모양이 좀 특이하군. 파편은 부정형의 쇳조각인데 이건 깨끗한 원추형으로 생겼잖아? 게다가 쇠가 아니라 구리다."

"구리?"

"그래, 이것 봐. 칼로 그으니까 바로 흠집이 나지?"

"그렇군요."

"이게 뭘까요?"

"몰라. 처음 보는 거야. 온몸이 이 상처로 뒤덮였군. 우선 이 구리 조각을 다 빼내야겠어. 피를 많이 흘릴 것 같으니까 쑥을 좀 뜯어서 짓이겨 주게. 지혈을 해야겠어."

"그럴 필요가 있을까요? 고대 도시를 찾기도 바쁜데 이런 들개족 따위… 벼랑에 굴려 버리죠."

부하들은 자꾸 들개족을 죽이자고 종용하고 있었다. 그러자 자라목이 부하들을 달랬다.

"이 사람들아, 글쎄 그게 아니라 해도 그러네. 여기가 바로 신의 산이고 여기 어딘가 고대 도시가 있어. 왜 이 근처에 들개족이 있는지 알아봐야 할 것 아닌가? 생각을 좀 해봐. 우리 인간족이 왜 원시 종족이던 들개족에게 자꾸만 기술을 빼앗기고 생존마저 위협받는지 아나? 그건 들개족들이 우리 인간족을 그냥 죽이지 않고 잡아가서 기술을 배우고 있기 때문이야. 반면에 우린 들개족을 죽이려고만 했지 언제 그들에 대해서 한번이라도 알아보려 한 적 있어? 우리가 이 지경이 된 것은 다 그런 생각들 때문인 거야."

"그, 그렇군요."

그제야 부하들은 수긍을 하고 쑥을 뜯어다 짓이기기 시작했다. 그렇게 몇 시간 동안 상처 속에서 구리 조각을 뽑아내고 지혈과 소독을 하면서 치료를 하자 자라목도 녹초가 되었다.

"됐어, 이제 죽지는 않을 거야. 조금 쉬었다가 이자가 깨어나면 심문을 해보지."

세 사람은 푹신한 풀 위에 앉아 물을 꺼내 목을 축였다.

"아무래도 이상해, 들개족이 이곳에 있다는 게. 아무래도 고대 도시와 관련이 있을 것 같아."

"그럴지도 모르죠. 한동안 들개족들이 우리 성을 쭉 감시하고 있지 않았습니까?"

그러자 다른 병사가 반론을 제기했다.

"하지만 그들이 고대 도시에 대해서 알 리가 없지 않나?"

"그건 모르는 거야. 들개족은 우리의 기술을 그대로 보고 배우는 놈들이잖아? 고대 도시에 대한 얘기도 들었을지 몰라."

자라목이 고개를 끄덕였다.

"그래, 충분히 가능성이 있는 얘기다."

그때 낯선 목소리가 그들의 대화를 깼다.

"여러분들, 고맙습니다. 저를 치료해 주셨군요."

"엇? 정신이 드나 봅니다!"

"뭐야? 저 녀석, 깨어 있었잖아요?!"

죽은 듯 누워 있던 들개족이 말을 한 것이다. 인간족보다 머리 하나는 더 큰 게 새빨간 눈과 날카로운 송곳니를 번득이며 꿈틀거리자 두 인간족 병사가 깜짝 놀라서 칼을 뽑아 들었다.

그러자 자라목이 두 부하를 제지하며 앞으로 나서서 대답했다.

"정신이 드나?"

"예, 고맙습니다. 꼼짝없이 죽는 줄만 알았습니다."

"우리가 누군지 알겠나?"

자라목의 질문에 들개족이 잠시 생각하더니 말했다.

"알 것 같군요. 인간족 원정대 아닙니까?"

그의 대답에 자라목과 두 부하가 얼굴을 마주 봤다.

"우리를 알고 있군. 너는 누구냐?"

"나는 보다시피 들개족 병사입니다. '루루' 라고 합니다."

"루루? 그게 너의 이름이냐, 아니면 직책이냐?"

"이름입니다. 난 말단 병사라 직책 같은 건 없어요."

루루는 출혈을 심하게 한 후라 아직 일어나 앉지도 못한 채 누워 있었다. 그러나 그런 상태임에도 불구하고 워낙 들개족에게 뿌리 깊은 공포감을 가지고 있는 인간족 병사들은 아직도 경계를 풀지 못하고 루루의 작은 움직임에도 흠칫흠칫 놀랐다.

자라목이 엄중한 목소리로 말했다.

"지금 너는 우리의 포로다. 그건 알고 있지?"

"그렇겠죠. 이제 어떻게 할 겁니까? 나를 죽일 겁니까?"

"아니, 죽이지는 않아. 하지만 네가 우리에게 항거할 생각을 한다면 죽여야 할 거다."

자라목의 말에 루루가 어이없다는 듯 웃었다. 심하게 부상당한 채 포로로 잡혀 있는데도 전혀 겁을 내지 않는 듯했다.

"헤헤, 글쎄요. 이 몸으로 항거할 수도 없겠지만 그러고 싶은 생각도 없어요."

그의 미소가 하도 순진해 보이는 데 자라목과 부하들은 순간 놀랐다. 그들이 알고 있는 들개족은 늘 위협적이고 호전적이며 거친 종족이었다. 그런데 지금 대하는 이 들개족 병사는 왠지 좀 멍청해 보이는가 하면 어딘지 모르게 달관한 것처럼 보이기도 했다. 게다가 지금 부상이 심해서 무척 고통스러울 텐데도 별로 내색도 하지 않았다. 그 점이 더 경계스럽게 느껴진 자라목이 다시 못을 박듯이 말했다.

"미리 경고하는데 허튼짓하면 죽게 된다. 잊지 마라!"

그러나 루루는 싸울 의사가 전혀 없어 보였다.

"당신들이 보기에는 내가 싸울 힘이나 있어 보입니까? 그렇게 겁나면 왜 내 목숨을 살려주었소?"

그 말을 듣고 생각해 보니 지금 이 들개족은 진짜 중환자로 그다지 경계할 필요는 없을 것 같았다. 잠시 마주 보며 눈짓을 교환하던 인간족들이 일단 칼을 거두었다. 그리고 주변을 경계하며 이 이상한 들개족 병사에게 이것저것 묻기 시작했다.

"들개족 원정대라면 왜 혼자 있는 거냐? 다른 대원들은 모두 어디 갔지?"

"너희 원정대는 모두 몇 명이나 되지?"

"이 근처에 들개족이 살고 있나?"

루루는 천천히 이들의 질문에 대답했다.

"우리 원정대는 다 죽었소. 그러니 근처에 우리 대원이 더 있을까 봐 겁먹을 필요는 없소. 당신네 그 고대 도시인가 뭔가에 들어갔다가 다 죽고 나만 겨우 도망쳐 나온 거니까."

인간족들이 소스라치게 놀랐다.

"고대 도시라고? 그걸 너희 들개족이 어떻게 알고 있지?"

"그럼 고대 도시를 찾아 안에 들어갔단 말이냐?"

루루가 고개를 끄덕였다.

"그래요. 당신들이 화전민을 만났을 때 우리가 바로 뒤에 따라가고 있었소. 그리고 그때부터 당신들을 앞질렀지. 그래서 먼저 이곳에 도착한 거요."

"고대 도시에 대해서는 어떻게 알았지?"

"그건 잘 몰라요. 난 갑자기 원정대에 배치되어서 끌려왔으니까. 고대 도시가 뭔지도 모르고 왜 찾아야 하는지도 모르겠소."

"그게 말이 되나? 거짓말하는 거 아냐?"

인간족들의 의심스런 눈초리에 루루가 콧방귀를 뀌더니 얘기를 늘어놓았다.

"흥, 거짓말 아니오. 난 원래 보급 부대에서 잡일이나 하던 놈이었소. 사냥, 식량 손질과 배급, 그리고 청소 따위를 맡아서 했지. 그런데 어느 날 갑자기 전투 부대로 보내진 거요. 보름 좀 넘었나? 그러니 내가 알 게 뭐요? 여기서도 마찬가지요. 난데없이 동굴에서 사고가 났다기에 쫓아가 보니 앞서 간 동료들이 다 죽어 있었소. 마지막 남은 우리 대장도 내 눈앞에서 산산조각이 났고 나만 겨우 도망쳐 온 거요. 그러니 그 고대 도시가 뭔진 몰라도 당신들도 들어가지 않는 게 좋을 거요. 죽고 싶지 않다면 말이오."

루루의 말에 세 사람은 의심과 근심이 뒤섞인 표정으로 서로의 얼굴을 번갈아 보았다. 그들은 루루를 눕혀놓은 채 조금 떨어진 곳으로 자리를 옮겨 쑥덕이기 시작했다.

"저자의 말이 사실일까요?"

"글쎄, 거짓말하는 것 같지는 않은데……. 저자의 온몸에 난 상처도 예사롭지 않고."

"자라목 대장님은 의술에 대해서 잘 알지 않습니까? 저런 상처 보신 적 없습니까?"

"처음이야, 저런 상처는. 저자의 말대로라면 고대 도시 안에서 당했다는 말이 되는데……."

"신의 산 동굴이 고대 도시라는 대장님의 생각은 확인이 된 셈이군요."

"그런 것 같군. 좋아, 그럼 일단 저자를 통해 그 안에서 무슨 일이 있었는지 알아보자. 그리고 그 말의 진실 여부를 판단해야겠지."

세 사람이 루루에게 돌아왔다. 그리고 심문하기 위해 둘러쌌다. 그런데 먼저 말을 걸어온 것은 루루였다.

"당신의 이름이 자라목이요? 나도 그렇지만 당신도 참 이상한 이름을 가졌군요. 허허허!"

인간족 병사들이 깜짝 놀랐다. 들개족의 귀가 얼마나 좋은지 잘 몰랐던 탓이다.

"헛, 그, 그걸 어떻게?"

"다 들리던 걸요? 나 들으라고 한 소리 아니었나요? 그런데 당신들이나 우리 병사들이나 참 한심한 사람들이오. 왜들 그렇게 싸우고 죽이고, 또 서로 못 믿고 그러는지 원. 사람이 얘기하면 좀 믿고 그래야지. 안 그래요?"

루루의 얘기에 어안이 벙벙해진 인간족들은 질문하는 것도 잊은 채 입만 벌리고 루루를 쳐다보았다. 그 뒤로 루루의 말이 계속 이어졌다.

"우리 대장이 나더러 우리 군대가 이곳에 들어가지 못하도록 하라고 했소. 그래서 나 혼자 살아남은 거요. 이 꼴로 우리 군대가 올 때까지 버틸 수 있을지 없을지는 모르겠지만 어쨌든 난 떠날 거요. 어차피 부족을 떠나기로 했으니까. 더 이상 자기들끼리 싸우는 꼴도 보기 싫고 당신네 인간족과 전쟁하는 것도 지긋지긋합니다. 고향으로 돌아가면 아내와 아이를 데리고 떠날 생각이오."

정말 어이가 없었다. 포로로 잡혀 있는 주제에 누구 마음대로 떠나고 누구 맘대로 고향으로 돌아간다는 건지. 완전히 제멋대로 지껄이고 있었다.

자라목이 어이가 없어서 한마디 했다.

"이봐, 너는 우리의 포로야. 그런데 누구 마음대로 여길 떠난다는 거냐?"

그러자 루루는 멀뚱히 자라목을 바라보더니 실망한 표정을 지었다.

"날 살려주려고 치료한 거 아닌가요? 난 그런 줄 알았는데."

그 말에 인간족들은 어이가 없어서 모두 너털웃음을 터뜨렸다.

"허허허!"

"하하! 저놈, 아주 바보 아닙니까?"

"재미있는 녀석이군요."

그러자 루루가 얼굴을 찡그리며 다시 말했다.

"바보 얘기는 그만 하쇼. 하도 들어서 이젠 지긋지긋하니까."

"전에도 바보라고 자주 불린 모양이지?"

"'루루'라는 내 이름이 바로 '바보'라는 뜻이오. 그러니 내가 얼마나 지겹겠소? 사실 자기들이 진짜 바보면서…… 괜히 서로 싸우고 죽이는 것들이 진짜 바보 아뇨?"

루루는 정말 바보처럼 아무 거리낌 없이 마구 말을 했다. 그러다가 자라목의 얼굴을 유심히 들여다보기 시작했다. 뭔가 찾으려는 듯 아주 열심히 살피고 있었다.

"왜? 내 얼굴에 뭐가 묻었나?"

"그게 아니라 당신, 어디선가 본 적이 있는 것 같은데요? 혹시 나 본 적 없었소?"

"본 적이 있을지도 모르지. 우리 성을 공격한 적이 있다면!"

"그런 적은 없소. 난 우리 마을을 떠나 원정 온 것이 처음이니까. 그 것 말고 전에 어디선가 분명히 본 적이… 낯이 익은데?"

그러자 옆에 있던 부하들이 소리쳤다.

"무슨 수작이야? 지금 도망가려고 수작 부리는 겁니다. 이 녀석, 이 제 보니 바보인 척하면서 완전히 우릴 우롱하고 있잖아?"

"이놈, 입 다물지 못해! 묻는 말에만 대답하란 말이다!"

그러나 루루는 주위의 다그침에 별로 겁을 먹지도 않고 자기가 하고 싶은 말을 계속했다.

"아, 생각났어요. 내가 이곳으로 오기 바로 전에 보았던 인간족 여자랑 아주 닮았군요. 이름이 뭐였더라……."

루루는 여자의 이름을 생각한다고 잠시 말을 그쳤고 그사이 자라목의 표정이 심상치 않게 변했다. 퍼쿵 일행에게 들었던 얘기가 생각났기 때문이다. 바로 터치의 들개족이 있는 서쪽 바닷가에서 자리코가 들짐승에게 죽었다는 얘기였는데 서쪽 바닷가, 바로 동생이 죽었다는 곳에서 온 들개족이 자신과 똑같이 닮은 인간족 여자 얘기를 하니 놀라지 않을 수 없었다.

루루가 제 이마를 탁 쳤다.

"아, 생각났어요! '자리코', 자리코라고 불렀어, 내 친구 녀석이. 그 여자랑 굉장히 닮았군요. 웬일이지? 별일도 다 있네. 이렇게 닮은 사람이 있다니. 혹시 남매 아닌… 커억!"

혼자 신나서 말하던 루루가 갑자기 짧은 비명을 질렀다. 자라목이 달려들어 멱살을 잡아챘기 때문이다.

"다시 말해 봐! 자리코라고 했어? 지금 분명히 자리코라고 했지?"

"컥, 이것 좀 놓고 말해요! 숨이 막혀서 말을 못하겠잖아!"

부하들이 놀라서 자라목에게 달려들어 말리자 자라목은 가까스로 정신을 차리고 루루의 목을 놓았다.

"대장님, 진정하세요!"

"이 손 좀 놓으세요! 저놈이 죽겠어요!"

"캑캑! 난 환자란 말이야! 날 죽일 셈이요?"

자라목이 애써 스스로를 진정시키며 물었다.

"미, 미안. 너무 흥분했다. 그래, 아까 한 얘기 자세하게 해줄 수 있나?"

루루는 한참 캑캑거리며 목을 가다듬더니 곧 천연덕스럽게 다시 얘기를 이어갔다.

"그야 어렵지 않지요. 내가 보급 부대에 있을 때인데 그날도 사냥을 나갔단 말입니다. 그게 언제냐면 여기 오기 보름도 더 전이었으니까.

어쨌든 산에서 사냥을 하다가 큰 왕도마뱀에게 잡아먹히기 직전의 한 여자를 구했단 말이오. 정말 아슬아슬한 순간이었지. 도마뱀의 발톱이 막 그 여자의 몸통을 찢어버리기 직전이었으니까 말이오."

루루는 말하면서 스스로 감동하며 회상에 젖어들었다. 자라목이 하도 심각한 표정으로 얘기를 들어서 두 부하들도 아무 말 못하고 루루의 얘기에 귀를 기울였다.

"화살을 연거푸 다섯 개나 날렸소. 엄청난 속사였는데 그게 모두 적중했소. 난 최고의 사냥꾼이니까 말요. 하하핫! 이따위 더러운 전쟁과는 비교할 수도 없지. 사냥이란 것은 진정한 예술이거든. 어쨌든 왕도마뱀은 내 화살에 맞고 마구 뒹굴며 몸부림쳤지. 난 그대로 달려가 놈의 목 깊숙이 창을 꽂아 놈의 숨을 끊어버렸소. 그때 여자는 이미 기절해 있었는데 가까이 가서 보니 인간족 여자더란 말이오. 엄청난 미인이었지. 그 근처에서는 정말 오랜만에 보는 인간족 여자였소. 그런데 거기에 그냥 두면 다른 들짐승의 밥이 될 것 같아서 내가 우리 성으로 업고 들어갔죠. 아, 그런데 말요, 그 장교라는 놈들이, 하, 정말 더러운 놈들 아뇨? 그 여자를 막 돌려먹더란 말이오. 그냥 부대에 가두어놓고 보름이나 말요. 그 여자도 가족이 있고 자기 꿈과 삶도 있을 텐데……. 쯧쯧, 어찌나 가엾든지……. 차라리 숲에서 그냥 죽게 놔둘 걸 하는 생각까지 했다는 거 아뇨, 내가."

자라목의 눈에 흥건히 눈물이 고이기 시작했고 주먹 쥔 손에 힘이 들어가 부르르 떨렸다. 그러나 누운 채 제 얘기에 취한 루루는 아무것도 모르고 계속 무용담을 늘어놓았다.

"그래서 가만히 두고 보니까 그 장교 놈들이 계속 그럴 생각이더란 말입다. 아니, 장교 놈들 뿐 아니라 장교들이 질리고 나면 사병들까지 다 돌리게 생겼지 뭡니까? 우리 부대만 해도 수백 명이나 되는데 그렇게 되면 여자는 결국 죽지 않겠소? 우라질 놈들. 그 여자가 유난히 뽀얗고 예뻐서 더 그런 것 같았소. 하지만 그게 어디 사람이 할 짓이오? 그래서 내가 때마침 성에 들른 내 친구에게 그 얘기를 했지. 그 친구는 안 돌아다니는 곳이 없으니 그 여자를 구해서 가족에게 데려다 주라고 말요."

자라목이 떨리는 소리로 물었다.

"그, 그래서? 그래서 어떻게 됐나? 구했나?"

"예? 그런데 알고도 모를 일 아닙니까? 내 친구 녀석이 그 여자랑 아는 사이더란 말요. 그럴 줄 누가 알았겠소? 그 녀석이 그 여자에게 '자리코'라고 불렀단 말요."

자라목이 소리를 버럭 질렀다.

"구했어, 못 구했어? 그것부터 말해!"

마치 다시 목이라도 틀어 잡을 것 같은 기세였다. 그러자 루루가 깜짝 놀라 자라목을 바라보며 떠듬떠듬 말했다.

"구, 구했죠. 구해서 내 친구랑 함께 우리 성을 떠났는데요? 인간족의 성에 데려다 준다고 그랬는데… 아마 지금쯤이면… 당신네 성에 가 있지 않을까요? 도중에 사고만 없었다면 말이죠."

그녀를 구했단 말을 듣자마자 자라목의 눈에서 굵은 눈물이 주르르 흘러내렸다. 그 모습을 본 루루가 깜짝 놀랐다.

"왜, 왜 그러는 거요, 당신? 그 자리코라는 여자를 압니까?"

"그… 말 사실인가? 정말 자리코를 구해서… 우리 성으로 보냈단 말인가?"

"그, 그렇다니까요."

자라목이 루루의 손을 덥석 잡았다. 그리고 울음을 터뜨리며 소리쳤는데 이제 그의 말은 존댓말로 바뀌어 있었다.

"크윽! 당신이 자리코를 구했군요. 내 동생을……. 내 동생이 죽지 않았단 말이군요?"

"동… 생? 그 여자가 당신 동생이오? 그, 그래서 당신이 그렇게 낯이 익었던 거로군요?"

자라목의 행동에 놀란 것은 루루뿐이 아니었다. 두 부하도 자기네 대장의 행동에 당혹감을 감추지 못하고 있었다.

"대, 대장님의 여동생이라면… 일전에 퍼쿵 일행과 함께 떠난 그 아가씨?"

"그래, 나도 기억나! 그리고 소식이 없었지요?"

자라목은 대답도 못하고 루루의 손을 꼭 잡은 채 흐느껴 울고 있었다. 항상 너무나 강인하고 침착한 모습만 보여주던 대장의 그런 모습에 두 부하가 당황해서 어쩔 줄을 모르고 있었다.

"대장님!"

"진정하세요."

두 부하가 자라목을 부축해 일으키려 하자 자라목이 부하들의 손을 뿌리치고 루루의 몸을 부축해 앉혔다. 그리고 말했다.

"고맙습니다. 정말 고맙습니다. 당신은 내 동생을 두 번이나 살려준 은인이었군요. 흐흐흑. 난 내 동생이 죽은 줄 알고… 그래서… 얼마나 절망을 했는지……. 흐흐흑."

"정말 그 아가씨가 당신의 동생인 모양이군요. 이거 이런 인연이 있을 수가……. 반갑소. 그런데 당신 아직 동생을 만나지 못했소?"

"아직……. 열흘 전쯤에 죽었다는 소식만 들었을 뿐이오. 그리고 그대로 이리로 오는 바람에…….”

“저런, 조금만 기다리고 있었더라면 당신 동생을 만났을 텐데요. 그럼 어서 돌아가 보세요. 지금쯤이면 집에 와 있을지도 몰라요. 사실 나도 그 아가씨가 잘 돌아갔을지 무척 궁금하거든요.”

“가야죠. 가서 만나야죠. 하지만 지금 당장은 곤란합니다. 나에게는 임무가 있소. 고대 도시를 찾아야 하오.”

그 말에 루루가 심히 걱정되는 표정을 지으며 고개를 저었다.

“고대 도시요? 거긴 가지 말라니까요. 다 죽어요. 지금 우리 들개족의 군대도 오지 못하게 하라는 판인데 당신들 세 사람이 들어가서 뭘 하겠소?”

“들개족 군대가 온다고요?”

“예, 오늘 아침에 우리 원정대 중 두 사람이 뗏목을 타고 서쪽으로 떠났거든요. 그들이 도착하는 대로 준비해서 군대를 보낼 거예요, 아마……. 우리 대장이 그렇게 명령을 했거든요.”

한 부하가 루루에게 물었다. 자라목이 존댓말을 하기 때문에 이제 부하들도 존댓말을 하고 있었다.

“당신은 어째서 그런 얘기를 다 해주는 겁니까? 군사 기밀일 텐데?”

“그야… 어차피 여기 오면 당신네 군대나 우리 군대나 다 죽을 것 같고요… 그리고 난 이 전쟁에 관심없어요. 그저 가족들 데리고 멀리 떠날 생각입니다. 그래서 깊은 산에 들어가 사냥이나 하면서 조용히 살려고요. 그러니 나는 누구의 편도 아니에요.”

“그건 배신 아닌가요?”

“배신요? 난 그런 거 몰라요. 원래 처음부터 어느 편도 아니었어요. 그냥 먹고 살려다 보니까 군대에 들어온 거죠. 군대란 곳이 아무 생각

없이 먹고 살기에는 그만이거든요. 하지만 들개족들이 모두 터치 장군과 같은 생각을 하고 산다고는 생각하지 마세요. 그건 아주 일부분이에요. 대부분 전쟁을 싫어해요. 나 역시 아직 사람은 단 한 명도 죽여 본 일이 없어요."

루루의 말에 세 인간족은 멍청한 표정이 되었다. 적을 포로로 잡아서 심문을 하고 어쩌고 하려던 당초의 계획과 전혀 다르게 이 루루라는 사람은 아주 별종이었다. 군인도 아니고 적도 아닌 그냥 원시 부족의 한 사람이었던 것이다. 얼마 전 만났던 화전민과 마찬가지로……. 게다가 자라목 대장에게 있어서는 둘도 없는 은인이라는 것까지 밝혀졌으니 더욱 대하기가 난감했다.

두 부하가 얼떨떨해하는 가운데 루루가 말했다.

"어쨌든 내 목숨을 구해줘서 고맙습니다. 당신들이 치료해 주지 않았더라면 나도 죽었을 거예요. 헤헤, 나도 우리 아내와 아이가 기다리고 있어서 아직 죽으면 안 되거든요."

자라목이 진지하게 물었다.

"도대체 저 동굴 안에 무엇이 있습니까?"

"나도 자세히는 몰라요. 저 안에 들어간 사람은 다 죽었으니까. 내가 살아남은 것은 입구까지 들어가다 말고 도로 나왔기 때문이에요. 안쪽까지 갔더라면 나도 살아남지 못했을 걸요?"

"뭐 본 것도 없습니까?"

"몇 가지 있죠. 이상한 날짐승들과 기다란 뱀 비슷한 것들이 있었어요. 그런데 그것들이 괴물이에요. 날짐승들은 꼭 잠자리처럼 생겼는데 소름 끼치는 이상한 소리를 내며 날아다녀요. 그리고 입에서 불이 번쩍번쩍하면 그 앞의 사람이 다 터져 죽어요. 걸레처럼 너덜너덜해져

버리죠. 내가 철퇴로 막았기에 망정이지 안 그랬으면 나도 터져 버렸을 거예요. 우리 대장은 내 눈앞에서 완전히 조각이 나버렸어요. 그리고 뱀처럼 생긴 괴물들은 죽은 시체를 굴 아래로 끌고 들어가더군요. 우리 대장은 다리를 물렸어요. 나랑 그 뱀이랑 서로 잡아당기다가 대장의 다리가 그만 쭉 찢어져 떨어져 나갔지 뭡니까. 얼마나 끔찍하던지…… 휴~"

루루는 다시는 보고 싶지 않다는 듯 고개를 저으며 진저리를 쳤다.

자라목이 다시 물었다.

"그럼 당신은 앞으로 어떻게 하실 계획입니까?"

"당신들이 잡아두지만 않으면 몸이 낫는 대로 고향으로 갈 겁니다. 아까도 말했듯이 처자식을 데리고 마을을 떠나려고요."

자라목이 루루의 손을 다시 잡으며 말했다.

"잡다니요? 내 동생의 은인인데 잘 치료해서 꼭 고향으로 갈 수 있도록 해드리겠습니다."

루루는 좀 쑥스러웠는지 머리를 긁적이며 말했다.

"뭐, 은인이랄 것까지……. 당신도 날 치료해서 목숨을 살려주었으니 내 생명의 은인인데요 뭐. 허허허."

"정말 조금이라도 은혜를 갚게 되어서 다행입니다. 당신을 발견하게 되어서 천만다행이에요. 정말 고맙게 생각하고 있어요."

"아니, 저야말로……."

자라목과 루루가 서로 인사를 하는 도중에 부하가 물었다.

"그런데 마을을 떠나는 게 가능합니까? 당신네 군대에서 처벌하지 않아요, 탈영병으로?"

루루는 씁쓸한 표정으로 대답했다.

"처벌하려면 하라죠. 들키지 않으면 그만 아닙니까? 어차피 거기 있어봐야 싸움터로 끌려 다니다가 결국 죽고 말 걸요 뭐. 지난가을에도 당신들과 싸우다가 구백 명이나 죽었다고 하잖아요? 이번에도 많이들 죽겠죠. 그리고 죽으면 죽는 대로 또 들개족 부락마다 병사를 징집하고 다닌답니다. 그러니 어디 안심하고 살 수 있겠어요? 에이, 그런 눈으로 보지 마세요. 나는 배신자나 뭐 그런 거 아닙니다. 처음부터 전쟁은 관심없었어요. 사실 난 군인도 아닌 걸요. 헤헤."

결국 자라목과 두 부하는 루루를 돌보며 그날 밤을 보냈다. 루루가 대장에게 들었다는 말에 의하면 고대 도시에 들어가려면 무슨 암호가 필요하다고 했는데 아무리 생각해도 그것에 대한 실마리를 찾을 수가 없었다. 그냥 섣불리 들어가 보기에는 자라목 일행도 너무나 지쳐 있었고 부상도 만만치 않았기 때문에 망설이고 있는 중이었다.

서서히 해가 기울기 시작하자 자라목과 두 부하는 긴장하기 시작했다. 급히 주변을 수색해 시냇물을 찾아낸 일행은 루루를 부축해서는 시냇물이 좀 깊은 곳까지 이동하고 그 옆에 자리를 잡았다. 모닥불을 피우고 마른 낙엽을 모아 자리를 만들고 하며 수선을 떤 끝에 간단한 야영 준비를 마쳤다.

루루를 제외한 세 사람은 다시 개미들이 출현할까 매우 두려워하고 있었다. 이미 화산개미가 서식하는 지역을 벗어나 있었지만 이들이 그걸 알 리 없었다. 반면 루루는 화산개미를 겪어보지 못해서 왜 이들이 바싹 긴장해 있는지 궁금했다.

"왜들 그렇게 초조해하는 겁니까?"

자라목이 되물었다.

"혹시 여기까지 오다가 개미를 만난 적 없었습니까?"

"개미요? 무슨… 개미를 말하는 거죠?"

"밤에 나타나는 개미 말입니다. 크기가 주먹만하고 한 번에 수천, 수만 마리씩 떼 지어 습격하는 괴물개미요."

"주먹만한 개미요? 글쎄요, 못 봤는데요?"

"그래서 아무것도 모르시는군요. 실은 우리 대원이 이것밖에 남지 않은 것은 그 개미 때문입니다."

"그러고 보니… 당신들 꽤 많았던 것으로 기억하는데……."

"스무 명이었는데 거의 다 죽었죠. 개미 떼에게 먹혀 버렸지요. 다행히 시냇물 옆이어서 그 안으로 도망간 사람만 몇 명 살아남았죠. 그중 일부는 성으로 돌아가고 우리 셋만 이리로 온 겁니다. 그 개미는 물을 싫어하는지 물속으로는 따라오지 않더군요."

루루가 고개를 저었다.

"정말 알 수 없네요. 그렇게 크고 무서운 개미 떼가 있었다니… 내가 보았던 잠자리나 뱀도 정말 무시무시한 놈들이었는데……. 나도 십 년이 넘게 사냥을 하며 먹고 살았어요. 그동안 정말 무서운 짐승들과 대면한 적도, 죽을 뻔한 적도 많았지만 이번에 동굴에서 본 괴물처럼 끔찍한 놈들은 없었어요. 그런데 당신들이 보았다는 개미 떼도 만만치 않은 것 같군요."

"그렇습니다. 내 부하들이 삽시간에 개미 떼에게 뒤덮이더니 잠깐 사이에 하얀 뼈밖에 남지 않았어요. 게다가 그놈들이 뿜어내는 시큼한 냄새는 숨도 쉬기 어려울 정도였죠."

두 부하가 주위를 경계하는 사이에 루루와 자라목은 많은 정보를 주고받았다. 이제 두 사람은 오랜 친구처럼 서로에게 자신이 겪은 위험에 대해 충고해 주었다.

그날 밤 루루는 심한 부상으로 열이 많이 났고 일찍 잠이 들었다. 그리고 나머지 인간족 세 사람은 교대로 번을 서가며 잠을 잤다. 다음날 세 사람이 일어난 시각은 정오가 다 되어서였는데 오랜만에 충분한 휴식을 취해서 몸이 많이 풀린 것 같았다. 주변을 뒤져 잡동사니들을 모아 대충 식사를 마친 후 앞으로의 일을 의논했다.

루루는 여전히 심한 환자였으나 빠른 회복을 보였다. 상처도 덧나지 않았고 스스로가 살려는 의지도 강했다. 그래서인지 정말 믿기 어려울 정도로 빠르게 상처가 아물고 있었다.

자라목이 보기에 루루는 정말 전쟁에 관심이 없었다. 그리고 오로지 자유롭고 평화롭게 사는 것만을 원하고 있었다. 그래서 들개족이든 인간족이든 상관없이 대하는 데 거리낌이 없었다. 누군가 자신을 공격하지만 않으면 절대 싸울 일이 없다고 믿는 사람이었다. 그런 그를 보고 자라목과 두 부하도 들개족에 대한 부정적인 인식이 많이 바뀌게 되었다.

그들이 얘기를 모아본 결과 얼마 후면 인간족의 군대와 들개족의 군대가 모두 이곳으로 모일 것 같았다. 양측이 모두 본성으로 정보를 보냈기 때문에 후속 부대가 고대 도시를 점령하러 올 것은 분명했다.

루루가 말했다.

"나는 더 이상 관여하지 않겠어요. 터치 장군의 군대에도 관심이 없고 인간족들도 나와는 상관이 없으니까. 다행히 몸이 많이 좋아진 것 같으니 군대들이 들이닥치기 전에 떠나겠습니다. 여러분들도 그리하시는 게 어떨지요?"

자라목이 고개를 저었다.

"루루님은 그렇게 하십시오. 이제 걸을 수 있을 것 같으니 조금만 더 가서 뗏목을 타면 무사히 고향으로 갈 수 있을 겁니다. 하지만 우리는 그럴 수 없어요. 고대 도시를 꼭 차지해야 합니다."

"거기에 꼭 들어갈 생각입니까? 죽게 된다니까요. 후회할 기회도 없을 겁니다."

"우린 당신네 들개족과 입장이 달라요. 당신들은 터치가 죽거나 그 부족이 멸망해도 극히 일부분이 죽게 될 뿐이지만 우린 성이 무너지면 그것으로 끝이거든요. 인간족은 멸망입니다. 그래서 터치와의 싸움에서 반드시 승리해야 해요. 하지만 지금으로써는 힘이 없어요. 고대 도시를 차지해서 그 안의 힘을 가져야만 터치나 그 밖의 외적을 이겨내고 멸망을 막을 수 있어요."

루루가 답답하다는 듯 제 가슴을 치며 말렸다.

"정말 답답하군요. 그 힘을 이용하려면 암호를 알아야 한다니까요. 당신 동생을 만나지도 못하고 죽고 말 겁니다. 동생을 만나지 않아도 되나요?"

"어쨌든 지금 당장은 안 됩니다. 지금 우리는 여길 떠날 수 없어요. 곧 우리 군대가 올 거거든요. 그들은 이 안에 무슨 위험이 있는지 모르고 있어요. 우린 기다리고 있다가 그들을 만나 경고해 줘야 하니까요. 우리 인간족은 숫자가 얼마 되지 않아서 더 이상 희생을 치를 수는 없어요."

"우리 군대가 오게 되면 어차피 여기서 맞닥뜨리게 될 거고 싸움이 일어날 텐데… 그래도 살아남을 수 있을까요?"

루루의 말에 한 인간족 병사가 발끈해서 소리쳤다.

"무슨 말이오? 뚜껑은 열어봐야 아는 거요! 반드시 당신네 군대가 이긴다는 보장은 없소!"

"그, 그야 그렇지요. 하지만 터치 장군은 아마 이곳을 차지하려고 대군을 보낼 겁니다."

"걱정 마시오. 그전에 우리가 고대 도시를 차지해서 그 힘을 이용해 들개족 군대를 물리칠 테니!"

"그, 그런가요?

루루는 더 이상 말리지 않았다. 말려도 소용없다는 것을 느낀 탓이다.

"휴, 알겠습니다. 그럼 그렇게 하십시오. 하지만 저는 먼저 여길 떠나겠습니다. 여기서 머물다가 싸움에 말려들고 싶지 않아요. 그래도 되겠죠?"

자라목이 고개를 끄덕였다.

"원하는 대로 하십시오. 당신은 자유니까요."

"고맙군요. 당신도 몸조심해요. 꼭 살아남아서 동생을 찾길 바랍니다."

루루가 한사코 떠나겠다고 하자 한 인간족 병사가 고개를 갸웃거리며 말했다.

"정말 이해가 안 되는군요. 당신들 들개족은 종족에 대한 책임감이 없습니까? 당장 우리보고는 이곳이 위험하다고 떠나라고 하면서 곧 들이닥칠 당신 동족들에게 경고하는 것은 싫다니……."

그 질문에 루루는 그저 뚱한 얼굴로 대꾸했다.

"당신들로서는 이해가 안 갈 수도 있죠. 지금 살고 있는 사람들이 종족의 전부라면서요? 그들이 죽으면 멸망이라면서요?"

"그렇소."

"우리 들개족은 그렇지 않아요. 지금 전쟁을 주도하는 터치 장군의 군대는 들개족의 일부에 지나지 않거든요. 게다가 주위에 있는 수많은 다른 들개 부족을 힘으로 누르고 억지로 전쟁에 가담시키고 있어요. 정말 원해서 전쟁을 하려는 사람은 몇 명 안 된단 말이오. 나 역시 원래는 터치의 부족이 아니었어요. 아주 어릴 적에 아버지가 그 당시 세력을 잡고 있던 푸치 장군의 군대로 끌려가는 바람에 우리 가족도 함께 그 성으로 가게 되었어요. 아버지는 그 뒤 십 년쯤 지나 죽었소. 푸치 장군이 그 동생과 왕위를 다투며 벌인 싸움에서 죽었지요. 알겠소? 미친 것들이 자기들끼리, 친형제끼리 박 터지게 싸웠단 말이오. 싸우려면 저희들 둘이서 단독으로 결투라도 할 일이지 왜 애꿎은 병사들을 서로 싸움 붙여 가지고 수백 명이나 죽게 만들어? 엄밀히 말해서 터치는 우리 동족이 아니라 원수란 말이오!"

그는 잠시 식식거리며 화를 삭이더니 담담한 목소리로 말을 이었다.

"그때 난 열네 살이었소. 그 착하던 아버지가 죽고 나자 어머니도 절망해서 시름시름 앓다가 몇 달 후 죽었소. 난 결심했지. 절대로 전쟁에는 나가지 말자고 말이오. 그냥 사냥이나 하고 잡일이나 하면서 살겠다고 말이오. 그 뒤로 내 주변에서는 정말 내가 바보인 줄 알게 되었죠. 싸움에 나가지 않으려고 일부러 더 바보 짓을 했으니까. 그게 지금까지 이어진 거요. 이제 내가 왜 터치의 전쟁에 관심없는지, 왜 바보라고 불리는지 알겠소?"

"그, 그런 일이… 있었군요."

인간족들은 미안한 표정이 되어 말을 잇지 못했다. 그러나 루루의 말은 아직 끝나지 않았다.

"그렇소. 당신들 인간족들이 들개족 때문에 얼마나 피해를 보고 얼마나 힘들게 사는지는 대충 들었습니다. 아니, 우리 성에도 당신네 포로가 수백 명이나 있었으니까… 늘 봐왔으니까 잘 압니다. 인간족 남자들은 거의 죽거나 병신이 되었고 여자들은 차마 못할 짓을 당했지. 나는 늘 그 광경을 가슴 아프게 보면서 자랐소. 이미 내가 그 성으로 가기 전부터 인간족 여자들이 많이 살고 있었죠. 그래서 혼혈도 엄청나게 많았고… 그 여자들과 혼혈아들의 생활은 그야말로 비참했소. 아버지가 누군지도 모르지. 이놈 저놈이 다 돌려가며 인간족 여자를 가지고 놀았으니까. 그러다가 엄마가 죽기라도 할라치면 그 혼혈아들은 굶어 죽기 십상이었소. 그나마 좀 자란 애들은 굶어 죽지는 않았지. 남자 아이는 머슴으로, 여자 아이는 누군가 데려가서 또 정액받이로 사용했으니까. 하지만 그게 어디 사람 사는 거겠소? 그 어린것들이, 열 살도 안 된 애들부터 그저 여자라는 이유로 그 짓거리를 받아내야 했던거요. 혼혈아란 이유 때문에 말이오. 그들도 당신들의 동족이오. 당신들의 피가 반이나 섞인 동족들이란 말이오. 얼마나 비참하게 사는지 한번이라도 생각해 본 적 있소? 그저 들개족이라면 토종이든 혼혈이든 다 원수로만 생각하는 게 당신들이잖소? 그 여자들이 왜 들개족의 아이를 낳고 그 아이들이 왜 혼혈로 태어났는지, 그런 환경에서 겨우 죽지 않고 살아남은 혼혈아들이 왜 다시 당신들과의 전쟁에 투입되어 피를 흘리며 싸우는지에 대해서는 단 한 번도 생각해 본 적 없지요?"

루루는 눈까지 빨개지며 열변을, 기염을 토해냈고 인간족 세 사람은 눈을 내리깔고 아무 대꾸도 못했다.

"당신의 동생이라는 처녀 말입니다. 그 여자를 데리고 떠난 내 친구도 혼혈아요. 태어날 때 엄마를 잃은 정말 불쌍한 놈이었소. 겨우 동냥젖으로 목숨을 건진 후 그대로 거지가 되었지. 너무 어려서 일을 시킬수도 없었기 때문에 그야말로 쓰레기통이나 뒤져서 목숨을 연명하는 신세였지요. 그러다가 여덟 살 정도 되었을 때 나를 만나게 된 거요. 우리 집 쓰레기를 뒤지고 있는 걸 내 아버지가 데리고 들어와서 씻기고 먹을 것을 주었던 거지요. 나와 동갑인데도 얼마나 조그맣고 말랐던지… 나보다 서너 살은 아래로 보였었소. 그때 못 자라서 지금도 키가 당신들 정도밖에 되지 않지만… 하여튼 아버지는 그 아이를 보고 우리 집에서 잔일을 하며 살아도 좋다고 하셨소. 한동안 우리 집에서 살았었지. 그 일이 있기 전까지는……."

인간족들은 끝없이 이어지는 루루의 얘기에 완전히 빠져들었다.

"그 일? 무슨 일이 있었죠?"

"뭐, 머슴으로 들어온 것이긴 하지만 근 일 년 동안이나 나와 친구가 되어 잘 지내고 있었죠. 그러던 어느 날 누군가 찾아와서 자기가 그 애의 본래 주인이라 주장한 거요. 고아 혼혈아가 잘 먹고 사는 꼴이 눈에 거슬렸던 거겠죠. 아버지는 녀석에게 틈틈이 공부까지 시키고 있었으니까……. 아버지는 내주려 하지 않았지만 결국 녀석을 빼앗기게 되었소. 그놈이 관리에게 고하기를 그 아이의 어머니가 자기의 노예였다고 했거든. 그러니까 그 여자의 아들도 자기 노예라는 거지. 나쁜 놈, 그 여자 노예가 애를 낳다 죽자 갓난아기를 길거리에 던져 버렸던 주제에……. 결국 아버지는 그 친구를 빼앗겼고 며칠 후 전 재산을 들고 가서 도로 사 왔소. 아버지가 오랫동안 일해서 모은 엄청나게 많은 가죽과 쇠붙이들을 모두 주고 바꾸어 왔죠. 그리고 노예 문서를 태운 뒤 그 친구를 멀리 도망가라고 풀어주었어요. 그래서 그 친구는 자유민이 되었소. 그러나 여전히 우리 성을 떠나지 않고 이 집 저 집을 다니며 잡일을 해 얻어먹고 살았소. 여전히 주위의 멸시와 학대는 끊어지지 않았지. 여기저기서 두들겨 맞는 것은 예사고 밥도 노상 굶는 것 같았소.

내가 가끔씩 먹을 것을 가져다 주곤 했는데 어떤 때는 거의 굶어 죽기 직전인 적도 많았소. 그래도 가끔씩 토끼나 다람쥐, 조개 따위를 잡아서 우리 집으로 가져다 놓곤 했었지. 은혜를 갚아야 한다나. 그런 식으로 겨우 목숨을 이어가던 녀석은 우리 아버지가 죽고 나자 사라져 버렸소. 내게 말도 없이 말이오. 나중에 스무 살이 넘어서 다시 나타났는데 정말 많이 달라져 있었죠. 어디서 뭘 하다 왔는지… 여전히 작은 체구였지만 눈은 전에 없이 반짝반짝 빛나고 있었소. 떠돌이가 되었다고 하더군요. 인간족의 지역은 물론이고 안 가본 곳이 없다고 했어요. 그 뒤로 일 년에 몇 번씩 들르곤 했는데 마지막 본 그때가 당신의 여동생을 데리고 간 한 달 전이오. 난 혹시 당신네 인간족들이 들개족이라고 내 친구까지 죽이지 않았을까 그게 또한 걱정이오."

자라목과 두 부하는 루루의 얘기에 취해서 듣고 있으면서도 내심 놀라움을 금치 못했다. 조금 전까지만 해도 바보가 아닌가 싶던 들개족이 저렇게 긴 얘기를 조리에 맞게 쏟아내다니…….

루루가 긴 말을 멈추고 세 사람을 돌아보았다. 그러자 멍해 있던 인간족들이 정신을 차리고 사과했다.

"무슨 말인지 알겠습니다, 당신이 왜 군대를 피해서 떠나려는지……. 아무것도 모르면서 함부로 말해 미안합니다."

"괜찮아요. 모르고 한 말인데요 뭐."

"언제 정도면 당신들의 군대가 오겠습니까?"

"글쎄요? 거기서 여기까지 열흘 정도 걸리니까 스무 날 정도? 아니지, 보름 정도 걸릴지 몰라요. 갈 때는 뗏목을 타고 갔으니까."

"우리 군대도 열흘 안에 도착할 겁니다."

"뭐, 더 이상 뭐라고 하지는 않겠습니다. 하지만 몸조심들하세요.

나를 치료하고 살려준 은혜는 평생 잊지 않겠습니다."

"아닙니다. 우리도 당신을 통해 들개족의 실체를 듣게 되어서 다행이었습니다. 그리고 내 동생을 구해준 일에 대해서는 다시 한 번 감사를 드립니다. 언젠가 꼭 은혜를 갚도록 하겠습니다."

"그런… 것보다는… 죽지나 마세요. 꼭 동생과 만나야 하니까요."

"예."

그 뒤로 루루는 꾸준히 잘 먹고 회복되더니 사흘 만에 일어섰다. 그리고 드디어 만난 지 닷새째 되던 날 인간족들에게 몸조심할 것과 군대가 오기 전에 단독으로는 절대 동굴에 들어가지 말 것을 신신당부하고 그곳을 떠났다.

루루와 인간족들은 오 일을 함께 지내면서 서로가 아는 위험에 대해 충분히 정보를 주고받았고 그에 따라 각자 만반의 준비를 다 갖출 수 있었다.

루루는 계획했던 대로 그 길로 강으로 갔고 뗏목을 만들어 강물에 몸을 띄웠다. 그게 가장 쉽고 빠르게 가는 방법이었다.

남은 인간족 세 사람은 고대 도시로 확신되는 동굴을 탐사하기 위해서 준비하고 있었다. 며칠 더 기다리면 군대가 올 것이라고 기대하고 있긴 했지만 육 일 전에 되돌려보냈던 부상병들이 무사히 성으로 돌아갔을지는 미지수였다.

만에 하나 그들이 제대로 지도와 정보를 전하지 못했다면 결코 인간족의 후발대는 이곳으로 찾아올 수 없었다. 그런 상태에서 들개족의 군대가 온다면 사태는 절망이었다. 고대 도시가 얼마나 위험한 곳인지는 모르겠으나 잘못하면 들개족에게 고대 도시를 통째로 빼앗길 수도 있으니 말이다.

지금도 들개족의 위협에서 멸망을 기다리는 처지인데 고대 도시마저 빼앗긴다면 인간족은 더 가망이 없었다. 모두 배를 만들어 타고 아주 멀리 들개족이 없는 곳으로 이동하는 것밖에……

이제 자라목은 정 급할 경우 그렇게라도 해야 한다는 생각이 들었다. 그럴 틈이나 있을지 모르겠지만 말이다.

여러 가지로 생각을 정리하던 자라목이 부하들에게 말했다.

"이대로는 불안해서 더 기다릴 수가 없다. 아무래도 저곳에 들어가봐야 되겠어."

"대장님, 꼭 그래야 합니까? 루루가 한 얘기를 잊은 것은 아니겠지요?"

"물론 똑똑히 기억하고 있어. 하지만 만일 우리 군대가 오지 않는다면, 그럼 어쩌지?"

"우리 군대는 올 겁니다. 사람들을 보냈잖아요?"

"나도 그렇게 믿고 싶어. 하지만 그들은 심한 부상을 입고 있었어. 만일 그들이 성으로 돌아가지 못했다면?"

"그, 그럴… 리가요. 설마… 잘 갔을 겁니다."

"그래야 하는데……"

이제 두 부하도 걱정스런 표정이 되었다. 여태까지는 인간족 군대가 꼭 올 것으로 생각하고 있었지만 자라목의 얘기에도 일리가 있었던 것이다.

"조금만 더 기다려 보죠. 어차피 들개족보다는 우리 군대가 먼저 도착할 겁니다. 아무리 못해도 거리상으로 오류 일은 더 이익일 거예요. 그때까지만 기다려 보고 만일 오지 않으면 그때 들어가죠, 예?"

"그렇게 하세요, 대장님. 루루가 거짓말을 한 것 같지는 않아요. 우

리끼리 들어갔다가 만일 다 죽으면 그 다음에는 군대에 위험을 알릴
수도 없게 되잖아요?"

"그렇군."

상의한 끝에 인간족이 도착할 때까지 앞으로 오 일간을 더 기다리기
로 결정을 보았다.

세 사람은 가능한 체력을 잃지 않도록 열심히 벌레를 잡거나 풀뿌리
를 캐 먹으며 초조한 시간을 보냈다. 그렇게 고대 도시를 지켜보며 지
원 부대를 기다리는 길고 지루한 야영이 시작되었다.

제4장 인간족의 성

퍼쿵 일행은 동굴을 떠난 지 이틀 하고도 반나절 만에 인간족의 성 선착장에 뗏목을 댈 수 있었다. 이 계절에 불어주는 강한 남서풍 덕분이었다. 여름이 지나고 가을이 오면 다시 북동풍으로 바뀔 테지만 아직은 늦봄이었다.

해가 서쪽으로 기우는 가운데 인간족의 성이 보이기 시작하자 자리코는 이미 그보다 먼저 바짝 긴장하고 있었다. 오랜만에 고향에 돌아왔다는 설렘과 오빠를 만나게 된다는 기대감, 그리고 주민들이 자신을 알아보면 어떻게 대할까 등에 대한 두려움이 범벅되어 시종일관 안절부절못했다.

치요가 자리코의 어깨를 두드리며 위로했다.

"너무 걱정하지 마. 이제 전과는 많이 달라. 우리의 출입에 대해서 왕이 허락했거든. 게다가 지금 이들은 우리의 도움을 많이 필요로 하니까 절대로 우리에게 함부로 대하지 못해."

자리코는 거우 대답했다.

"으, 응. 알겠어."

그녀는 그렇게 대답은 하면서도 혹시 누가 알아볼까 두려워 망토를 머리 위까지 덮어 썼다.

선착장에서 지키고 있던 병사들은 퍼쿵 일행을 반갑게 맞았다. 얼마 전과는 또 다른 태도였다. 퍼쿵과 아이들은 그들의 환대가 좀 떨떠름하게 느껴졌다. 자신들이 위기에 처하자 도움을 받기 위해 그러는가 싶었고 비굴하고 간사하게 느껴지기도 했다.

한 중년의 장교가 친한 척 반색을 하며 말을 걸어왔다.

"여어, 이제들 오나? 고생 많았지? 폐하께서 많이 기다리셨네."

장교는 퍼쿵들을 향해 벌쭉벌쭉 웃기까지 했다. 그러자 피코가 이죽거리며 대꾸했다.

"거참, 모를 일이네. 우리가 성을 잘못 찾았나? 왜 이렇게 반갑게 맞아주는 거지? 퍼쿵, 여기 인간족 마을 맞아? 옳게 찾아온 거야?"

유코도 깐죽거리는 얼굴로 빈정거렸다.

"아저씨 누구세요? 우리를 아세요? 아참, 조심해야지. 요즘 이상한 취미를 가진 어른들이 많다던데……. 아저씨, 잘못 짚으셨네요. 우린 돈 같은 거 필요없거든요. 호호!"

딸 같은 여자애들에게 망신을 당한 그 중년 장교는 썩 무안한 표정을 지으며 떠듬거렸다.

"아니, 무, 무슨 그런 말을……. 어, 어서 올라오게들."

사실 인간족 주민들에게는 새로운 칙령이 내려져 있었다. 고대 도시로 추정되는 동굴이 발견되었고 카르티의 원정군이 출발하긴 했으나 아직 확실한 것은 아니었다. 그리고 만일 그 동굴이 고대 도시가 맞다고 하더라도 그 안에 어떤 비밀이 있으며 어떻게 운용해야 하는지는 알 수 없는 일이었다.

부르크는 여러 가지 정황을 분석했다. 그리고 혹시 고대 도시에 어떤 비밀이 있다면 그 열쇠는 역시 보보와 유코가 쥐고 있을 것이라 결론 내렸다.

게다가 들개족과의 연합도 아예 무시할 수는 없었다. 그런 와중에 킹카 일행이 돌아왔고 그들은 꼬치와의 회담이 성공적으로 이루어졌음을 보고했다. 킹카의 보고에는 그 회담의 성공에 퍼쿵 일행과 꼬치 부족과의 친분 관계가 큰 도움이 되었다는 것도 포함되어 있었다.

그와 같이 이런저런 이유에 의해 퍼쿵과 그 일행은 다시 인간족의 멸망을 막기 위해 없어서는 안 될 중요한 인물들로 평가가 급부상하게 되었다.

왕과 쿠르 장군과 부르크는 내려진 결정을 바로 특별 칙령으로 발표했고 모든 백성들이 그에 따랐기 때문에 인간족들의 태도가 친절하게 바뀌었던 것이다.

자리코의 걱정과는 달리 그녀에게 신경 쓰는 사람은 하나도 없었다. 지난번 왔을 때 이들이 자리코의 죽음에 대해 얘기해 준 것은 카르티와 자라목뿐이었는데 그 둘 역시 더 이상 아무에게도 자리코의 얘기를 하지 않았고 그건 응가 원장도 마찬가지였다. 응가는 퍼쿵 일행과 만난 사실을 아예 함구해야 했으니까.

그래서 자리코에 대한 얘깃거리는 날 것이 없었고 지금 시점에서 그녀를 일부러 기억해 내거나 신경 쓰는 사람도 전혀 없었다. 도착 전부터 불안했던 자리코로서는 그 점이 몹시도 다행스럽게 생각되었다.

선착장으로 연결된 성문을 통과해 성 안쪽을 걸으면서 주위를 둘러보던 보보가 뭔가를 손으로 가리켰다.

"저것 좀 봐요!"

"뭐?"

"저기 있는 수레 말이에요."

퍼쿵과 아이들은 보보의 손가락 끝을 따라 눈을 돌렸다. 그러자 처음 보는 수레가 눈에 들어왔다.

"저게 뭐지?"

보보는 수레 가까이 다가갔다. 그러자 그 앞에 서 있던 병사가 난색을 표하며 가로막았다.

"저… 이쪽으로 오시면 안 되는데요."

"왜요?"

보보는 의혹이 가득한 눈으로 병사의 뒤에 있는 수레를 살폈다.

"이건 군사적으로 중요한 물건이라서요."

"그냥 구경만 하는 것도 안 되나요?"

"죄송합니다. 상부의 특별 명령이라서…….."

보보가 고개를 끄덕이며 돌아섰다.

"그래요, 그럼. 하긴 내가 저 물건에 가까이 가면 아저씨가 작살날 테니."

그러면서 보보는 슬쩍 펌프 옆에 쓰여 있는 글자를 보았다.

보보가 순순히 돌아서자 병사는 가슴을 쓸어 내리며 안심하는 것 같았다.

보보가 일행에게 돌아와서 말했다.

"뭐, 가까이 가지 않아도 저게 뭔지 대충 알 것 같아요. 새로 만든 것 같은데⋯⋯. 봐요, 저기 수레 위의 둥근 항아리는 약통이야. 그리고 저기 손잡이가 달린 것은 펌프, 앞에 튀어 나와 있는 파이프는 분사 노즐인 것 같은데⋯⋯."

퍼쿵이 멀뚱하니 물었다.

"펌프가 뭐냐?"

보보가 설명했다.

"아, 그거 간단한 도구예요. 자, 봐요."

보보는 마침 길가에 있던 물통에 두 손을 담갔다. 그리고 두 손바닥을 포개어 빈 공간을 만들고 물을 집어넣었다가 갑자기 확 눌러서 엄지손가락 사이에 난 구멍으로 물을 쭉 내뿜었다. 그리고 바닥에 막대기로 펌프 그림을 그리며 구조를 설명했다.

"이 놀이는 다 할 줄 알죠? 이게 바로 펌프의 원리인데요, 잘 밀폐된 원통 실린더와 피스톤, 그리고 노즐 몇 개만 달아놓으면 만들기 쉬워요. 바로 물이나 기름 따위를 빨아들여서 다른 곳으로 뿜어낼 수 있게 만든 도구예요. 이런 식으로요."

퍼쿵과 피코, 치요가 감탄하듯 고개를 끄덕였다.

"거참, 신기하네."

보보의 말이 이어졌다.

"아무래도 부르크 대신이 대장장이들을 데려다 만든 것 같아요. 펌프에 부르크라고 쓰여 있었어요. 음, 그런데 그 사람 머리가 아주 좋군요. 이런 환경에서 저런 물건을 생각해 내다니⋯⋯."

피코가 다시 물었다. 아직 펌프를 왜 수레에 달아놨는지 이해가 되지 않는 모양이었다.

"대체 저게 뭔데 그래? 어디다 쓰는 물건이야?"

"군사 기밀이라는 것 보니까 저건 무기야. 저기 봐. 앞으로 튀어 나온 파이프 밑에 횃대가 하나씩 꽂혀 있지?"

"응."

"먼저 저 횃대에 불을 붙인단 말야. 그리고 저 쇠 항아리에는 아마 순도 높은 기름을 넣을 거야. 그 다음 펌프질을 하면 앞의 파이프로 기름이 뿜어져 나가는 거야. 멀~리까지. 그러면서 바로 횃불에서 기름으로 불이 옮겨 붙지."

"그래서?"

"그 앞에 서 있으면 불 붙은 기름을 온몸에 뒤집어쓰게 된단 말야. 아직도 모르겠어? 그걸 맞으면 홀랑 다 타 죽는다고."

그제야 퍼쿵 일행은 고개를 끄덕이며 놀라워했다.

"오오, 정말 무서운 무기구나."

"그렇지요. 아무리 생각해도 부르크란 사람, 대단하긴 해요!"

"넌 더 대단하다. 어떻게 먼발치에서 슬쩍 보기만 하고도 그런 걸 다 알 수가 있는 거냐?"

퍼쿵의 칭찬에 보보가 겸연쩍게 웃었다.

"헤헤, 저건 벌써 옛날부터 있던 물건이에요. 제 머리가 대단한 게 아니고요."

이번에는 치요가 달라진 점을 지적했다.

"그런데 좀 이상해. 군인들이 많이 준 것 같지 않아? 이런 비상 시기에 말야. 어? 저기 좀 봐. 초소에 군인 대신 아이들이 있잖아? 어라? 저쪽은 여자들이 있네?"

피코가 대수롭지 않게 말했다.

"여군 아냐?"

"아니, 나이 많은 아줌마들인데? 저쪽에는 할아버지도 있어. 왜 군인들 대신 부녀자와 노인들이 보초를 서고 있지? 아이들까지 말야."

그러고 보니 치요의 말이 맞았다. 초소는 전보다 더 늘어 있었는데 군인은 반도 되지 않았고 그 나머지는 민간인들로 채워져 있었다.

퍼쿵과 아이들은 몇 가지 변화에 좀 이상하다는 생각이 들었다. 젊은 남자가 다 군인으로 빠져 나머지는 생업에 종사해도 모자란 요즘 같은 시대에 민간인까지 보초에 투입되고 있다니…….

퍼쿵 일행이 두리번거리며 거리를 가로지르자 사람들의 시선이 금방 집중되었다. 그런데 확실히 사람들의 시선도 전과는 달랐다. 전처럼 까닭없이 눈에 힘주고 보는 사람은 거의 없고 어딘지 모르게 기대감이 담긴 듯한, 그러면서도 모든 사람의 눈에 알 수 없는 불안감이 엿보였다.

치요가 말했다.

"아무래도 이상해. 그동안 무슨 일이 있었던 모양이야."

퍼쿵도 고개를 끄덕였다.

"그래, 일단 카르티 형을 만나보자. 만나서 자세히 알아보는 게 좋겠어."

일행은 서둘러 발걸음을 옮겼다. 그리고 잠시 후 카르티의 막사에 도착했다.

"예? 어, 언제요?"

퍼쿵 일행은 경비병의 말을 듣고 깜짝 놀랐다.

"한 닷새 되었습니다. 고대 도시를 찾아냈거든요."

"고대 도시를 찾았다고요?!"

퍼쿵 일행이 입을 딱 벌리며 더욱 놀라자 말하던 병사가 약간 당황하기 시작했다.

"아참, 이런 얘기를 막 해도 되나 모르겠군… 이, 이거. 그 일이 무슨 비밀은 아닙니다만……."

그 병사는 전부터 퍼쿵 일행에게 호감을 가지고 있던 사람이었는데 아무 생각 없이 얘기를 했다가 그 일로 혹시 추궁을 받게 될까 봐 찔끔한 모양이었다.

그러자 치요가 물었다.

"고대 도시를 찾아 대규모 원정대가 떠났다는 사실, 여기 주민들 모두가 알고 있는 거 아닌가요?"

"예, 모두 알고 있죠."

"그럼 뭘 걱정해요, 비밀도 아니라면서. 우린 아무 말 하지 않을 테니 걱정 말아요."

"그, 그래 주시겠습니까?"

"물론, 남 곤란하게 하지는 않으니까 맘 놓으세요. 그건 그렇고, 그 때문에 병사들이 없는 것이군요."

"예, 반 이상이 빠져나갔으니까요. 지금 이 성에 남은 군인은 이백 명도 채 안 됩니다. 그래서 부녀자와 노인들이 대신 보초를 서는 거예요."

얘기하던 병사가 갑자기 고개를 갸우뚱하며 물었다.

"그런데 저 아가씨는 혹시… 자라목 분대장님의 동생?"

귀향 후 자리코의 얘기는 처음이었다. 자리코는 제 오빠의 이름이 나오자 가슴이 벌컥 뛰면서도 자신을 알아본 병사에게 불안감이 느껴졌다.

자리코가 대답을 하지 않자 그 병사가 다시 말을 이었다.

"아, 아닌가요? 제가 잘못 봤나 보군요. 그런데 자라목 분대장님 얘기는 들으셨습니까?"

퍼쿵과 아이들은 잠시 자리코를 바라보다가 병사에게 고개를 저었다.

"자라목 분대장에게 무슨 일이라도 생겼습니까?"

"못 들으셨군요? 저기……."

병사는 주위를 살펴보고 아무도 없다는 것을 확인한 후 목소리를 낮추어 말했다.

"실은 자라목 분대장이 찾아낸 겁니다. 그 고대 도시 말이에요."

퍼쿵 일행은 다시 한 번 깜짝 놀라 소리쳤다.

"예에?!"

그리고 자동적으로 아이들의 시선이 자리코에게 모아졌다.

병사가 또 당황했다.

"쉬잇! 제발 목소리 좀 낮춰요! 뭐, 이것도 누구나 다 아는 사실이지만 그래도 당신들은 우리 부족이 아니라서 함부로 얘기해도 될지 어떨지는 모르겠거든요."

자리코는 아무 말도 못하고 놀라서 입만 딱 벌리고 있다가 겨우 마음을 진정시켰다. 그리고 떠듬떠듬 물었다.

"그, 그럼… 그분, 자라목이라는 분은… 지금 어디 계신가요?"

"아, 그분, 실종되셨습니다. 원정대가 다 죽고 몇 명만 살아 돌아왔는데 그분은 그때 돌아오지 않고 고대 도시에 남았다고 했거든요. 자라목 대장이 부상자 편으로 보낸 지도와 보고서를 가지고 카르티 장군님이 원정군을 이끌고 간 거예요. 고대 도시를 점령하려구요."

퍼쿵이 좀 불안한 목소리로 말했다. 충격이 커 보이는 자리코를 위로하기 위한 말이었다.

"그럼… 실종이 아니라… 지금 고대 도시에 남아 있겠군요."

병사는 알 수 없다는 듯 고개를 저었다.

"그럴지도 모르죠. 어쩌면 죽었을지도. 그곳은 아주 무서운 저주가 걸려 있다고 하거든요. 우리 시조의 말에 의하면……."

갑자기 자리코가 푹 주저앉으며 울음을 터뜨렸다.

"흑! 오빠……."

"옛? 오빠… 라구요? 당신, 자라목 분대장의 동생이 맞군요?"

"흐흑, 우리 오빠가 왜, 왜 그곳에……. 오빤 돌격대원인데 왜 원정대가 된 거예요?"

자리코는 마구 울먹이면서 병사에게 매달렸다.

"이, 이거 저한테 이러시면 안 됩니다."

자리코는 병사의 멱살을 잡고 늘어졌다.

"엉엉! 왜 우리 오빠가 여기를 떠난 거냐구요?!"

그러자 퍼쿵과 피코가 얼른 달려들어 병사와 자리코를 떼어냈다.

"자리코, 진정해! 오빠는 괜찮을 거야!"

"그래, 이 사람은 아무 관련도 없어. 진정해!"

겨우 자리코로부터 벗어난 병사는 구겨진 옷을 펴며 말했다.

"죄송합니다. 그분이 왜 떠났는지는 저도 잘 모르거든요. 어느 날 느닷없이 사표를 내고 사라졌어요. 언제였더라, 한 달이 좀 못 된 것 같은데……. 아, 맞아! 지난번 당신들이 왔던 날 있죠? 그 밤에 자라목 분대장님이 찾아왔었잖아요? 그때도 제가 보초를 서고 있었거든요. 확실해요. 기억나지 않으세요?"

퍼쿵 일행이 고개를 끄덕였다.

"맞습니다. 그날 자라목 분대장이 동생을 찾아왔었죠. 바로 우리가 오던 그날이었어요."

병사는 기억을 더듬어가며 말했다.

"그래요. 그날 자라목 분대장이 카르티 장군님으로부터 하루 휴가를 받았었죠. 그리고 날도 새기 전에 바로 떠난 거예요. 장군님께 말도 없이 그냥요. 나중에 사표와 편지가 전달되었죠. 자라목 분대장은 원정 대장이 되어서 떠났고 보름인가 지나서 부하들 몇 명이 고대 도시의 지도와 보고서를 가지고 돌아온 거예요. 거의 다 죽어가지고요."

퍼쿵 일행은 아무 말 못하고 속으로 가슴을 쳤다. 깊은 슬픔에 빠져 있는 자리코를 보며 아무 말도 할 수 없었다.

'그날… 그래, 자라목은 그때 우리에게 자리코가 죽었다는 말을 듣고… 그래서 떠나 버린 거야. 제 동생이 죽은 줄 알고……. 하아, 이럴 수가…….'

자리코는 얼굴을 감싼 채 울고 있었고 퍼쿵과 피코, 치요와 유코, 보보는 서로의 얼굴을 마주 보며 할 말을 잃었다.

퍼쿵들의 생각을 모르는 병사가 울고 있는 자리코를 위로했다.

"저, 아가씨, 진정하십시오. 자라목 대장은 살아 있을 겁니다. 아직 소식은 없지만 카르티 장군님이 군대를 이끌고 갔으니까 분명 거기 합류해서 돌아올 거예요. 걱정 말고 기다리세요."

자리코는 병사의 위로에도 대답없이 눈물만 흘리고 있었다. 그러자 병사가 퍼쿵에게 말했다.

"뭐, 어차피 상황이 이러니까 여기서 이러실 게 아니라 쿠르 장군님을 찾아가 보시죠? 그분이 카르티 장군님의 직속 상관이니까 거기 가면 더 자세한 소식을 알 수 있을 겁니다. 저 아가씨도 좀 안정을 취해야 할 것 같고……."

퍼쿵이 고개를 끄덕이며 말했다.

"알겠습니다. 그리고 도움 줘서 정말 고맙소."

"뭘요."

퍼쿵 일행은 자리코를 부축해서 다시 거리로 발을 옮겼다. 아까 병사의 말과는 달리 퍼쿵은 쿠르의 거처로 가지 않았다. 그 반대 방향인 장터로 향하는 중이었다.

퍼쿵 일행이 인간족의 성에 돌아온 것은 원래 카르티를 만나기 위함이었다. 그래서 꼬치와 들개족에 대한 얘기를 해주고 다시 떠나려 했었다. 자신들이 없어도 부르크나 다른 못 믿을 장군들이 어떤 흉계를 꾸며도 괜찮도록 따로 들개족에 대한 정보를 줄 생각이었다.

그러다가 자리코와 합류하게 되었고 그녀를 오빠와 만나게 해주는 목적까지 더하게 되었다. 자리코는 나리와 결혼했지만 어차피 당분간 두 사람이 함께 있을 수는 없으므로 전쟁이 시작되기 전에 그녀를 데리고 안전한 곳으로 떠날 생각이었던 것이다.

그러나 그 두 가지 목적이 하나도 이루어지지 않았다. 자라목도, 카르티도 모두 고대 도시라는 곳으로 떠났다니 이제 여기 인간족의 성에는 그다지 볼일이 없었다. 그저 삼산의원에 들러 웅가가 원장의 안부나 들여다보고 간다면 모를까.

그래서 삼산의원이 있는 장터로 가고 있는 중이었다.

그때 보보가 입을 열었다.

"퍼쿵 형, 이거 이대로 가만히 있어도 되는 건지 모르겠어요."

"뭐가?"

"고대 도시 말이에요."

"그럼 어떻게 해야지?"

"지금 자라목 형도, 카르티 장군님도 모두 거기에 가 있다지 않아요?

같은 곳에요. 거기가 어딘지 모르지만 얘기 들어보면 무슨 대단한 위험이라도 있다는 것 같은데… 그게 걱정되네요."

치요도 고개를 끄덕였다.

"보보 말이 맞아. 내 생각에는 쿠르 장군을 찾아가서 고대 도시가 어디에 있는지부터 알아보는 게 좋을 것 같아. 그래서 우리도 거기로 가는 게 어떨까? 도움이 될지 어떨지는 모르지만."

그러자 퍼쿵이 대답했다.

"안 그래도 그렇게 할 생각이야. 다만 먼저 웅가가 아저씨부터 만나보고… 지금 이곳 상황이 어떻게 돌아가는지 먼저 물어보고 왕궁으로 갈 생각이었어. 왕궁의 인물들은 하도 교활해서 믿을 수가 있어야지."

유코도 진지한 표정으로 말했다.

"그래요. 그렇게 해요, 우리. 자라목 오빠가 그렇게 떠난 건 우리 책임인 것 같은데……."

그러면서 유코가 뒤를 돌아 자리코를 훔쳐봤다. 자리코는 힘없이 축 늘어져서는 피코의 부축을 받으며 걷고 있었다. 피코는 흘낏 돌아보는 유코와 눈이 마주치자 걱정스러운 듯 고개를 저었다. 그리고 말했다.

"맞아, 우리 책임이야. 우리가 자리코를 죽었다고 얘기해서 자라목이 떠난 거야. 우리가 도와줘야 해."

자리코는 멍한 얼굴로 일행의 얘기를 듣고 있었다. 여전히 그녀의 뺨은 눈물에 젖어 있었다.

퍼쿵이 자리코에게 다가가 그녀의 뺨에 흐르는 눈물을 닦아주며 말했다.

"자리코, 미안하구나. 너에게는 정말이지 면목이 없다. 처음 우리와 만날 때부터 우리 때문에 네 고생이 이만저만이 아니구나. 아무 걱정

하지 마. 우리가 꼭 네 오빠를 무사히 데리고 올게."

"…퍼쿵 오빠."

자리코가 슬픈 눈으로 퍼쿵을 올려다봤다. 그러자 퍼쿵이 자리코를 번쩍 안아 들며 말했다.

"어디, 우리 자리코, 한번 안아줘도 될까? 너무 힘이 없어서 오빠가 안고 가는 게 낫겠다. 이 정도는 나리도 봐주겠지?"

자리코는 당황하며 버둥거렸다.

"어머, 오빠! 나 괜찮아! 걸어갈 수 있어요."

자리코가 내려오려 하자 다른 아이들이 모두 한마디씩 했다.

"괜찮아. 맨날 안아주는 것도 아닌데… 그냥 안겨서 가!"

"호호, 그래요, 언니, 오늘은 내가 한 번 양보할게."

"나리 형한테 이르지만 마."

그러자 피코가 장난스럽게 웃으며 말했다.

"그래, 오늘은 자리코를 목마 태워보는 게 어때? 어떤 반응이 나오나 한번 보게. 킥, 누구처럼… 자리코도 그럴까? 푸하하!"

그 말에 유코가 펄쩍 뛰며 달려들었다.

"피코, 그만두지 못해요?! 정말 자꾸 그럴 거예요!?"

"어어? 왜 이래, 내가 뭐랬다고? 내가 언제 누구라고 말했어? 킥킥!"

피코와 유코는 또 툭탁거리며 앞서 달려가기 시작했고 갑자기 유쾌해진 일행은 웃으며 장터를 향해 걸어갔다.

해가 많이 기울어 그림자가 점점 길어지는 가운데 장터 끝부분에 다 떨어져 덜렁거리는 삼산의원의 간판이 보이기 시작했다.

해가 넘어가자 급격히 어두워지는 숲 속. 인간족의 성으로 들어가는 길목의 초소에 십여 명의 병사들이 앉아 있었다. 그중 반은 잠을 자고 있었고 나머지 반도 아무 말없이 고단한 눈을 숲으로 고정시키고 있었다.

숲에서는 아무 소리도 들리지 않았다. 낮 동안 시끄럽게 지저귀던 새와 원숭이 떼도 해가 지면서 침묵 속으로 빠져들었고 이제는 밤에만 움직이는 맹수들이 슬슬 잠을 깨어 돌아다닐 시간이었다.

그들은 엄청난 양의 폭약이 설치되어 있는 길목에 매복해 있는 정찰대였다.

초소의 규칙에 따라 병사들은 아무도 말을 하지 않았다. 모든 의사소통은 미리 정해진 수신호에 의해서 이루어졌고 불도 피울 수 없었다. 벌써 보름이 넘게 교대로 이런 생활을 하고 있는 병사들은 이제 지칠 대로 지쳐서 아무 의욕도 없어 보였다.

한 병사가 수통을 열어 물을 입으로 가져갔다. 다른 병사가 물끄러미 그 모습을 보더니 자신도 그 수통을 받아 물을 마셨다. 그리고는 또 아무도 움직이지 않았다. 너무도 움직임이 없어서 자는 것인지 숲을 감시하는 것인지도 잘 구분이 가지 않았다.

그런데 그런 그들을 감시하는 또 다른 눈들이 있었다.

숲의 어둠 속에서 수십 개의 눈이 온몸에 두꺼운 진흙을 잔뜩 바르고 바싹 엎드린 채 초소를 바라보고 있었다. 그 진흙덩이의 팔에는 역시 검게 진흙으로 뒤덮인 몽둥이가 하나씩 쥐어져 있었고 바위와 고목 뒤에도 온몸에 진흙과 나뭇잎이 잔뜩 발라진 형상들이 새까만 활을 들고 소리 죽여 붙어 있었다.

인간족의 성으로 들어오는 세 개의 길목마다에 각기 초소가 만들어져 있었고 그 안에 각 일개 분대씩 지키고 있었는데 그 세 개의 초소 모두 다 진흙덩이들에게 이미 포위되어 있었다. 그 뒤로도 소리를 죽여가며 다른 진흙 덩어리들이 속속 모여들고 있었다. 그뿐 아니었다. 이미 초소를 넘어서 인간족의 성 주위에도 길게 몇 겹으로 진흙덩이들이 빙 둘러싸고 눈을 빛내며 바라보고 있었다.

너무도 조용한 저녁이었다.

인간족 정찰대들은 맹수들이 울부짖을 때도 되었건만 어찌 된 일인지 오늘은 너무나 고요하다는 생각을 하며 졸듯이 앉아 있었고 어둠은 점점 깊어만 갔다.

"엇? 너, 너는……?"

문 소리에 무심코 뒤를 돌아보다가 퍼쿵에게 안겨서 들어오는 자리코를 발견한 응가는 얼어붙은 듯 그 자리에서 굳어버렸다.

자리코가 퍼쿵의 품에서 내려와 응가에게 달려갔다.

"원장님~"

"자리코!!"

두 사람은 박치기를 하듯 서로를 부둥켜안았다. 자리코가 울음을 터뜨리자 나이 많은 응가 역시 부끄러움도 잊은 채 흐느꼈다.

"으허엉! 야, 이 녀석아, 이게 어떻게 된 일이냐? 그동안 어디 갔다 왔어? 으허헝!"

"흑흑, 원장님, 죄송해요. 걱정 많이 하셨죠?"

"이놈아, 걱정이 다 뭐야? 너 죽은 줄 알고 얼마나 슬펐는지 알아? 도대체 어딜 갔다 온 거냐?"

"흐흑, 죄송해요, 죄송해요. 흐흐흑!"

자리코는 어떻게 된 영문인지 설명은 못하고 그저 죄송하다는 소리만 되풀이했다.

자신이 어디서 어떤 일을 당하고 돌아왔는지 도저히 말할 수 없는 그녀였다. 퍼쿵 일행에게도 아직 그 일에 대해서는 구체적으로 말한 적이 없었고 앞으로도 하지 않을 생각이었다. 평생 가슴속에 묻어둔 채 무덤까지 가지고 가고 싶었다.

오열하는 두 사람에게 퍼쿵이 다가갔다.

"그동안 안녕하셨습니까?"

정신없이 울던 응가는 퍼쿵의 목소리에 겨우 정신을 차렸다.

"어허헝! 그, 그래, 자네들이 자리코를 구해왔군. 으헝! 고맙네, 고마워. 정말 고맙네. 허허헝!"

퍼쿵이 고개를 저었다.

"저희들이 구한 게 아닙니다. 자리코를 구해온 사람은 나리입니다."

응가는 눈물, 콧물이 범벅이 된 가운데도 상당히 놀라는 표정을 지었다.

"나리? 그때 그 청년 말인가? 자네의 약을 구해준?"

"예, 그 친구가 자리코를 구해왔고 저희는 이리 데리고 왔을 뿐입니다."

응가가 감격스런 얼굴이 되어 말했다.

"고마운 친구로군. 정말 고마워. 그 친구가 자네와 자리코를 둘 다 살려냈군. 어허허, 어떻게 이 고마움에 보답하지? 언제 또 만날 수 있을까?"

그러자 자리코가 눈물을 닦으며 응가에게 말했다.

"원장님, 저 결혼했어요."

"응? 누구와? 퍼쿵이랑 했나?"

그 말에 퍼쿵이 얼굴을 붉히며 손을 저었다.

"아, 아닙니다, 저는!"

유코가 화난 것처럼 입을 삐쭉 내밀었다.

"어머, 아저씨! 퍼쿵 오빠는 제 거란 말이에요!"

"아, 그랬나? 그럼 누구? 보보랑 했는가?"

그러자 보보가 민망한 표정이 되어 피코를 바라보자 피코는 모르는 척 외면했다.

"아니에요. 저 나리 오빠와 결혼했어요, 원장님."

"뭣? 나, 나리와?"

"예."

웅가는 꽤 당황하는 기색이었다.

"하지만… 그 친구는 들… 이 아닌가?"

웅가 원장은 '들개족'이란 말을 다 못하고 '들'이라고 얼버무렸다. 누군가 엿들을 수도 있기 때문이다. 들개족과 언제 전쟁이 일어날지 초를 재고 있는 지금 말 한번 잘못하면 죽을 수도 있었다. 더구나 전과자인 웅가 원장으로서는.

"예, 우린 사랑해요. 서로 사랑해서 결혼했어요."

"그, 그랬구나. 하긴… 서로 사랑한다면 문제될 건 없겠지."

웅가는 한동안 얼이 빠진 것처럼 허둥댔다. 그럴 법도 했다. 친딸이나 마찬가지로 애지중지 키워온 자리코가, 죽은 줄만 알았던 그 애가 되살아왔으니 정신이 있을 리 없었다. 그런데 더욱이 결혼까지 했다니, 그것도 들개족 혼혈아와 말이다. 이해할 수는 있지만 선뜻 축하해 줄 정도는 아닌 모양이었다.

웅가가 물었다.

"그럼… 나리와 함께 잠을 잤다는 얘기냐? 아기를 가지려고?"

응가는 자유혼제도처럼 그저 성교를 한 것이냐고 묻는 중이었다. 그러나 자리코는 고개를 저었다.

"그런 일시적인 연애가 아니라 진짜 결혼을 했어요. 옛날 우리 부모님들이 했던 그 결혼요. 진짜 평생 둘이서만 사랑하며 애 낳고 사는 그런 결혼 말이에요."

"허! 그, 그래? 그게 정말이냐?"

응가는 퍽 놀라는 눈치였다. 그러다가 잠시 뭔가 생각하더니 침통한 표정으로 말했다.

"네 오빠가 그 사실을 알면 뭐라고 할지 모르겠구나. 녀석이 오래 군인 생활을 해서 어떤 생각을 가지고 있을지……. 아!"

갑자기 응가는 무슨 생각이 났는지 책장으로 가더니 이 책 저 책을 열심히 뒤적이다가 작게 접힌 쪽지 하나를 가지고 왔다.

"이거… 네 편지인데 내가 가지고 있었다. 그런데 자라목에게 전해주지를 못했다. 글쎄 돌아와 보니 자라목이 없어졌지 않겠니? 원정대로 떠났다고 하더구나. 조금만 더 기다렸으면 이렇게 널 만날 수 있었을 텐데 왜 급히 떠났는지……. 아마 널 못 보게 되리라고 생각했던 모양이다. 쯧쯧."

응가로부터 제가 썼던 편지를 받아 든 자리코는 다시 눈물이 홍건히 고였다. 그 편지를 보니 지난 악몽이 주마등처럼 떠올랐다. 퍼쿵이 독으로 쓰러졌던 일부터 편지를 쓰고 토끼를 따라갔다가 길을 잃은 것, 맹수를 만난 것, 그리고 들개족 성에서의 일도…….

그녀의 손이 바르르 떨렸다. 그러나 곧 입술을 깨물고 굳은 표정을 지었다.

"오빠는 살아 있을 거예요. 그래서 곧 돌아올 거예요. 무사히 말이에요."

그녀는 마치 자기 암시를 하듯 중얼거렸다. 아마도 확신이 있어서가 아니라 그렇게 되길 바라는 것이리라.

퍼쿵이 말했다.

"고대 도시를 찾았다면서요?"

"그렇다더군. 소문이… 자라목이 찾아냈다고 하더군."

"그것에 대해서 아는 게 있으면 말씀해 주십시오. 우리가 그리로 갈 겁니다. 자라목과 카르티 장군을 데리러 곧 출발할 생각입니다."

"자네들이?"

"예, 어딘지만 알면 바로 떠날 겁니다."

"하지만 자네들이 간다고 무슨 소용이 있겠나? 길이 엇갈릴 수도 있고……."

"그거야 모르죠. 어쨌든 자라목이 떠난 것은 우리 책임입니다. 실은 그날, 자라목이 떠나기 전날 밤 우리와 만났습니다. 그날 우리에게 자리코가 죽었다는 얘기를 듣고 떠나 버린 겁니다. 바로 그 새벽에 출발했답니다. 자라목은 자리코가 죽었다고 생각해서 떠난 겁니다. 그러니 우리가 구해와야지요."

웅가가 보니 퍼쿵뿐 아니라 다른 아이들 모두, 심지어 우레까지 비장한 표정으로 서 있었다.

하지만 웅가는 매우 염려되는 표정이었다.

"거긴 무척 위험할 텐데……. 그럼 자리코는 여기 놓아두고 가면 안 되겠나? 저 애는 자네들처럼 싸움도 못하고 유코나 치요 같은 신통력도 없고… 어차피 방해만 될 거야."

그러자 자리코가 펄쩍 뛰었다.

"안 돼요, 원장님! 저도 가야 해요! 오빠, 저도 데리고 갈 거죠?"

자리코가 매달리며 묻자 퍼쿵이 미소 지으며 대답했다.

"물론 데리고 가지. 널 여기 놓아두려고 했으면 나리에게서 데리고 오지도 않았단다. 그건 걱정하지 마."

그 말에 자리코가 한숨을 내쉬며 안심하는 표정을 지었다.

"고마워요, 오빠. 저 꼭 데리고 가야 해요. 그래야 해요."

자리코의 표정은 필사적이었다. 거의 애원하듯 데려가 달라고 매달렸다.

웅가가 사뭇 걱정스런 표정으로 다시 말했다.

"자리코, 정말 따라가야 되겠느냐? 소문이긴 하지만 고대 도시라는 곳은 아주 위험한 곳이라고 하더라. 너, 신의 산 얘기 들어봤지? 무서운 저주가 있는 신의 산 말이다. 우리 시조의 동굴이 있는 그곳이 고대 도시라고 했다. 자리목이 그렇게 적어서 지도와 함께 부하를 보냈는데 다른 부하들은 거의 다 죽었다고 하더라."

말하는 도중 퍼쿵이 물었다.

"신의 산이라고요? 그렇다면……."

웅가가 궁금한 표정을 지었다.

"왜? 자네 신의 산에 대해서 알고 있나?"

"그럼요. 전에 저희들이 살던 곳에서 아주 가까워요."

웅가는 깜짝 놀라며 되물었다.

"신의 산에서 살았다고?"

보보도 고개를 끄덕이며 말에 끼어들었다.

"맞아요. 신의 산 기슭에서 살았어요. 게다가 저와 유코는 신의 산 중턱의 벼랑에 있는 동굴에서 처음 잠이 깬 걸요?"

"동굴에서 잠이 깨어 나왔단 말이냐? 설마 시조님들의 그 동굴은 아니겠지?"

"그건 모르죠. 저희는 기억을 다 잃어서 깨어나기 전의 일은 하나도 몰라요. 그저 동굴에서 둘이 자다가 깨어난 것이 저희들 기억의 시작이니까요. 그리고 산을 내려오다가 퍼쿵 형과 피코를 만나 같이 살게 된 것이에요."

"그랬구나. 어쩐지 너희는 퍼쿵과는 종족이 아주 달라 보이더라. 그렇지만 너희 둘도 같은 종족은 아닌 듯싶은데?"

"저희도 저희가 무슨 종족인지 몰라요. 다만 저는 백인종이고 유코는 황인종이라는 것밖에는……."

"백인과 황인종? 그게 뭐지?"

보보가 고개를 저었다.

"몰라요, 저도. 그냥 그런 게 있어요."

보보는 더 설명할 필요가 없다는 생각이 들었다. 더 설명해 봐야 인간족들이 알아들을 수 없을 것이기 때문이었다. 그래서 모른다고 대답하고 말았다.

어느새 날이 저물었는지 방 안이 어두워져 서로의 얼굴이 잘 보이지 않았다. 그러자 웅가가 옆방으로 가 조그만 등불을 가지고 왔다. 불은 아주 작고 어두웠다. 그저 어둠을 조금 속일 수 있는 정도라고나 할까.

자리코가 가만히 다가가 등불을 들여다보았다. 등잔의 기름은 바닥에 조금 묻어 있을 뿐 거의 없었다. 그러자 이번에는 살며시 주방으로 가더니 혼자 왔다 갔다 하며 웅가 몰래 여기저기를 열어보는 것 같았다.

잠시 후 그녀가 돌아와 침울한 목소리로 물었다.

"원장님, 요즘 어떻게 지내세요?"

"응? 뭐, 나야… 그럭저럭 잘 지내지."

"식사는 잘 하세요? 너무 마르신 것 같아요."

"아, 살이 좀 빠졌나? 하하, 배가 너무 나와서 말야. 조금 적게 먹고 있어. 건강에는 마른 게 더 좋거든. 하하하!"

응가 원장은 호쾌하게 웃어넘겼다. 그러나 자리코의 표정은 점점 어두워졌다. 그러다가 눈물을 글썽이기 시작했다.

"원장님, 어떻게 이렇게까지… 식사도 잘 못하시고 등잔을 켤 기름도 없고……."

"아, 아냐! 나 괜찮게 살아. 걱정하지 말거라. 나보다는 네 건강이 더 걱정이구나. 아, 그리고 보니 저녁을 먹을 시간이군. 저기… 조금만 기다려. 내가 음식을 좀 마련해 올 테니."

응가 원장은 좀 당황하는 것 같았다. 아마 이 병원에 먹거리가 거의 없는 탓이리라 짐작되었다.

퍼쿵 일행은 아무 생각 없다가 자리코의 말과 행동에 병원 내부를 신경 써서 살펴보았다. 아나나 다를까, 궁핍이 여기저기 묻어나는 게 형편이 아주 어렵다는 것을 알 수 있었다. 응가 원장은 제대로 먹지 못해 마른 게 틀림없었다. 그런 외중에 이렇게 손님이 떼거지로 몰려왔으니 음식을 마련하는 게 큰 걱정거리일 것은 말할 필요도 없었다.

퍼쿵이 서둘러 일어나는 응가 원장을 가로막았다. 그리고 말했다.

"그냥 계십시오. 음식이라면 저희가 가지고 왔습니다."

"아, 아냐. 내가 대접을 해야지. 우리 집에 온 손님들인데……."

"그렇지 않습니다. 원장님은 제 목숨을 살려주신 은인인데 어떻게 제가 원장님의 손님이 됩니까? 저에게도 원장님을 대접할 기회를 주셔야죠."

치요도 웅가의 체면을 살려주기 위해 짐짓 모르는 척 말했다.

"그래요, 원장님. 그냥 계세요. 우리가 원장님 드리려고 일부러 음식을 장만해 왔으니 받아주세요."

"아니, 그럴 필요 없다니까. 너희 먹고 살기도 어려울 텐데……."

웅가 원장이 적잖이 민망해하자 아이들이 모두 달려들며 짐을 풀기 시작했다. 이들은 웅가 원장이 이렇게까지 궁핍하게 사는 줄은 몰랐다. 인간족 최고의 의사니까 적어도 남들보다는 잘살 줄 알았는데 이건 자기 집만 있다 뿐 거지나 다름없이 살고 있으니……. 그나마 집도 주민들에 의해 다 부서져서 폐허 같았지만.

그래서 아무 생각 없이 길에서 먹을 양식으로 가지고 다니던 식량을 모조리 꺼내놓은 것이다.

퍼쿵과 피코가 짊어지고 다니는 커다란 짐 안에는 상당히 많은 양의 고기가 들어 있었다. 꼬치의 동굴을 떠날 때 꼬치가 싸준 것이었다. 바로 자리코의 결혼식 때 퍼쿵과 피코가 사냥한 그 용의 고기였다.

웅가가 깜짝 놀랐다.

"뭐, 그렇게 많은 고기를 내놓나?"

"원장님 드리려고 가지고 온 건데요 뭐."

"그걸 다 날 준다고? 됐네, 난 그렇게 많은 고기는 필요없어."

"저희도 사실 필요없어요. 들고 다니기만 무겁죠."

자리코는 퍼쿵네의 마음 씀씀이에 다시 눈시울을 붉혔다. 그러자 유코가 자리코를 쿡 찔렀다.

"언니, 뭐 해? 어서 저녁 하자고요. 웅가 아저씨 배고파 돌아가시겠어. 빨리 와요!"

"그, 그래."

그날 저녁은 그렇게 퍼쿵 일행이 내놓은 고기로 푸짐하게 차려졌다. 유코와 자리코가 요리를 하는 사이에 피코와 보보가 가죽 몇 장을 들고 장터로 가서 소금 한 자루와 야채, 그리고 술도 조금 사 왔다.

웅가는 실로 오랜만에 식사다운 식사를 했고 술도 한잔 마셨다. 술이 약한 웅가 원장은 딱 한 모금에 얼굴은 물론 목덜미까지 새빨갛게 달아올라서는 기분이 좋아져 연신 웃어댔다.

"자리코가 돌아오니까 정말 기쁘구나. 한 잔 더 따라봐라."

웅가의 술 실력을 익히 아는 자리코가 걱정스레 물었다.

"어머, 원장님, 괜찮으시겠어요? 과음하시는 거 아니에요?"

"딱 한 잔만 더 마시지 뭐. 기분도 좋은데……. 자, 자네들도 한 잔씩 더 들게. 건배를 해야지."

치요를 제외하고 유코와 우레까지 모두 잔에 술을 가득 따라서 건배를 했다. 웅가가 유코를 보고 물었다.

"와아, 유코도 술 좀 할 줄 알았냐? 제법인걸?"

유코가 자랑스럽게 대꾸했다.

"그럼요. 요즘 소주 세 잔은 거뜬해요!"

그러나 그러는 그녀의 얼굴도 웅가만큼이나 빨개졌고 벌써 혀도 꼬부라져 있었다. 곧 두 사람 다 토할 것이 분명해 보였다.

전에 볼 때보다 훨씬 마른 웅가가 너무나 맛있게 식사하는 모습을 가만히 바라보던 퍼쿵이 슬쩍 질문을 던졌다.

"저… 원장님, 요즘 환자는 많이 옵니까?"

"응? 환자? 없어. 별로 없어. 아픈 사람이 없는 모양이야. 하하, 뭐, 아픈 사람은 없을수록 좋은 거지. 안 그런가? 하하하!"

그 말에 자리코가 슬쩍 몸을 돌리더니 응가 몰래 눈물을 닦았다. 그녀는 알고 있었다. 아픈 사람이 없어서가 아니라 주민들에게 '왕따' 당하고 있다는 사실을 말이다.

'원장님, 조금만 더 친절하게 신경을 쓰시면 환자들이 올 텐데……. 오빠나 나만 곁에 있어 드렸어도 이렇게 병원이 다 쓰러지지는 않았을 텐데……. 흑!'

그랬다. 응가 원장의 특이한 고집과 불친절에 환자들이 등을 돌려버린 것이었다. 그는 도무지 욕심이 없었다. 그래서 웬만한 환자는 환자 취급도 하지 않았고 그냥 쫓아버리곤 했다. 그 덕분에 이제는 입에 풀칠도 못하고 살고 있었지만 그래도 응가는 고집을 꺾지 않았다.

더군다나 응가는 공공연히 왕과 부르크의 정책을 비판하는 사람이었으니 그의 생활이 잘 풀릴 리가 없었다.

퍼쿵이 조심스럽게 말했다.

"저… 이러실 게 아니라 저희와 함께 떠나시는 게 어떻겠습니까? 어차피 여긴 환자도 없다면서요? 저희랑 같이 여행하시면서 약도 연구하고, 그리고 저희에게 학문도 가르쳐 주시면서 사시면 좋지 않을까요?"

자리코는 깜짝 놀라 퍼쿵을 보며 생각했다.

'아니, 그럼 지금… 응가 원장님을 모시고 살겠다는 얘기? 고마워요, 정말.'

자리코가 생각하는 중에 퍼쿵이 말을 이었다.

"앞으로 자리코는 나리와 살게 될 테고 저희들과 함께 사시면 자주 나리 사는 곳에 들를 테니 자리코도 만나실 수 있고요. 어떻게 생각하세요?"

그러자 다른 아이들도 한마디씩 했다.

"그래요. 아예 짐 싸서 떠나요. 우리 갈 때 같이 가자고요."

"와, 좋겠다. 그럼 앞으로는 아파도 걱정 없겠네요? 아저씨가 다 고쳐 줄 것 아니에요? 호호호."

"그러세요. 여기서 혼자 외롭게 사시지 말고."

"와, 기대가 된다. 앞으로 공부할 게 많겠는데요?"

자리코는 눈물을 글썽였다. 퍼쿵들의 마음씨가 눈물나도록 고마웠다.

그러나 여태 웃고 있던 응가가 얼굴을 굳히며 진지한 목소리로 말했다.

"그건 안 되네. 그럴 수는 없지."

자리코가 놀라 안타까운 시선으로 응가를 돌아봤다.

"원장님……."

퍼쿵 일행의 표정도 사뭇 진지해졌다.

"왜 그러세요? 여기 남아서 더 하실 일도 없지 않습니까? 이렇게 어렵게 혼자 사시는 것보다는 밖에 나가면 할 일이 더 많으실 거예요. 저희들에게도 좋은 일이고 저희가 여행하면서 들르는 다른 종족들에게도 원장님의 의술은 큰 도움이 될 겁니다."

치요도 말했다.

"맞아요, 사실 다른 종족들에게는 의술이라는 게 거의 없죠. 병이 나거나 상처를 입으면 그냥 손도 못 쓰고 시름시름 앓다가 죽곤 하거든요. 원장님이라면 힘들이지 않고 살릴 수 있을 병으로요."

응가 원장은 아무 반응도 없이 눈을 감고 생각에 잠겨 있었다. 그러자 피코가 벌떡 일어나더니 격앙된 목소리로 외쳤다.

"뭘 생각하고 자시고가 있어요? 솔직히 말해서… 이게 사는 겁니까?

사람들이 다 외면하고 등 돌리고, 그리고 자식처럼 키운 자리코와 자라 목도 쫓겨나고 떠나고……."

피코는 말하면서 점점 더 흥분하고 있었다.

"의술이 최고면 뭐 해요? 여기서는 쓸 데도 없는데! 여기 인간족들, 모두 나쁜 놈들이잖아요? 교활하고 욕심 많고 자기 뜻에 맞지 않으면 죽이려 드는 그런 놈들이잖아요? 그러지 말고 차라리 진정으로 아저씨의 힘을 필요로 하는 곳에 가서 의술을 펼치세요. 그게 세상을 위해서 더……."

피코가 너무 흥분해서 소리치자 퍼쿵이 가만히 피코의 팔을 잡아서 그녀의 말을 끊었다. 그제야 피코도 아차 싶었는지 좀 당황하며 입을 다물고 웅가의 표정을 살폈다. 그러나 웅가는 별로 반응이 없었다.

"무슨 말인지는 아네. 하지만!"

웅가가 눈을 번쩍 떴다. 그리고 또박또박 말했다.

"그래도 나는 떠날 수가 없어. 왜냐하면 여긴 곧 전쟁이 일어날 거야. 그리고 엄청나게 많은 사람이 죽고 다치겠지. 그때는 내 의술이 필요할 거야. 나는 많은 사람에게 도움을 줄 수 있어."

그의 말에 이번에는 유코가 열을 올렸다.

"무슨 말이에요? 여기 사람들이 아저씨에게 어떻게 했는데요? 아저씨 병원을 다 때려부수고 아저씨도 때렸잖아요? 카르티 아저씨에게 다 들었어요. 옛날에 감옥에 갇혀서 죽을 뻔한 적도 있다고요! 그런데 왜 이 사람들을 도와준다는 거예요? 나 같으면 그냥 모른 척하겠어요. 답답해."

그때 웅가가 엄한 목소리로 유코의 말을 끊었다.

"그만 하거라!"

유코가 찔끔해서 입을 다물자 웅가가 길고 긴 얘기를 시작했다.

"의술이란 말이다, 돈을 벌기 위해서나 아니면 자기가 좋아하거나 친한 사람들만을 위해서 사용하는 것이 아니다. 의사라는 직업도 마찬가지야. 누구나 의사가 될 수 있다면, 그래서 나쁜 마음을 가진 사람이 의사가 된다면 그는 의사가 아니라 악마가 되겠지. 의사란 손 하나 까딱하는 것만으로 환자를 죽일 수도 살릴 수도 있으니까. 자고로 의사가 의술을 펼칠 때는 어떤 목적이나 사심을 가져서는 안 되는 거야. 그것은 오로지 생명을 살리는 데에만 필요한 숭고한 기술이란다."

유코가 조그만 목소리로 물었다.

"저도 그건 알아요. 하지만 아저씨는 인간족들이 밉지도 않으세요?"

응가가 웃었다.

"후후, 밉지 않냐고? 왜 밉지 않겠니? 나도 감정을 가진 사람인데. 하지만 그것과 의술과는 아무 관계가 없어. 그리고 나도 인간족이란다. 내 동족을 사랑해. 그들이 날 미워하고 버려도 난 버릴 수가 없단다. 만일 이들이 계속 아무 일 없이 평화롭게 잘 산다면 아마 난 너희들을 따라서 떠났을 거야. 왜냐하면 정말 내가 없어도 되니까. 그러나 지금은 그렇지가 못해. 곧 전쟁이 시작되면 얼마나 많은 사람이 내 손길을 애타게 기다릴지… 내가 손만 쓰면 살릴 수 있을 사람들이 말이다. 그래서 난 떠날 수 없는 거야. 그러니 더 이상 나에게 떠나자는 말은 하지 말거라. 자리코나 다치지 않게 잘 보살펴 주렴. 그거면 된다, 나는."

퍼쿵이 고개를 숙였다. 그리고 말했다.

"죄송합니다. 원장님의 깊은 속도 모르고… 저희가 실수를 했습니다."

피코와 유코도 얼른 고개를 숙여 사과했다.

"저, 저도 죄송해요."

"저두요. 하지만······."

유코는 사과 끝에 단서를 붙였다. 다른 아이들이 깜짝 놀라 유코를 바라봤다. 그동안의 전적으로 봐서 유코의 입에서는 어떤 도발적인 말이 튀어 나올지 예측할 수 없었다.

웅가가 궁금한 듯 눈을 가늘게 뜨며 유코를 바라봤다.

"하지만 뭐지?"

"저희가 드린 고기와 선물들은 받으셔야 해요. 그것도 안 받으시면 정말 큰일이에요. 우선 아저씨가 잘 먹고 건강해야 다른 환자들도 잘 돌볼 수 있잖아요. 안 그래요?"

그제야 다른 일행들이 안심하며 그녀의 말에 맞장구쳤다.

"맞습니다. 그건 유코 말이 맞아요."

"그래요, 받아주세요. 고기는 잘 말려서 천천히 드시고 가죽들은 잘 두셨다가 필요한 물건과 바꾸어 쓰세요."

자리코도 애원하는 표정으로 웅가의 팔에 매달리며 말했다.

"그러세요, 원장님~ 제발요~ 예?"

모두가 매달리자 웅가 원장이 머리를 긁으며 웃었다.

"정 그렇다면··· 뭐, 고맙게 받겠네. 하지만 이거 미안해서······."

퍼쿵도 웃으며 말했다.

"저를 살려주신 은혜에는 비교할 수도 없습니다. 그리고 앞으로도 이 성에 올 때마다 들르겠습니다. 그래도 되죠?"

"그럼, 되고말고. 그때는 이런 거 가지고 오지 말게. 내가 대접할 테니."

피코가 농담처럼 덧붙였다.

"킥킥, 그러려면 돈 많이 벌어두셔야 할 걸요? 우린 엄청 먹어대니까요."

바로 그때였다.

콰콰콰콰!

아주 멀리서 천둥 치는 듯한 소리가 들려왔다. 그리고 그로부터 몇 초 지나지 않아 호각 소리와 고함 소리가 가까운 문밖에서 들려오기 시작했다.

"삐이익— 삐이익—"

"적이다! 적이 나타났다! 전원 전투 위치로! 전투 위치로!"

"어린 아기와 노인들은 대피소로 가고 나머지는 전투 위치로 가라! 어서!"

탁탁탁탁!

웅가와 퍼쿵 일행은 깜짝 놀라며 자리에서 벌떡 일어났다.

"뭐, 뭐야? 적이라니?"

"들개족이 쳐들어온 모양이다."

"뭐, 뭐라고?"

웅가가 급히 불을 끄자 창밖으로 멀리 성벽의 횃불이 빙 둘러져 타오르는 게 보였고 멀리서부터의 폭음은 계속 이어지고 있었다.

콰과과과과과광!

쿠구구웅!

제5장 전쟁 발발

퍼쿵 일행은 벌떡 일어나 창가로 달려갔고 웅가는 급히 등잔의 불을 껐다. 창밖으로 보이는 광경은 무척 급박했다. 아수라장같이 어질러진 광장에 사람들이 각자의 방향으로 이리저리 얽히며 달리고 있었다. 군인도 있고 민간인도 있었는데 제각기 번쩍이는 무기를 들고 어지러운 듯하면서도 일사불란하게 움직이고 있었다.

지난번 전쟁 때와는 달리 대피소로 향하는 줄은 그리 길지 않았다. 정말 아주 늙거나 아주 어린아이밖에는 대피소로 들어가지 못하는 모양이었다.

유코가 울상을 지으며 말했다.

"뭐야, 이거? 또 말려들게 생겼잖아? 상황이 그때와 똑같아!"

보보도 안절부절못하며 중얼거렸다.

"정말 상황이 똑같네? 이러다간 빠져나가지 못하겠는걸?"

응가 원장이 물었다.

"자네들, 어떻게 할 생각인가? 지금 성을 떠나는 것은 무리일지도 모르는데……. 아직 정확한 상황은 모르겠지만 아무래도 들개족이 다시 공격해 온 것이 아닌가 싶구먼. 성 전체가 이렇게 시끄러운 것을 보면 말이야."

퍼쿵과 아이들은 잠시 말없이 서로를 바라보고 있었다.

먼저 피코가 입을 열었다.

"어떻게 할까? 우린 자라목과 카르티를 구하러 가야 하는데……."

치요가 고개를 저었다.

"그보다는 이곳이 더 급할 것 같은데……. 들개족들이 지금 공격해 오면 과연 이 성이 버텨낼 수 있을까?"

치요의 말에 모두의 시선이 모아졌다.

유코가 깜짝 놀라며 물었다.

"그, 그럼 어쩌자는 얘기야? 설마 너, 또 전쟁에 끼어들지는 말은 아니겠지?"

그러자 보보도 유코의 어깨를 짚으며 말했다.

"어쩔 수 없을 것 같은데, 지금 상황으로 봐서는……."

"싫어! 난 싫다구! 지난번에 얼마나 고생을 했는데! 우리가 전쟁에 개입하는 바람에 샤링 아저씨도 죽고 자리코 언니도 죽을 뻔했어. 응가 아저씨의 병원도 다 부서졌고 그밖에 우리와 친했던 사람들은 다 피해를 입었어! 너, 벌써 다 잊은 거야? 다시는 남의 전쟁에 끼어들지 않기로 했잖아!"

유코는 신경질적으로 고개를 저으며 소리쳤다. 그러자 퍼쿵이 가만히 유코의 손을 잡아당겨 안아주었고 모두 난감한 표정으로 서로의 얼굴만 바라보고 있었다.

잠시 후 피코도 팔짱을 끼며 고개를 저었다.

"나도 싫은걸? 전혀 도와줄 필요 없다고 생각해. 우린 어서 자라목이나 찾으러 떠나자고. 처음부터 그러기로 했던 거잖아? 우리가 꾸물거리는 사이에 자라목과 카르티가 죽을지도 몰라."

치요와 보보는 이번 전쟁에도 도움을 주자는 쪽으로 자꾸만 생각이 기우는 것을 느꼈으나 그 얘기를 차마 입으로 내뱉지는 못했다. 유코나 피코의 심정도 십분 이해가 갔기 때문이다.

그 순간이었다.

콰쾅! 쿠쿠쿠쿠웅!

챙그렁!

고막이 터질 듯 엄청난 폭음과 함께 창문이 부서지며 유리가 튀어들어왔다.

"꺄악!"

"꺄아앗!"

"엎드려!"

자리코와 유코가 자지러지게 비명을 지르자 퍼쿵이 동생들과 웅가를 향해 와락 몸을 던지며 감쌌다.

쿠쿠쿠쿵! 콰콰쾅!

유리 조각이 사방으로 튀는 가운데 밖으로부터의 폭음 소리는 끝없이 이어졌다.

오들오들 떠는 아이들 사이로 피코와 퍼쿵이 고개를 들어 성벽을 바라보았다. 성벽 너머가 환하게 밝혀져 있었다. 숲에 불이 붙은 것 같았다. 그리고 계속되는 폭음에 섞여 사람들의 비명 소리가 간간이 들려왔는데 소리만 들어서는 들개족의 비명인지 인간족의 비명인지 잘 구분이 되지 않았다.

밖의 상황은 매우 급박하게 돌아가고 있었다. 성밖에선 여전히 불길이 타오르고 있었는데 그 와중에 적이 성벽을 타고 오르는지 연신 화살이 날아오고 칼이 부딪치는 소리와 비명이 섞여 들려왔다. 멀리 성밖의 불길이 어찌나 거센지 불을 켜지 않아도 방 안이 환했다.

보보가 손가락질해 한곳을 가리켰다.

"저길 봐요!"

모두 고개를 돌렸다. 성벽 곳곳에서 맹렬한 불덩어리가 물줄기처럼 쭉쭉 뻗어나가는 모습이 보였다. 그리고 그 이후에는 어김없이 처절한 비명 소리가 들려왔다.

보보는 그 수레의 위력을 보고 감탄하는 것 같았다.

"낮에 보았던 수레 있죠? 그거예요! 생각보다 굉장하네요!"

그러던 중 갑자기 자리코가 소리쳤다.

"원장님! 원장님이 안 게셔!"

"뭐?"

"조금 전까지 게셨는데?"

급히 주위를 둘러보고 주방에도 가 보았지만 웅가는 없었다. 그때 유코가 소리쳤다.

"저기!"

유코가 가리키는 곳은 이곳 사택에서 병원으로 연결된 뒷문이었다. 그 뒷문이 활짝 열려 있었다.

"원장님!"

퍼쿵과 아이들이 웅가를 부르며 뒷문으로 달려나갔다. 그런데 다 부서져 폐허처럼 되어 굳게 닫혀 있던 병원 문이 또 활짝 열려 있었다.

퍼쿵 일행과 자리코는 모두 병원으로 달려들어 갔다. 병원은 어두웠다. 나무 판자로 박아서 대충 막아놓은 유리도 없는 창문 사이로 간간이 불빛이 새어 들어왔지만 그것만으로는 내부가 잘 보이지 않았다.

치요가 급히 손 위에 작고 동그란 불을 피워 올렸다. 그 불은 치요의 손을 떠나 병원의 천장 높이로 떠오르더니 사람 머리통만하게 커지며 눈부시게 환한 빛을 뿜어냈다.

그제야 보이는 병원 내부의 모습은 처참했다. 집기며 약장이 거의 부서져 내려앉았고 먼지가 수북히 쌓여서 걸어가는 발자국이 남을 정도였다. 정말 오랫동안 아무도 들어가지 않았음을 잘 말해 주고 있었다.

그 수북한 먼지 위에 하나의 발자국이 어지럽게 나 있었다. 방금 만들어진 발자국이 분명했는데 여기저기 병원 구석구석을 마구 뒤지고 돌아다닌 흔적이 역력했고 집기들 위로 새로 난 손자국도 뚜렷이 보였다.

자리코가 중얼거렸다.

"원장님이야. 원장님이 의료 기구를 챙겨서 성벽으로 가신 거야."

퍼쿵이 긴장된 얼굴로 성벽을 돌아봤다.

"지금은 아주 위험할 텐데……."

피코의 얼굴에도 갈등이 보였다. 잔뜩 인상을 쓰며 고민하던 피코가 버럭 화를 냈다.

"어떡하지? 저대로 둘 수는 없어. 제길, 주책 영감! 왜 저길 뛰어든 거야?!"

유코도 안절부절못했다.

"어머, 어떡해? 어떡해요? 저 아저씨 힘도 없으면서 죽으려고……."

그때 자리코가 조용히 앞으로 나서더니 퍼쿵에게 말했다.

"퍼쿵 오빠, 나 할 말이 있어."

"응? 뭔데?"

불빛에 비친 자리코의 표정은 매우 차분했다. 조금 전까지의 당황했던 빛은 사라지고 없었다.

"우리 오빠 꼭 구해줄 거지?"

"그럼, 꼭 구해서 돌아와야지. 걱정하지 마라. 신의 산은 내 손바닥이나 마찬가지란다. 피코와 나는 그 주위에서 십 년 동안이나 사냥하며 살았어. 지금은 화산개미가 있지만 그래도 우린 화산개미를 다룰 줄 알고 치요와 우레도 있으니까 아무 문제 없어."

자리코는 한 걸음 더 앞으로 다가서더니 퍼쿵의 손을 꼭 잡았다. 퍼쿵과 아이들은 너무나 차분한 그녀의 태도에 조금 놀라 멈칫했다. 그 뒤로 자리코의 조용한 음성이 이어졌다.

"우리 오빠를 꼭 구해서 돌아와 줘. 부탁이야, 모두들."

모두 그녀의 말에 깜짝 놀라며 입을 쩍 벌렸다.

퍼쿵이 물었다.

"자리코, 너… 설마……?"

자리코는 조용히 미소 지었다.

"응, 나 여기에 남겠어. 여기서 원장님을 도와서 부상자들을 치료해야 할 것 같아. 그러니 같이 갈 수 없어. 나 대신 너희들이 꼭 우리 오빠를 구해줘. 부탁이야."

퍼쿵이 그녀의 손을 잡았다.

"안 돼! 여긴 너무 위험해!"

피코와 유코도 자리코를 붙잡고 소리쳤고 치요와 보보는 입만 딱 벌리고 아무 말도 하지 못했다.

"저기에 가겠다고? 너 미쳤어? 죽었다가 겨우 살아 돌아왔는데 다시 죽으러 가겠다는 말이니? 정말 미쳤구나?!"

"언니, 안 돼요! 가지 말아요!"

그러나 자리코는 대답 대신 퍼쿵과 피코의 손을 가볍게 뿌리치며 빙긋이 다시 미소를 지었다. 퍼쿵은 가녀린 자리코의 팔을 다시 잡지 못했다. 그녀의 표정과 태도가 너무도 비장했기 때문이다.

"자리코……"

퍼쿵에게서 풀려난 자리코는 병원의 먼지 속을 헤치며 익숙한 손놀림으로 약과 도구들을 챙기기 시작했다. 먼저 커다란 배낭을 찾아 먼지를 털어내더니 그 안에 웅가가 미처 챙겨 넣지 못한 소독약과 지혈제, 붕대, 부목 등을 가득 채워서 짊어졌다. 그리고 일행을 돌아보며 말했다.

"아까 저녁 식사 때 원장님이 하시는 말씀을 듣고 부끄러워 죽는 줄 알았어. 내가 어릴 때부터 늘 들려주시던 말씀이야. 그런 신념 때문에 평생을 가난하게 사셨지만 난 원장님을 항상 존경할 수 있었어. 그런데 나는 나 혼자만을 위해서 이곳을 떠나겠다고 생떼를 썼잖아. 사실……"

자리코는 잠시 말을 끊고 부끄러운 듯 입을 가리며 고개를 숙였다. 잠시 후 다시 말했다.

"실은 나리 오빠가 꼭 퍼쿵 오빠와 함께 붙어 있으라고… 그래야 안전하다고… 했었어. 나중에 나를 찾으러 올 테니 반드시 퍼쿵 오빠의 일행과 함께 있으라고 말이야. 그래서… 나는… 훗, 바보 같지?"

그녀는 퍼쿵들의 이름을 하나씩 차례로 불렀다.

"오빠, 피코, 치요, 유코, 보보, 그리고 우레… 모두 건강해. 그동안 고마웠어. 같이 가지 못해서 미안해. 하지만… 울 오빠 찾아서 돌아오면 또 만날 수 있겠지? 그럼 잠시 동안 안녕!"

자리코는 그 말을 마지막으로 남긴 채 종종걸음으로 전선을 향해 달려갔다. 어둠 속, 점점 멀어지는 그녀의 머리 위로 거대한 불기둥이 연거푸 서너 번 터져 올라왔다.

모두들 아무 말 못한 채 불기둥 속으로 사라지는 자리코의 모습만 멍청히 바라보고 서 있었다.

아무것도 모르는 우레만이 자리코의 뒷모습을 향해서 열심히 손을 흔들고 있었다. 놈은 지금이 어떤 상황인지 이해가 잘 가지 않는 모양이었다. 그저 빨간 것은 불이고 검은 것은 밤하늘, 달려가는 것은 자리코일 뿐. 하긴 지난번 전쟁이 한창인 중에도 놈은 술집 작부와 놀아나고 있었으니까.

한참 만에 유코가 입을 열었다.

"오빠, 우리도 뭔가 해야 하지 않을까… 하는 생각이 자꾸만 들어요."

피코도 중얼거렸다.

"나도… 그래."

퍼쿵이 피코와 유코를 내려다봤다. 그의 눈도 차분하게 가라앉아 있었다. 그렇게 여섯 일행은 둥그렇게 마주 서서 서로를 바라보고 있었다. 아주 차분하게… 오랫동안……

그들의 머리 위 천장에서는 폭음이 울릴 때마다 진동과 함께 먼지가 우수수 떨어져 내리고 있었다.

흰하게 새벽이 밝아오자 밤새 끝없이 성벽을 기어오르던 들개족이 일순간 썰물 빠지듯 물러갔다. 그와 함께 하늘을 가르던 폭음과 불기둥도 언제 그랬냐는 듯 사라졌다.

야전사령부. 일단 전투가 소강 상태에 접어들자 성안은 정비와 경계에 들어갔고 군 수뇌는 임시로 마련된 천막에 모였다.

쿠르가 부하 장교들에게 소리쳤다.

"어떻게 된 거야? 도대체 적의 수가 얼마나 되는 거야? 왜 끝이 없어?!"

"아직… 정확히는 모릅니다!"

"외곽에 나가 있던 보초들은 뭘 했어? 도대체 저렇게 많은 적이 성문 바로 밑에까지 기어오도록 뭘 하고 있었느냔 말이다!"

"그, 그게… 죄송합니다!!"

부하 장교들은 쿠르 앞에서 얼굴을 들지 못했다. 어찌 된 일인지 적은 좀처럼 줄어들지 않고 있었다.

외곽 멀리까지 나가 보초를 서던 정찰대에 의해 이미 매설해 놓았던 폭탄들이 터졌고 꽤 많은 적군이 사살되었을 것인데도 불구하고 어떻게 된 것인지 밀려드는 들개족 병사는 늘어만 가고 있었다. 게다가 매설해 두었던 폭탄이 다 터진 후 성으로 들이닥친 것은 아군의 정찰대가 아니라 들개족의 군대였다.

두 척의 순찰선은 성이 들개족 군대에게 포위된 관계로 선착장에 접근하지는 못했지만 그래도 강 위에서 성 주위를 돌며 관측 보고를 하고 있었다.

쿠르가 중얼거렸다.

"순찰선들은 안전하다는 게 확인되었고 육지로 나간 보초들이 문제로군. 성이 이렇게 포위되도록 정찰대들이 아무도 돌아오지 않는다면 그 이유는 하나뿐이야!"

다른 장교들도 수심에 잠겼다.

"그렇다면 정찰대는?"

"부르크 대신을 야전사령부로 모셔와! 지금 머뭇거릴 여유가 없다. 어서!"

"옛!"

쿠르의 표정은 심각했다. 지금 밖에서는 성벽이 무너진 것을 보수하거나 화살, 폭탄, 돌멩이를 나르고 화염 방사 수레에 채워 넣을 기름을 만드느라 난리였다. 인원이 부족해 지하 대피소에 숨었던 노인, 부녀자, 어린아이까지 다 나와서 일을 하고 있었다.

밖에 나가 있는 정찰대가 오십 명 가까이 되었는데 그들과는 완전히 연락이 끊겨 있었고 죽었는지 살았는지 생사조차도 알 수 없었다.

'음, 아직 별다른 사상자는 생기지 않았다. 그러나 이대로는……'

쾅!

오래 생각할 여유도 없이 문이 세차게 열리며 부하 장교가 뛰어들어왔다.

"벼락 장군님!"

"뭐냐?"

부하 장교는 숨이 턱에 차 헐떡거리며 보고를 했다.

"혁헉! 지금 순찰선으로부터 횃불 신호가 왔는데 우리 성을 포위한 적의 수는 대략 천 명 가까이로 추정된다는 연락입니다."

쿠르의 미간이 좁혀졌다.

"천 명? 정확한 건가?"

"아직은 추정일 뿐입니다. 강에서는 성 반대 편을 볼 수가 없으니까요. 하지만 지금 관측되는 강변 쪽의 적병은 대략 오백 명이 넘을 것 같다는 신호가 왔습니다."

"그렇게 많이? 도대체 들개족은 병사가 얼마나 되는 거야? 역시… 퍼쿵 말이 맞는 것 같군. 각 부족에서 병사들을 계속 차출한다는……."

그때 다시 문이 열리며 이번에는 부르크 대신이 들어왔다.

"벼락 장군님, 저를 찾으셨다고요?"

"그렇습니다. 부르크 대신의 도움이 필요하오."

부르크가 침착한 표정으로 물었다.

"지금 상황이 어떻습니까?"

"현재 성 주위는 완전히 적에게 포위되어 있는 듯싶소."

"적의 수는 얼마나 됩니까?"

"확실한 것은 아니나 순찰선의 연락에 의하면 약 천 명 정도?"

부르크의 눈썹이 꿈틀하며 미간에 깊은 세로 주름이 잡혔다.

"상당히 많군요. 우리 병사의 다섯 배나……. 실제 전력으로 따지면 이십 배 정도!"

쿠르가 말을 이었다.

"다행히 대신께서 발명한 화염 방사 수레와 폭탄 덕분에 아직까지 아군에게는 큰 피해가 없었소. 하지만 저대로 공격이 계속되면 곧 문제가 될 겁니다."

"그렇겠죠, 폭탄과 화염 방사 수레의 연료가 떨어지게 되면……. 그건 그렇고, 도대체 어떻게 된 겁니까? 정찰대보다 들개족이 먼저 들이닥쳤다고 하던데요?"

"그렇소. 나도 그것 때문에 대신을 뵙자고 한 겁니다."

"음, 분명히 밖에 매설해 놓았던 폭탄을 터뜨렸을 텐데……."

"그건 분명히 터졌습니다. 우리도 그 소리를 듣고 적이 온 것을 알았으니까. 그런데 의문에 있소. 어찌해서 우리 정찰대보다 들개족이 먼저 들이닥친 걸까요? 정찰대는 아직도 돌아오지 않고 있소."

쿠르의 질문에 부르크가 잠시 생각에 잠겼다.

'왜 정찰대는 돌아오지 못한 것일까? 모두 죽었거나 아니면 들개족에 막혀서 접근을 못하고 있다는 얘기인데…….'

부르크는 얼마 전 카르티 장군이 출발한 후 쿠르 장군과 상의하여 바깥에서 성으로 접근할 수 있는 길목의 요소마다 폭탄을 설치해 두었었다.

폭탄을 설치하는 데는 근처에서 계속 성을 감시하던 들개족 병사들이 큰 문젯거리였다. 들개족에게 폭탄의 존재를 들키거나 빼앗겨서는 절대로 안 되기 때문이었다. 그래서 인간족은 폭탄 설치 전에 대규모 수색을 벌였고 주변의 다른 종족을 쥐 잡듯 뒤져서 들개족 병사들을 잡아내려 했다. 그러나 들개족 병사들은 정말 쥐새끼처럼 인간족 병사들의 포위망을 빠져나갔고 단 한 사람의 적도 잡아내지 못했다.

하지만 인간족들은 일단 들개족 병사들이 주위에서 사라지자 긴밀하게 비밀을 유지하며 폭탄을 매설했고 그 주위에 24시간 내내 정찰대를 배치했다.

간밤에 멀리서 들려온 폭음에 의하면 매설해 놓았던 폭탄이 꽤 여러 곳에서 폭발했다는 것을 추정할 수 있었다. 최초에 그것을 폭파시킨 것은 아마도 근무를 서던 정찰대일 것이라 판단되었다. 그러나 그 다음 성벽에서 적이 발견되어 싸움이 벌어진 것은 단 몇 분도 지나지 않아서였다. 그 점이 중요한 것이다.

부르크가 쿠르에게 말했다.

"아마 정찰대가 들개족의 군대를 발견한 시점과 들개족이 우리 성에 접근한 시점이 비슷하지 않았나 생각됩니다."

한 중년의 장군이 고개를 갸웃거리며 끼어들었다.

"하지만 접근할 수 있는 길목마다 정찰대가 지키고 있었을 텐데요? 정찰대를 제치고 난 후에라도 거기에서 우리 성까지 그렇게 빨리 접근할 수가 있을까요?"

"꼭 좋은 길로만 접근할 수 있는 것은 아니죠. 들개족들은 워낙에 기민하고 튼튼한 몸을 가진 놈들이니까 험한 숲으로도 이동이 가능합니다. 만일 많은 병력이 종대로 이동하지 않고 횡대로 이동했다면, 또는 일단 멀리 우회한 다음 여러 방향에서 한꺼번에 접근을 시도했을 수도 있고……."

쿠르가 고개를 끄덕였다.

"하긴 나 같아도 길목으로는 침투하지 않을 거요. 접근이 용이한 길목에는 항상 보초가 있기 마련이니까 말이오."

부르크가 말을 이었다.

"그렇습니다. 그래도 길목에 매설해 놓은 폭탄에 의해서 꽤 많은 들개족 병사들이 죽임을 당했을 겁니다. 문제는 우리 정찰대들이 포로로 잡히거나 가지고 있던 폭탄을 빼앗겨서는 안 된다는 겁니다."

한 중년의 장군이 걱정스럽게 말했다.

"아마 폭탄을 빼앗기지는 않을 거요. 적에게 잡혀 그걸 빼앗기느니 차라리 소지하고 있는 모든 폭탄을 터뜨리라고 명령해 두었으니까. 문제는 포로가 되어 폭탄 제조에 대해서 정보를 불게 되는 경우죠."

쿠르는 미간이 더욱 좁혀지며 심각한 표정이 되었다.

"정말 큰일이군, 들개족들은 우리 병사들을 절대 그냥 죽이지 않으니……. 항상 잡아서 정보를 캐고 난 후에야 죽이니까 잘못하면 폭탄의 비밀이 새어 나갈지도."

쿠르의 말에 부르크가 대답했다.

"그 점은 크게 염려하지 않으셔도 됩니다. 그런 점에 대비해서 정찰대 인원은 특별히 엄선해서 뽑았으니까요."

"엄선이라고요?"

다른 군인들과는 달리 부르크의 표정에는 왠지 모를 자신감이 엿보이고 있었다.

"그렇습니다. 현재 우리 종족에서 정확히 폭약 제조 방법을 아는 사람은 몇 명 안 됩니다. 저와 학자들 다섯이 전부입니다. 나머지 기술자들에게는 일부의 재료에 대해서만 알려주었을 뿐 전체적으로는 알려주지 않았습니다. 그리고 폭약 제조 방법을 모두 아는 몇 사람들은 성밖으로의 외출과 여행을 완전히 통제하고 항상 감시, 보호하고 있습니다. 저도 마찬가지지요. 더구나 밖에 나가 있는 정찰대는 특별히 폭약에 대해서는 전혀 모르는 젊은이들로 뽑았으니 알려주고 싶어도 알려줄 수 없을 겁니다."

"그럼?"

"아무리 고문해 봐야 나올 게 없습니다. 고작해야 폭탄의 사용법을 알아내는 정도일 뿐이고 그들이 죽고 나면 그만이지요. 그리고 끝입니다."

"……!"

"음."

쿠르와 장군들은 부르크의 용의주도함에 혀를 내둘렀다. 그런 것까지 미리 계획을 잡아서 일을 처리할 줄은 생각지도 못했던 것이다. 또한 부르크의 냉정함에도 다시 한 번 놀랐다. 병사 몇 명의 죽음 정도는 대수롭지 않게 얘기하는……

놀라는 사람들에게는 아랑곳없이 부르크의 말이 이어졌다.

"벼락 장군님, 혹시 그 얘기 못 들으셨습니까?"

"무슨 얘기 말이오?"

"퍼쿵 일행이 돌아왔습니다."

"퍼쿵이? 아직 보고받지 못했는데? 언제 왔답니까?"

"어제 오후 늦게 입성했다고 하더군요."

쿠르는 자신의 부하 장교들을 돌아보며 거칠게 물었다.

"그런데 왜 아무도 내게 보고하지 않았지? 도대체!"

부하 장교들이 약간 기가 죽어 쿠르의 눈을 피하자 부르크 대신이 말했다.

"제게는 보고가 들어왔습니다. 아마 이분들도 아무 얘기 못 들으셨던 모양이군요. 게다가 그 몇 시간 후 바로 전투가 벌어졌으니 모두 거기까지 신경 쓸 여유는 없었을 겁니다."

쿠르가 짜증이 나려는 것을 애써 삭이며 말했다.

"그래, 퍼쿵은 지금 어디 있답니까?"

"지금 저 바깥의 어딘가 있을 겁니다. 아까 보니 삼산의원 응가가 원장을 따라다니며 부상자들을 돌보고 있더군요. 동생들과 함께요."

"부상자를? 그게 무슨 소리요? 퍼쿵이 왜 부상자를 돌보고 있다는 겁니까?"

"그것까지는 저도 잘 모르겠습니다. 퍼쿵 일행이 저에 대해 감정이 좋지 않아서 물어볼 수가 없었습니다."

쿠르가 자리에서 벌떡 일어섰다. 그리고 문으로 나가며 말했다.

"좋소. 내가 가보지. 지금이 그러고 있을 때가 아닌데……. 도와주려면 전투를 도와줄 것이지 부상자는 여자들이 돌봐도 되는 일 아닌가!"

쿠르는 문을 벌컥 열고 나가다 말고 다시 돌아왔다. 그리고 말했다.

"부르크 대신, 잠시 다녀올 테니 기다리고 계시오. 이 전쟁을 승리로 이끌 방도를 생각해 봅시다. 그리고 자네들은 즉시 각자의 위치로 가서 다음 전투를 대비해 만반의 준비를 하게. 나중에 다시 소집할 테니 그때 보세."

"예."

쿠르는 보좌관과 사병들에게 즉시 퍼쿵 일행을 찾으라 지시하고 본인도 이곳저곳을 살피며 걷기 시작했다. 해가 막 떠오르려 하고 있었다. 성벽은 여기저기 새까만 그을음으로 덮여 있었다. 싸움의 흔적도 여기저기 보였다. 들개족의 화살에 맞아 흘린 핏자국이었다.

그래도 새로운 무기의 덕택으로 들개족 병사와 직접 백병전을 벌이는 일이 없었다는 것은 천만다행이었다. 만일 백병전이 벌어졌다면 꽤 많은 사람이 죽고 다쳤을 것이다.

한참 이곳저곳의 상흔을 살피던 쿠르는 부상자들이 모여서 치료받고 있다는 삼산의원으로 발걸음을 재촉하며 생각했다.

'…불과 얼마 전에 주민들이 난동을 부렸었지. 응가 원장이 퍼쿵 일행과 한통속이라고 말야. 자리코라는 처녀 때문에……. 그런데 병원을 다 부숴 버린 그 사람들을 응가 원장이 치료하고 있다니, 그것도 퍼쿵 일행의 도움을 받아서 말야. 정말 우습기 짝이 없는 일이군.'

삼산의원은 장터 끝에 있었다. 장터로 들어서자 벌써부터 멀리 웅성 거리며 모여 있는 사람들이 보였다. 아마 부상자들이나 보호자들인 것 같았다. 그리고 그 가운데 엄청나게 큰 덩치의 사내가 하나 눈에 들어 왔다.

퍼쿵이었다. 여전히 등에 엄청나게 큰 검을 멘 채 환자들을 이리저 리 옮기며 일하고 있었다. 그런 퍼쿵 역시 가까이 다가오는 쿠르와 보 좌관들을 발견한 듯 일하는 가운데 힐끔힐끔 쳐다보았다.

쿠르가 퍼쿵을 불렀다.

"여어, 퍼쿵! 오래간만이군!"

"안녕하셨습니까?"

"그래, 왔으면 내게 먼저 들를 일이지 왜 여기서 이러고 있나?"

"쿠르 장군님께 꼭 들러야 할 일은 없는 것으로 아는데요? 그냥 떠 나려다가 부상자들이 많고 돌보는 손은 부족하기에 잠시 도와주고 있 을 뿐입니다."

"그냥 가다니, 그건 안 될 말이지. 지금 우리 상황이 이런데 어떻게 그냥 떠난단 말인가?"

갑자기 퍼쿵의 옆에서 피코가 튀어 나오며 퉁명스럽게 내뱉었다.

"그냥 떠나지 그럼 어쩐단 말입니까?"

피코가 뻣뻣하게 대꾸하자 쿠르가 약간 달래는 투로 말했다.

"이봐, 그렇게 화난 얼굴 하지 말게. 자네들에게 빚을 진 것은 잊지 않고 있어. 언젠가 꼭 갚을 날이 있을 거네."

그때 군중 속에서 보보가 또 튀어 나왔다.

"그 말이 진심이라면 제발 엉뚱한 곳에 신경 쓰지 말고 정말 필요한 곳에 더 신경을 써주시면 고맙겠군요."

"어? 자네도 왔군. 그런데 더 필요한 곳이라니, 무슨 말인가?"

보보가 볼멘소리로 투덜거렸다.

"맨날 전쟁이나 할 생각 말고 제발 주민들 복지에 더 신경을 써달란 말이에요. 뭡니까? 제대로 된 약이나 의료 시설도 없고. 이래서는 전쟁이 아니라 전염병만 한번 돌아도 전 주민이 다 죽을 겁니다. 이거야 운이 좋아서 모두들 아직 살아 있지."

그때 뒤에서 귀에 익은 목소리가 들렸다.

"자리코, 유코, 끓는 물 좀 더 준비해 주겠니? 상처를 소독해야 하는데 약이 턱없이 부족하구나."

쿠르가 그 소리에 뒤를 돌아보았다.

"아, 응가 원장, 수고가 많소이다."

응가는 땀을 뻘뻘 흘리면서도 반갑게 쿠르를 맞았다.

"어? 쿠르 장군님 오셨습니까? 다친 데는 없으시죠? 어때요? 전투가 언제 또 벌어질 것 같습니까?"

"아마 날이 어둡기 전에 다시 적의 공격이 시작될 겁니다."

"큰일이군요. 성안을 다 뒤져도 약이 없습니다. 제가 가지고 있는 약은 턱없이 부족한데……."

"어떻게든 힘을 써주십시오. 저도 힘 닿는 대로 약을 구해보도록 하겠습니다."

쿠르는 정중히 응가 원장에게 부탁했다.

원래 쿠르 장군과 응가 원장은 전부터 꽤 친분이 있었다. 쿠르는 권력의 핵심에 서 있었고 응가는 완전히 아웃사이더이기는 했지만 두 사람은 공통점이 많았다. 둘 다 재물을 탐내지 않는 청렴결백한 성품이었고 변치 않는 신념을 가지고 있었다. 그리고 방법론이 정반대이긴 해도 목적이 순수했다. 그래서 서로의 인품이나 실력에 어느 정도 박수를 보내고 있었고 가끔 만나서 여러 가지 얘기를 나누기도 했다.

지난번 난동이 일어나 웅가의 병원이 부서질 때도 쿠르는 그 사실을 접한 즉시 은근히 병력을 보내 난동을 진압했다. 병사들이 도착했을 때 병원은 이미 다 부서져 있었지만 만일 그때 말리지 않았더라면 웅가 원장도 큰 화를 입었을 것이다.

그런가 하면 웅가 원장도 오랫동안 혼자 사는 쿠르에게 몸에 좋은 보약을 만들어 보내거나 그가 건강을 잃지 않도록 가끔 찾아가 살펴주곤 했다.

그런 식으로 두 사람은 은근히 서로를 도와주며 보이지 않는 유대 관계를 가지고 있었다.

웅가는 몇 마디 주고받은 뒤 자리코, 유코와 함께 바삐 환자들에게 달려가 버렸고 나머지 아이들도 각기 흩어져 계속 환자들을 돌보기 시작했다.

멀뚱히 그 모습을 바라보던 쿠르가 퍼쿵에게 다시 다가갔다. 그리고 그를 불러 세웠다.

"퍼쿵, 잠시 얘기 좀 할 수 있겠나?"

"지금 바쁜데요?"

"알고 있네. 하지만 지금 자네가 하는 일은 여기 내 보좌관들에게 넘기고 나와 잠깐만 얘기 좀 하세."

쿠르는 뒤에 서 있는 서너 명의 보좌관들에게 퍼쿵이 돌보고 있던 부상자들을 받으라고 명령했다.

몇 명의 장교들이 즉시 달려들어 퍼쿵이 안고 있던 부상자와 주위의 부상자들을 받아 들자 퍼쿵이 마지못해 넘겨주며 쿠르를 따라 걸어나왔다.

부상자들로 북적이는 병원 앞을 조금 벗어나 한적한 곳에 다다르자 쿠르가 발을 멈추고 돌아섰다.

퍼쿵이 물었다.

"무슨 일입니까?"

"이런 말 하기는 좀 그렇지만 이번 전쟁을 도와줄 수 없겠나?"

퍼쿵이 아무 표정도, 대답도 없이 묵묵히 쿠르의 눈만 바라보고 서 있자 그 뒤로 쿠르의 말이 이어졌다.

"지금 우리 군의 주력이 없다는 것은 혹시 알고 있나?"

"얘기는 들었습니다. 카르티 형이 주력군을 데리고 신의 산으로 갔다면서요."

"그래, 삼백 명의 병사와 오십여 명의 예비군이 신의 산으로 떠났네. 그래서 지금 이 성의 전력은 최저로 떨어진 상태지."

"알고 있습니다. 대부분 민간인이 싸우고 있는 걸 봤으니까."

"그래, 게다가 현재 우리 병사 중 오십여 명이 성밖에서 못 들어오고 있거나 실종된 상태이네. 그래서 말인데… 앞으로 적의 공격이 얼마나 계속될진 모르지만 이대로 전투가 지속되면 될수록 우리의 피해는 극심해질 거야."

"왜 카르티 형과 군대를 신의 산으로 보내셨습니까? 여기를 지킬 인원도 부족하면서?"

"그건 어쩔 수 없는 선택이었지. 어차피 그들이 여기 남아 있어도 전쟁이 벌어지면 결과는 마찬가지일 테니까. 다만 좀 더 오래 버틸 수는 있겠지만 결국 멸망하는 것은 정해진 일일 거야. 그런 와중에 고대 도시로 추정되는 유적을 발견한 거네. 카르티가 한시라도 더 빨리 고대 도시의 힘을 발견해서 가지고 돌아오지 않으면 우리의 멸망은 정해져 있는 거나 다름없네."

"장군님답지 않은 약한 말씀을 하시는군요."

"어쩔 수 없지. 힘이 없는 게 사실이니까."

"그렇다고 제가 무슨 힘이 되겠습니까? 저는 일개 사냥꾼일 뿐이고 상대는 엄청나게 많은 군대인데요."

"그렇지 않아. 그동안 나는 자네와 동생들을 유심히 봐왔네. 카르티에게 얘기도 많이 들었고. 자네들이 도와준다면 우리에게 승산이 있다고 믿네. 그러나……."

"무슨 말인지 알겠습니다. 뭐, 우리가 칭찬을 들을 만한 능력이 있는 것은 아니지만 어쨌든 의도는 알겠습니다. 하지만 저 혼자 결정하지 못한다는 것은 잘 아시죠? 저희들은 절대 일행 중 한 사람이라도 반대하는 일은 하지 않습니다."

"시간이 별로 없네. 가급적이면 빨리 도움을 주었으면 좋겠군. 사령부 막사는 성의 북문 앞 광장에 있네."

"동생들과 상의해 보고 연락드리겠습니다."

퍼쿵은 부상자들 틈으로 돌아가 쿠르의 보좌관들을 돌려보내고 다시 부상자들을 돌보기 시작했다. 그 모습을 초조한 눈으로 바라보던 쿠르가 한숨을 내쉬며 등을 돌렸다. 그리고 바삐 사령부 막사로 걸음을 옮겼다. 그러자 부상자에게 붕대를 감아주던 퍼쿵이 살며시 고개를 돌려 쿠르의 등을 바라보자 다른 아이들도 각자의 자리에서 고민하는 퍼쿵을 흘낏흘낏 보고 있었다.

쿠르와 부르크는 지도를 펼치고 함께 머리를 맞댔다.

부르크가 물었다.

"지금 적의 위치가 어디랍니까?"

쿠르가 지도상에 가리키는 손가락은 성의 바로 외곽을 따라 포물선을 그리고 있었다.

"순찰선의 관측에 의하면 지금 성은 완전히 포위되어 있다고 합니다. 화염 방사 수레와 폭탄의 사정 거리 바로 바깥에 적군이 진을 치고 있답니다."

"꽤 대담하군요. 전 같으면 멀리 진을 치고 있으면서 야음에만 공격했었는데 바로 사정 거리 밖이라니. 혹시 뭔가 눈치를 챈 것이 아닐까요? 아무래도 지금 우리 정찰대를 포로로 잡고 있지 않나 하는 생각이 드는군요. 그렇지 않고서야 우리의 무기를 상대로 그렇게까지 대담한 생각을 하지는 못할 테니까요."

"그렇죠. 간밤에 꽤 많은 들개족이 사살되었으니까. 대충 추정하기로는 약 이백여 명 정도는 넘게 사상자를 냈을 겁니다."

"들개족의 포로는 확보하셨습니까?"

"아쉽게도 못했소. 그들은 퇴각하면서 모든 시체를 거두어 갔소. 우리가 나가서 백병전을 벌일 수도 없는 상황이니……."

부르크가 눈을 감으며 고개를 크게 저었다.

"물론이지요. 지금 상황에서 절대로 백병전은 안 됩니다. 자살 행위일 뿐 아니라 자칫 우리의 신무기까지 빼앗기게 됩니다. 성문을 여는 것도 절대 안 돼요."

"이 안에서 얼마나 버틸 수 있을지……."

"그나마 적이 머리가 나빠서 공격해 오는 게 오히려 다행입니다. 지금으로서는 우리보다 적의 피해가 훨씬 크니까요. 만약 장기전을 펴고 그냥 지키고 있다면 적에게는 피해가 없는 반면 우리는 가만히 앉아서 굶어 죽게 될 테니 말입니다."

"하지만 적이 공격해도 마찬가지로 힘든 상황이오. 우리의 무기는 곧 바닥날 테니 말이오."

부르크와 쿠르는 많은 고민 속에 오랫동안 상의를 하고 있었다. 시간은 정오를 지나고 있었고 간밤의 피해 상황은 대충 정리가 되었다. 현재는 온 백성들이 다 달려들어서 다시 벌어질 전투에 사용할 기름과 폭약, 횃불, 화살 등을 만들고 있었다. 전혀 밖에 나갈 수 없는 지경이라 성안에 있는 모든 물품들이 다 사용되었다. 건물에서 목재를 뜯어내고 모든 쇠붙이가 무기로 변했다. 모든 기름이 거두어졌고 심지어는 그릇에 남아 있는 식용 기름, 소나무의 송진마저 박박 긁어 모아졌다.

그러나 그 양에는 한계가 있었다. 전의 전쟁과는 달리 전혀 성밖으로 나갈 수 없었기 때문에 들개족이 어느 정도 선에서 물러가지 않고 계속 공격해 온다면 머지않아 성안의 물자는 바닥이 나고 결국에는 백병전을 벌이는 수밖에 없을 것이다. 군인도 아닌 민간인과 부녀자들이 주를 이룬 이 상황에서 백병전은 그냥 엎드려 목을 내놓는 것과 다를 바가 없었다.

그러나 인간족들은 모르고 있었다. 터치가 직접 지휘하는 대군이 신의 산으로 갔다는 것도, 지금 공격하고 있는 것은 그와는 별개의 또 하나의 부대라는 것도, 또 들개족들이 인간의 폭탄에 대해서 어느 정도 파악하고 있는지에 대해서도 아무것도 알지 못했다. 단순히 지난 전쟁에 이은 들개족의 공격이라고만 생각할 뿐이었다.

시간이 오후가 되자 심하게 다친 환자들은 모두 치료가 끝나고 이제는 그다지 손쓸 일이 없었다. 시간적으로 여유가 생기자 퍼쿵은 고민하기 시작했다.

'…인간족과 들개족의 전쟁에 직접 개입할 것인가 말 것인가. 우리가 도와준다고 크게 달라지는 것도 없을 텐데……. 하지만…….'

그때 갑자기 치요가 나타나더니 옆에 앉았다.

"어? 일어났냐? 더 자지, 아직 해가 뜨거운데……."

"응, 괜찮아. 모자 썼어."

치요는 한낮의 태양을 피해 병원의 사택에서 잠을 자고 있었는데 무슨 고민이 있는지 얼굴에 수심이 가득했다.

"무슨 일 있어? 표정이 좋지 않구나. 혹시 어디 아프냐?"

"아니, 아픈 게 아니라……."

치요가 자꾸 머뭇거리자 퍼쿵이 그를 번쩍 들어서 무릎에 앉히며 물었다.

"왜 그래? 속시원히 말해 봐. 무슨 할 말이라도 있는 거냐?"

"응, 실은 걱정이 돼서……."

"걱정?"

"응, 이 근처에서 엄청나게 많은 사람이 죽을 것 같아서……."

"그야 전쟁 중이니까 많은 사람이 죽겠지."

"어린아이와 여자들이 엄청나게 죽을까 봐 걱정이야."

"저, 저런……."

퍼쿵이 수심에 잠겼다. 지금 이 성에서 전쟁을 치르고 있는 게 바로 어린아이와 여자들, 그리고 노인들이 아닌가! 그러니 그들이 죽는 건 어찌 보면 당연한 일이었다.

퍼쿵이 진지하게 권했다.

"점이라도 한번 보는 게 어떨까?"

그러나 치요는 고개를 저었다.

"이제 점은 보지 않기로 했어. 어차피 운명이라는 거 점을 봐서 미리 안다고 해서 바꿀 수 있는 것도 아니고… 또 내가 치는 점이라서 맞지도 않는 것 같아."

치요의 말에 퍼쿵이 입을 다물고 고개를 숙였다. 그 뒤로 치요가 말을 이었다.

"퍼쿵, 나 곰곰이 생각해 봤는데 우리 이대로 모른 척하면 안 될 것 같아. 이건 정말 아닌 것 같아. 종족 간에 전쟁을 해서 사람이 죽는 것은 어쩔 수가 없어. 하지만 이건 달라. 상대가 되지 않는 두 종족이 싸워서 한쪽이 일방적으로 이기고 다른 쪽이 오랫동안 고통을 받아야 한다면, 더구나 그 대상이 여자와 아이들이라면 그건 불공평해. 퍼쿵도 겪어봐서 잘 알잖아? 그와 똑같은 일이 다시 벌어지고 있는 거야, 지금."

그때였다.

"내 생각을 말해도 돼?"

"어?"

난데없는 여자 목소리에 퍼쿵과 치요가 고개를 돌렸다. 언제 다가왔는지 자리코가 서 있었다.

"어서 와. 고생 많았지?"

"나야 뭐……. 시간이 좀 나서 왔어."

"이리 앉아."

자리코는 퍼쿵의 옆에 앉았다. 그리고 말을 꺼냈다.

"오빠, 왜 안 떠나고 여기 남아 있는 거야? 신의 산으로 간다더니……."

"그건… 아무래도 여기가 불안해서……."

"하지만 피코와 유코의 반대가 심했잖아?"

"그 애들도 나와 같은 심정일 거야, 떠나지 못하는 게……."

퍼쿵은 말끝을 계속 흐리고 있었다. 그러자 자리코가 말을 이었다.

"아까 쿠르 장군님이 하신 말씀 어떻게 생각해?"

"응? 알고 있었니?"

"응, 우연히 들었어. 도와줄 생각인 거야?"

"모르겠다. 모두 어떻게 생각하는지 물어봐야지."

자리코가 고개를 끄덕이며 저만치 걸어오는 아이들을 바라봤다.

"역시 그래야겠지?"

피코와 보보, 유코가 나란히 걸어오고 있었는데 그 세 아이도 얼굴
이 밝지 않았다.

"무슨 얘기들 해?"

퍼쿵이 한숨을 쉬더니 말을 꺼냈다.

"하아, 일단 앉아봐라. 상의할 것이 있다."

"아까 쿠르 장군이 한 말이겠지, 도와달라는……?"

얘기는 퍼쿵과 쿠르 둘이 했지만 그 내용은 다들 짐작하고 있었다.
그래서 그 문제로 내내 고민한 표정들이었다.

"그래, 도와달라고 했다. 너희들 생각은 어떤지……."

"글쎄……."

간밤과는 달리 피코와 유코도 길길이 뛰며 반대하지는 않았다. 다만
어두운 표정으로 아무 말 없었다.

자리코가 다시 손을 들었다. 평소에는 이런 중요한 일에 전혀 나서

지 않던 자리코였는데 오늘은 왠지 하고 싶은 말이 많은 모양이었다.

"나 무슨 말을 할 자격은 없다고 생각하지만 몇 마디만 얘기하고 싶어."

"자격이 없다니, 무슨 소리야? 너도 우리 가족인데 기탄없이 얘기해 봐라."

"응. 난 아무리 생각해 봐도 여길 떠날 수 없을 것 같아. 정말 원장님 말씀대로 사람들이 모두 평화롭고 아무 일 없이 살 수 있다면 퍼쿵 오빠를 따라 떠나고 싶어. 여기서 살고 싶은 생각은 조금도 없어. 나리 오빠가 날 데리러 올 때까지 너희들과 같이 사는 게 훨씬 더 좋아. 하지만 지금은 도저히 안 돼. 나리 오빠가 날 데리러 와도 지금은 갈 수 없을 거야."

피코가 물었다.

"왜?"

"그야… 이 사람들… 다 죽을 테니까."

"여기 있으면 너도 죽어."

"그래도… 끝까지 함께 싸우다가 죽고 싶어."

유코도 반론을 하고 나섰다.

"왜 그러는 건데? 응? 언니가 있다고 달라지는 것은 없어. 몇 사람 치료한다고 해서 뭐가 달라져? 곧 더 많은 부상자가 쏟아져 나올 건데?"

그러자 자리코가 잔잔하게 미소를 지었다.

"후후, 이 얘기는 끝까지 하지 않으려고 했는데 이제 숨길 필요가 없을 것 같아. 곧 죽을지도 모르니까."

자리코의 말에 모두 의아해서 귀를 기울였다.

"나 사실… 너희들이 모두 내가 죽은 줄 아는 동안에 그 터치라는 들개족의 성에 잡혀 있었… 읍!"

"뭐?"

"그, 그게 무슨 말이야?"

"언니!"

아이들이 깜짝 놀라서 모두 소리치자 퍼쿵이 순간적으로 달려들어 자리코의 입을 막았다.

"피코! 보보! 주위에 누가 있나 봐!"

아이들은 놀란 가운데서도 재빨리 흩어져서 주위를 살폈다. 다행히 주변에는 아무도 없었다. 지금 같은 상황에서 터치의 들개족에 대한 말을 함부로 했다가 잘못하면 스파이로 몰릴 수도 있었기 때문에 아이들은 바짝 긴장해서 주변을 경계하고 있었다.

퍼쿵과 아이들은 그대로 자리코를 안고 사람들이 없는 외진 곳으로 달렸다. 마치 여자를 보쌈이라도 하는 것처럼 보였지만 퍼쿵 일행은 이제 워낙 유명해져서 아무도 방해하지는 못했다.

겨우 인적이 없는 곳까지 오자 퍼쿵이 자리코의 입을 풀어주었다. 자리코는 숨이 막혀서 얼굴이 새빨개져 있었다.

퍼쿵이 소리를 죽여가며 말했다.

"큰일 나려고 그래? 그런 얘기 함부로 하면 안 된다는 거 알잖아? 이러니 우리가 널 어떻게 여기 놔두고 가겠어?"

"헉헉! 미, 미안해, 오빠. 아무 생각도 없이 그만……."

"여긴 괜찮을 거야. 그 얘기… 나도 대충 짐작은 하고 있었다."

아이들은 여전히 주위를 두리번거리며 경계하는 한편 자리코의 얘기에 귀를 기울였고 자리코는 작은 목소리로 얘기를 시작했다.

"그래, 나 터치의 군대에 납치되어 있었어. 거기서… 거기서……."

말을 잇는 자리코의 목소리가 바르르 떨리기 시작했고 눈에서는 눈물이 배어 나오고 있었다.

"…들개족들에게 강간… 을 당하면서… 지냈어. 매일매일… 쉬지도 않고… 돌아가면서 나를 강간했어. 흑, 그래도… 나 죽지 않으려고, 살아만 있으면 언젠가는… 도망갈 수 있다고 생각해서… 이를 악물고… 흑, 흐흑!"

"자리코!"

"언니!"

아이들의 얼굴이 경악으로 일그러지고 있었다.

"…그렇게… 매일매일… 아무리 기다려도 기회는 오지 않았어. 도저히 도망갈… 수가 없었는데… 흑흑, 그래서 포기하고 싶은 심정이… 되었는데… 그때 나리 오빠가 나타났어. 그리고 흑… 나를 구해서… 도망친 거야. 들개족 왕은 터치에게 체포되고 우리는 도망을……. 흑흑."

"그만! 그만 해, 자리코!"

퍼쿵이 그녀를 감싸 안으며 말을 막았다. 자리코는 퍼쿵의 품에 안긴 채 오열했고 옆에서 바라보는 유코와 보보도 눈물을 줄줄 흘렸으며 피코는 이를 악물어 뺨이 움찔움찔 경련했고 퍼쿵의 눈에서도 눈물이 뚝뚝 떨어졌다. 치요는 하늘을 바라보며 한참을 한숨만 내쉬었고 우레는 영문을 몰라 사람들의 얼굴만 번갈아 바라보며 눈치를 살피고 있었다.

눈물을 줄줄 흘리며 보보가 입을 열었다.

"미, 미안해, 자리코. 그런 것도 모르고 우린……. 정말 아무것도 몰랐어, 그런 일을 당한 줄은……."

그러자 다시 자리코가 울음 섞인 목소리로 간간이 말을 이었다.

"나… 흑, 그래서… 나… 나 같은 여자가 더 나오지 않았으면 좋겠어. 흑, 그래서… 흑, 여기서 나만 도망갈 수가 없었어. 죽더라도 같이 죽겠다고… 생각한 거야."

"자리코……."

"언니!"

퍼쿵을 위시해서 일곱 명의 일행은 서로를 부둥켜안고 한동안 꺽꺽거리며 울어댔다. 누가 흘리는 눈물인지, 소리인지도 모르고 서로 꺽꺽거리고 있었다.

이윽고 시간이 조금 지나 진정되자 자리코가 말했다.

"나 너희들을 너무나 사랑해. 그동안 날 잘 돌봐줘서 얼마나 고마운지 몰라. 이제 어서 떠나도록 해요. 내가 괜한 얘기를 해서 부담이나 되지 않았나 모르겠어."

유코가 벌떡 일어나며 소리쳤다.

"오빠, 나 싸울래요! 우리가 그럴 능력이 있는지는 모르겠지만 이 사람들 죽지는 않도록 해주고 떠나고 싶어요!"

그러자 피코도 소리쳤다.

"나도 이제 그냥은 못 가겠다. 여기 다 정리하고 자리코까지 데리고 떠날 거야. 한번 해보는 거지 뭐. 보보도 그렇게 할 거지?"

보보가 빙긋이 웃었다.

"물론 난 처음부터 도와주고 싶었다고. 내 능력이 될까 모르겠지만 말야. 치요도 나와 생각이 같았을걸?"

치요가 그 말에 맞장구쳤다.

"그래, 맞아. 그게 인간의 도리지. 그럼 이제 만장일치인가? 퍼쿵도 우리와 생각이 같았으니까."

퍼쿵이 씨익 웃었다. 그리고 자리코의 어깨를 두드리며 말했다.

"이제 아무 걱정 마. 우리가 널 지켜줄게. 그리고 널 데리고 네 오빠를 찾으러 갈 거야."

자리코가 손뼉을 치며 펄쩍 뛰었다. 그녀의 입이 기쁨으로 함지박만하게 벌어졌다.

"와아, 정말? 정말 도와줄 거야? 모두들 그렇게 해줄 거야?"

"물론, 우린 한다면 하잖아? 알면서? 하하하!"

"좋아, 그럼 쿠르 장군을 찾아가서 얼른 계획을 세우자!"

"좋았어!"

아이들은 하나같이 기뻐하며 사령부를 향해 걸어가기 시작했다.

제6장 대량 살상 무기

전투가 시작된 지 하루하고도 반나절이 더 지났다. 이제 들개족의 공격은 상당히 지능적으로 바뀌어 있었다. 첫날밤에 집요하게 밀어붙이다가 꽤 큰 희생을 낸 것과는 달리 이제는 거의 접근 자체를 하지 않았다. 성의 둘레를 거의 빈틈이 없도록 포위하고는 적극적인 공격을 하지 않은 채 진을 치고 기다리기만 했다. 장기전으로 들어가려는 모양이었다.

그 증거로 몇 번의 접전이 더 있기는 했으나 적들은 매우 소극적으로 다가오다가 폭탄이나 불기둥이 날아오면 재빨리 뒤로 빠져버렸다. 아마도 인간족이 가진 무기들의 살상 거리와 불이 붙은 후 터지는 시간 등을 측정하고 있는 것 같았다.

그런 낌새를 챈 인간족 측에서도 더 이상 폭탄을 사용하지 않고 재래식 활만 사용해서 적을 상대했기 때문에 전투는 지루한 소강 상태로 들어갔다.

인간족들은 우려하던 사태가 현실로 다가오자 심각한 고민에 빠졌다. 성안의 물자는 모든 것이 부족했다. 식량도, 무기도⋯⋯. 그나마 우물을 많이 만들어놓아 물은 풍부하다는 것이 다행이었다. 만일 물마저 부족했다면 며칠 버티지도 못하고 성문을 열어야 할 판이었다. 안에 들어앉아 있어도 결국 굶어서 죽게 될 것이기 때문이었다.

다행히 퍼쿵 일행이 적극적으로 도와주겠다며 찾아와 크게 힘이 되었지만 그래도 상대는 들개족의 대군이었다. 순찰선의 관측에 의하면 천 명이 조금 못 되는 것 같다고 했지만 인간족과 비교하면 거의 그 네 배의 전력이 있는 군대였다. 따라서 퍼쿵 일행의 활약이 얼마나 먹힐지는 미지수였다.

이번에도 퍼쿵 일행 중에서는 보보가 앞으로 나섰다.

"쿠르 장군님, 지금 적의 수를 정확히 알고 계신가요?"

"여기서는 관찰할 수 없기 때문에 정확히는 알 수 없다. 다만 순찰선이 강에서 관측하고 신호를 보내올 뿐이다. 대략 천 명이 좀 못 되는 모양이다."

그러자 보보가 유코에게 나직이 속삭였다.

"유코, 정령에게 부탁해서 들개족의 수와 위치를 좀 파악해 줄 수 있겠어?"

유코는 말없이 고개를 끄덕이고는 뒤로 물러났고 보보가 쿠르와 부르크에게 다시 물었다.

"지금 적들이 장기전으로 들어간 거죠?"

"그런 것 같다."

"장기전은 안 돼요. 이 안에서 외부와 차단된 채로 버틸 수 있는 시간은 얼마 안 되니까. 게다가 우린 곧 떠나야 할 일이 있거든요."

"우리도 안다. 하지만 달리 손쓸 방법이 없어. 우리가 가진 무기로 는 근접전을 할 수가 없다. 터지면 같이 죽게 되니까. 게다가 백병전을 벌이는 것은 애당초 무리야. 상대는 괴력의 들개족 병사들이고 우리는 대부분 민간인과 부녀자니까. 더구나 숫적으로도 엄청난 차이가 난 다."

"그러니까 무조건 접근하지 못하게 거리를 두어가면서 적과 싸워야 한다는 말이군요?"

"그렇지."

"후우……."

보보가 길게 한숨을 내쉬었다. 그리고 다시 말을 이었다.

"그럼 방법이 없어요. 일단은 이대로 제 위치를 지키는 수밖에. 장 군님은 명령을 하달하세요. 절대로 현재 위치에서 이탈하지 않도록, 그리고 가능한 무기와 물자를 아끼라고도 해주세요. 폭탄과 기름이 떨 어지는 곳부터 구멍이 날 테고 적이 성안으로 난입하는 순간 모든 것 이 끝장납니다. 그 지도 이리 주시고 이제부터 제가 묻는 말에 정확히 대답해 주세요."

"그러지."

보보는 테이블에 지도를 펼치더니 대뜸 부르크에게 질문했다.

"지하 대피소에 연결되어 있는 비밀 출구가 어디죠?"

"그건……."

순간적으로 부르크가 망설이는 빛을 보였다. 그러자 보보는 약 영 점 오 초쯤 기다리다가 내뱉었다.

"됐어요. 그만둡시다! 우릴 믿지 못한다면 그만두세요. 형, 피코, 어서 돌아가자. 도와줄 필요 없겠어!"

보보가 돌아서자 부르크가 크게 당황하며 소리쳤다.

"아, 아니, 그런 게 아니라… 잠깐만 기다려!"

그러나 피코의 날카로운 음성이 부르크의 말을 끊었다.

"뭐야, 아저씨? 우리에게 뭐 꺼림칙한 거라도 있는 모양인데 그럼 그만두라고! 안 그래도 당신 얼굴 보면 도와주고 싶은 생각이 싹 달아나는데 잘됐지 뭐야?"

퍼쿵과 치요도 씁쓸한 표정이었고 유코와 우레 역시 기분 나쁜 눈으로 부르크를 흘겨보았다. 일순간 사령부 천막이 찬물을 끼얹은 듯 조용해졌고 부르크는 사색이 되었다.

'저런 말을?! 역시 저 녀석들은 내가 독을 주었다는 사실을 알고 있는 게 틀림없어! 이거 큰일이군. 지금은 저들의 도움이 꼭 필요한데……'

부르크는 재빨리 머리를 굴리며 변명거리를 찾았다. 그리고 애써 태연한 표정으로 말했다.

"뭐, 다른 이유가 있어서 그런 게 아닙니다. 다만 워낙 기밀로 다루던 사항이라 습관적으로 그랬을 뿐 당신들을 믿지 못해서 망설였다고 생각하지는 마십시오. 정말입니다."

부르크는 태연을 가장하고 있었지만 크게 당황했기 때문에 어색한 표정이 그대로 나타났다. 최근에 이렇게까지 자신을 함부로 대하며 몰아붙일 수 있는 사람은 아무도 없었다. 그래서 그의 당혹감은 아주 컸다.

보보가 그 말을 받았다.

"그래요? 그럼 내가 참죠. 아저씨의 실력이 좋다는 것은 알겠지만 자꾸 우리에게 안 좋은 생각을 하면 곤란해요. 알겠습니까?"

이날 사령부 막사에서 보보의 태도는 평소와 달랐다. 평소 겸손하고 얌전하며 침착하던 그의 성격과는 달리 매우 날카롭고 직선적이고 과격해 보였다. 게다가 용의주도하게 사람들을 얼르고 달래기까지 했다. 그 모습을 보며 퍼쿵과 치요가 생각했다.

'그래, 지난번 전쟁 때도 보보는 저런 모습을 보였었지. 이번에도 다르지 않은걸. 아니, 저번보다 훨씬 더… 과격해!'

'…아무래도 보보의 과거는 전쟁과 깊은 관계가 있는 게 아닐까? 전쟁에 임할 때마다 성격이 완전히 달라지는 걸 보면……'

그야말로 보보는 눈을 번쩍번쩍 빛내며 쿠르를 비롯해 군 수뇌부들, 그리고 부르크에게 명령을 내리고 있었다. 평소의 보보를 알고 있는 사람이라면 도저히 이해할 수 없는 모습이었다.

부르크가 뒤늦게나마 비밀 출구의 위치를 가르쳐 주겠다고 말했으나 보보는 냉정한 표정으로 그냥 돌아섰다.

"됐어요. 그런 거 몰라도 됩니다. 나가서 일이나 보시죠. 우린 우리를 신뢰하는 사람하고만 같이 일을 하거든요. 이제 모두 나가보세요. 내게 좋은 생각이 있으니 걱정 마시고요. 아, 그리고 다음 회의를 소집하면 그때는 군부의 장군님들만 와주세요. 부르크 대신께서는 오지 않아도 됩니다."

모두가 보는 앞에서 보보에게 완전히 무시당한 부르크는 얼굴이 흙빛이 되어 사령부에서 쫓겨나듯이 나갔고 다른 장군들도 아무 말 못하고 각자의 위치로 돌아갔다.

군 수뇌부를 모두 내보낸 보보가 일행에게 돌아왔다. 그리고 진지한 표정으로 말했다.

"아무래도 그걸 써야겠어."

"그거라니?"

보보의 표정은 전에 없이 심각했다. 뭔가 엄청난 일을 생각하고 있는 모양이었다.

"이건 너무 위험해서 절대 쓰지 않으려고 했는데… 아무리 판단해도 지금 전력으로는 싸움이 되지 않아. 내가 판단하기에는 이미 들개족이 폭탄의 위력이나 사정 거리, 사용법에 대해서 대충 파악했을 거야, 아직 제조법은 모르겠지만. 그래도 지금 상태로는 들개족들이 접근해 오지 않으면 효과적으로 폭탄을 사용할 수 없어."

"그럼?"

"장기전으로 들어갈 경우 머지않아 인간족들은 먹을 것을 구하기 위해 밖으로 나가야만 해. 그렇지 않으면 어차피 굶어 죽을 테니까."

치요가 말했다.

"나가서 싸워도 다 죽을 거야, 아마."

보보가 고개를 끄덕였다.

"남자들은 다 죽겠지. 그리고 여자들은 또 그때처럼… 퍼쿵 형이 말했던 이십 년 전의 일이 벌어지겠지. 얼마 전 자리코가 당했다는 그런 일 말야."

유코가 얼굴을 심하게 찡그렸다.

"어머, 너무 끔찍해!"

피코도 눈살을 찌푸리며 물었다.

"우리 힘으로 어떻게 막을 수 없을까?"

퍼쿵이 침통한 표정이 되어 말했다.

"막아야겠지. 아니, 반드시 막아야 해. 그런 일은 다시 되풀이되어

서는 안 돼!'

치요가 근심스런 목소리로 말했다.

"그래, 막아야지. 하지만 무슨 수로? 또 만일 방법이 있다고 하더라도 이번에는 들개족이 엄청난 피를 보겠군. 천 명이나 된다니까. 이쪽을 구하자니 저쪽이 다 죽겠고 저쪽을 죽이지 않으려니 이쪽이 다 죽을 판이야."

보보가 어금니를 깨물며 말했다.

"하지만 이쪽은 여자와 아이들이고 저쪽은 군인들이야. 경우가 아주 다르지."

피코가 물었다.

"그럼?"

보보의 표정은 결연했다.

"피를 보지 않는 방법은 들개족이 그냥 조용히 물러가는 것뿐이야. 하지만 지금으로선 그건 불가능하지. 그러니 둘 다 살릴 수 없다면 어쨌든 한쪽은 포기해야 해! 자, 결정해. 어느 쪽이야?"

아이들이 서로의 눈치를 보며 섣불리 말을 하지 못했다. 그러자 퍼쿵이 무겁게 말했다.

"얘기할 것도 없어. 이미 결정은 난 거니까. 여자와 아이들을 살려야 해. 침략해 온 쪽은 들개족이고 또 그들이 다 죽는다 해도 들개족은 멸망하지 않아. 하지만 인간족은 달라. 여기 부녀자와 아이들이 다 죽으면 카르티가 고대 도시를 찾아서 돌아온다 해도 어차피 인간족은 끝이야. 더 이상 자손을 퍼뜨릴 수가 없을 테니까."

퍼쿵의 결정에 모든 아이들이 고개를 끄덕였다.

"그렇군."

"그렇지."

보보가 손을 들어 아이들의 머리를 모았다. 아무래도 보보는 이미 들개족을 죽이기로 결정을 내린 후 다른 일행의 동의를 기다린 것 같았다.

"좋아, 그럼 결정난 거야. 이제 모두들 가까이 와봐."

아이들은 아무도 없는 사령부 막사에서 혹 누가 들을세라 머리를 맞대고 속삭이기 시작했는데 거의 보보 혼자서만 말을 했다.

"지금 사용하려는 방법은 아주 위험해. 너무 끔찍해서 절대 다른 누구에게도 방법을 알려줘서는 안 돼. 이 무기를 잘못 사용하면 정말 주변의 생물을 씨도 남기지 않고 없애 버릴 수도 있거든."

아이들이 눈을 동그랗게 뜨며 물었다.

"씨도 남기지 않는다고? 그렇게 위험한 무기도 다 있냐?"

"살아 있는 것이 하나도 남지 않는단 뜻이니?"

놀라기는 했으나 아이들은 보보의 말을 추호도 의심하지 않고 있었다. 보보라면 능히 그런 무기를 만들 수도 있을 것이라 생각한 때문이었다.

보보가 무겁게 고개를 끄덕였다.

"이번 작전을 성공적으로 수행하려면 유코와 치요의 도움이 많이 필요해."

퍼쿵과 피코가 물었다.

"우리는 뭐 도와줄 거 없냐?"

"재료를 준비하는 데 많이 도와줘야 해요. 준비할 게 엄청나게 많거든요. 그리고 그 다음에는 그리 할 일이 없을 거예요. 직접 뛰어다니며 사용하는 무기가 아니니까. 이게 뭐냐 하면……."

아이들은 도대체 무슨 무기인가 의아해서 보보의 다음 말만 기다렸다.

"아마 유코는 알 거야. 화학 무기라고……."

보보의 말에 유코가 깜짝 놀라며 몸을 일으켰다.

"화학 무기?!"

그녀의 반응이 격렬해서 나머지 아이들도 깜짝 놀라 유코에게 시선을 모았다.

그러나 유코의 반응은 의외였다.

"그, 그게… 뭔데?"

오히려 벙찐 것은 보보였다. 당연히 유코가 알고 있으리라 생각했는데 그게 뭐냐니?

"모, 몰라, 화학 무기를? 화생방이라고 못 들어봤어?"

"화생방? 어디서 듣던 말 같긴 한데……."

"독가스 말야!"

"독가스? 그, 그걸 사용하려고?"

유코는 그제야 보보의 말을 알아챘는지 조금 당황하는 듯했다.

"보보, 그건… 너무 무서운 거잖아?"

퍼쿵이 끼어들며 물었다.

"대체 독가스가 뭐냐?"

유코는 부르르 몸을 떨며 대답을 했다. 그러나 그녀의 기억은 역시 불완전했다.

"잘은 모르겠어요. 그런데 왠지 굉장히 무서운 것이었다는 느낌이… 엄청나게 많은 사람이 죽었었다는 생각이 들어요."

그러자 보보가 말했다.

"설명하고 자시고도 없어요. 형이 쓰러졌던 독 있죠? 그런 독을 사람들에게 마시도록 만드는 거예요. 먹이는 게 아니라 공기 중에 퍼뜨려서 숨을 쉬는 주변의 모든 사람과 동물들이 마시게 되죠. 그리고 모두 죽는 거예요. 깡그리 말이에요."

치요가 고개를 저었다.

"그건 안 돼! 공기 중에 독을 퍼뜨리면 이 성안의 사람들도 모두 같이 마시게 될 텐데? 그럼 양쪽이 다 죽게 되잖아?"

퍼쿵과 피코도 깜짝 놀랐다.

"그래, 게다가 애꿎은 짐승들은 무슨 죄가 있다고? 다 죽게 될 텐데……."

"그건 안 돼! 절대로!"

보보가 손을 내저었다.

"양쪽 모두를 다 죽이겠다는 말이 아냐. 그래서 유코의 도움이 필요하다는 거야. 지금 바람은 강한 서풍이 불고 있어. 적을 다 죽이려면 독을 여기보다 더 서쪽에서 퍼뜨려야 하는데 그러면 바람을 따라 동쪽으로 흘러가면서 이 성안의 사람들까지 모두 죽게 돼. 그러지 않기 위해서는 유코가 바람의 정령에게 부탁해서 바람의 방향을 바꿔야 해. 비정상적인 방법으로 말야."

그 말에 모두의 시선이 유코에게 돌아가자 유코는 왠지 불안한 표정으로 보보의 입을 바라봤다. 보보는 지도상에 손가락을 짚어가며 소리 죽여 설명을 시작했다.

"지금부터 내 설명을 잘 들어. 여기가 우리 성이야. 그리고 여기 이 주위에 들개족이 진을 치고 기다리고 있어. 유코, 들개족의 위치와 숫자는 파악됐지?"

"응, 칠백삼십이 명이야."

"어디에 진을 치고 있는지 좀 짚어줄래?"

유코는 보보의 부탁에 따라 지도 위로 손가락을 옮겼다. 숲의 정령들이 유코에게 숲의 모습을 속삭여 주고 있었다.

유코가 가리키는 곳은 다만 네 곳의 성문과 두 군데의 하수구에 좀 더 많은 병사들이 집결해 있을 뿐 거의 성의 주위로 폐곡선을 그리고 있었다. 그리고 모두 활을 사용해서 폭탄을 쏘아낼 수 있는 사정 거리를 살짝 벗어난 숲 속에 숨어 있었는데 울창한 나무들 때문에 미리 설치해 놓지 않고서는 도저히 들개족의 진지에 폭탄을 떨어뜨릴 수 없었다.

그 이상의 거리를 쏠 수 있는 투석기가 있긴 했지만 투석기는 워낙 방향 전환과 거리 변경이 둔하고 한번 쏘는 데 시간도 많이 걸려서 지금처럼 인접한 숲 속의 적을 상대하기에는 알맞지 않았다.

"좋아, 그럼 세 군데의 비밀 출구를 가르쳐 줘."

유코는 다시 세 곳의 출구를 손가락으로 가리켰다.

비밀 출구의 두 곳은 적의 포위망 안에, 그리고 한곳은 밖에 있었다.

"다행히 한곳이 포위망의 밖에 나 있군. 됐어, 이 정도면."

보보는 살짝 미소 짓더니 다음 계획을 말했다.

"이제 재료를 구해야 하는데 퍼쿵 형과 피코가 많이 도와줘야 해요. 이번 것은 인간족들에게 재료를 구하라고 할 수 없거든요. 그들이 독가스를 만드는 방법을 배우면 안 되니까요."

"알겠다. 필요한 게 뭐냐?"

"음, 이 주변은 무슨무슨 광물질이 많으니까… 아, 이게 좋겠어요. 그것을 만들려면 이것, 그것, 저것, 조것이 필요해요. 가장 빨리 만들

수 있고 효과도 제법 강력한 독이지요."

"그 재료들을 어디 가면 구할 수 있지? 또 어떻게 구분하는지 알려 줘."

"분명히 주변 어딘가에 많이 묻혀 있을 거예요. 유코가 땅의 정령에게 부탁해서 좀 알려줬으면 해. 우레를 타고 다니면서 말야. 들개족의 화살에 맞지 않도록 꽤 높이 떠다녀야 할 거야."

"알겠어."

"삣!"

"치요는 약품을 다루는 데 아주 익숙하니까 나와 같이 있다가 재료가 도착하는 대로 약품을 만들자."

"알았어."

"이제 모두 밖으로 나가죠. 포위망 밖으로 난 비밀 출구 앞에 방어진을 만들어놓고 그곳에서 작업하기로 해요. 그게 인간족에게도 들개족에게도 들키지 않을 수 있는 유일한 방법이니까."

"그래, 그게 좋겠구나."

"그럼 가요."

"인간족들이 우릴 찾으면 어떡하지?"

"나가기 전에 쿠르 장군님에게 얘기해 놓을게요. 이대로 잘 지키고 있다가 우리가 하늘에 불을 띄우면 들개족이 다 죽은 거니까 나와도 좋다고요. 만일 우릴 믿지 않는다면 어쩔 수 없죠. 하지만 그럴 여유는 없을 거예요. 또 우리가 자진해서 도와주겠다고 온 이상 도망갔다고 생각하지는 않을 거예요. 뭐, 어떻게 생각해도 상관없고요."

"놀라겠구나. 신호를 보고 나와보면 적이 다 죽어 있을 테니."

"놀라겠죠. 그리고 그때쯤이면 우리도 자리코와 웅가 아저씨를 데리고 떠났을 거고요. 헤헤."

"그렇겠지."

보보는 곧 수많은 사람을 죽일 계획을 가지고 있는 아이답지 않게 매우 침착했다. 아니, 빙긋이 웃기까지 했다. 일행들은 그런 보보의 변화를 보며 정말 알 수 없는 아이라고 생각했다.

퍼쿵 일행은 그 길로 쿠르 장군을 찾아가서 대충 계획을 얘기했다. 독가스에 대한 말은 일절 하지 않고 다만 지금 그대로 제자리에서 지키고 있다가 며칠 후 하늘에 불덩어리가 솟아오른 다음에 성문을 열고 뒷정리를 하도록 당부했다.

보보는 두 번, 세 번 당부했다.

"장군님, 제 말을 명심해야 합니다. 불덩어리가 솟아오르기 전에는 무슨 일이 있어도 성문 밖으로 나가면 안 됩니다. 성문 바로 앞에서 들개족들이 막 죽어 넘어져도 절대 목을 베러 나간다든가 해서도 안 됩니다. 아시겠어요?"

"그래, 알겠다. 그런데 이유가 뭐냐?"

"이유는 묻지 마시고요. 꼭 따라주셔야 합니다. 안 그러면 큰 낭패를 보실 거예요. 이제 우리는 보이지 않을 거예요. 그래도 찾지 마세요. 아셨죠?"

"너희들끼리 되겠냐? 도와줄 일은 없을까?"

보보가 고개를 젓다 말고 한 가지를 생각해 냈다.

"별로 없을걸요? 아, 한 가지 있어요. 부르크 대신 있죠? 그 사람 좀 우리 주위에 얼씬거리지 않도록 해주세요. 신경 거슬리니까요."

"휴, 알겠다. 너희가 그토록 싫다면 그렇게 해줘야지. 그밖에 또 필요한 것이 있다면 얘기하거라. 곧 조치를 취해주마."

"그럼 믿고 갑니다. 다시 한 번 말씀드리지만 제 말을 꼭 따라주셔야 합니다. 지난번처럼 약속 어기시면 안 돼요. 안 그러면 여럿 죽게 될 겁니다. 정말이에요."

"알겠다."

쿠르는 더 이상 아무것도 묻지 않았다. 물어도 대답할 것 같지 않았고 또 이들에게 무엇을 닦달할 입장도 아니었기 때문이다. 그대로 멀어져 가는 퍼쿵 일행의 뒷모습만 바라보고 있었다.

쿠르에게서 멀어지자 보보가 슬쩍 뒤를 보며 말했다.

"이제 됐어요. 어서 지하 대피소로 가죠. 비밀 출구로 나가는 길은 피코와 유코가 잘 알고 있으니 빨리 일을 시작해야겠어요."

"그래, 빨리 여기 일을 끝내고 신의 산으로 가야 하니까."

퍼쿵 일행은 다른 사람들의 눈을 피해가며 서둘러 걸음을 옮겼다. 그리고 지하 대피소의 입구로 들어갔다.

대피소 안에는 일단의 사람들이 있었다. 그리 많지는 않았는데 대부분 전쟁에 전혀 도움이 되지 않는 아주 연로한 노인이거나 너무 어린 아이들이었고 그밖에는 거동이 불편한 환자들이었다. 그들은 밖의 일이 궁금한지 두려움이 가득한 눈으로 퍼쿵 일행을 쳐다봤다. 퍼쿵 일행은 그들의 집요한 시선을 뒤로하며 점점 더 깊은 곳으로 걸어갔다. 미리 지도에서 점 찍은 대로 들개족의 포위망 밖에 나 있는 출구로 가야 했다.

유코가 땅의 정령을 소환하여 그 위치를 묻자 정령들은 즉시 비밀 터널로 연결된 벽을 찾아주었다. 주위에 사람들이 없는 틈을 타서 퍼쿵이 벽을 슬쩍 밀자 어렵지 않게 벽이 밀려나며 틈이 벌어졌고 일행 모두가 빠져나간 뒤 다시 닫혔다. 그러자 통로는 감쪽같이 사라져 다시 벽이 되어버렸다.

십수 갈래로 갈라지고 구불구불 구부러져 있는 미로를 따라 반시간 가까이 걸어가자 막다른 골목에 다다랐다. 거기서 유코가 말했다.

"여기가 아까 지도에서 찍었던 곳이야. 이제 어떻게 하지?"

보보가 햇불에 지도를 비추어 보며 말했다.

"여기는 성의 남문과 서문 사이에 있고 포위망 밖이니까 조심해서 나가면 들개족이 냄새 맡기는 어려울 거야. 하지만 조심해야 해. 귀와 코가 워낙 밝은 종족이니까. 유코, 일단 주변 공기의 흐름을 차단해 줄 수 있겠니?"

"그야 간단하지."

잠깐 시간이 지난 후 유코가 돌아섰다.

"됐어. 지금 이 주변의 공기는 제자리에서만 돌고 있어."

"고마워. 그럼 이제 살살 문을 열고 나가면 돼요."

퍼쿵이 바위 주위를 자세히 살피더니 쐐기 모양의 쇳덩이 몇 개를 뽑았다. 그러자 바위는 힘들이지 않아도 저절로 열렸다.

"제법 잘 만들었는데? 이거 어린애라도 쉽게 열 수 있겠어."

모든 아이들이 나간 후 다시 쐐기들을 제자리에 놓고 바위를 밀어서 문을 닫았다.

유코와 우레가 공중에 떠올라 주변을 감시하는 동안 나머지 아이들은 치요의 지시에 따라서 방어진을 만들기 시작했다. 그 안에서 여러 가지 작업을 해야 하므로 상당히 넓고 튼튼하게 만들었다. 이윽고 틀이 완성되자 오랜만에 우레의 깃털이 여덟 개의 초석 밑에 놓여졌고 치요의 주문으로 금세 외부와 단절하는 벽이 생성되었다.

잠시 휴식을 취한 후 보보의 지시에 따라 유코와 우레가 공중으로 날아올랐고 퍼쿵과 피코도 미리 준비한 자루들을 챙겨서 숲으로 들어갔다. 유코는 미리 땅과 숲의 정령을 불러내 보보가 말한 물질들을 찾도록 부탁해 놓았다. 그래서 하늘로 올라가 내려다보니 넓은 숲의 여기저기에서 벌써 정령들이 손짓을 하고 있었다. 유코는 소리를 죽여 오르락내리락하며 퍼쿵과 피코에게 위치를 가르쳐 주었고 두 사람은 부지런히 약초와 광물질들을 져 날랐다.

방어진 안에는 퍼쿵과 피코가 날라 온 물질들이 차곡차곡 쌓여갔고 보보와 치요가 그것들을 이용해서 무엇인가를 조심스럽게 만들고 있었다.

나르는 중간중간에 간혹 퍼쿵과 피코의 낌새를 느끼고 쫓아온 들개족 병사들이 있었지만 두 사람은 별로 어렵지 않게 들개족 병사를 따돌리며 계속 방어진과 숲을 왕복했고 어쩌다 운 나쁘게도 퍼쿵이나 피코를 놓치지 않고 따라붙은 재빠른 들개족 병사들은 그 자리에서 최후를 맞이해야 했다. 때로는 달리기가 빠른 것이 불행이기도 한 것이다.

그렇게 몇 시간이 지나자 대충 보보가 말한 재료들이 방어진 한쪽에 수북히 쌓여갔다. 보보는 하나씩 적어가며 재료들을 확인하는 한편 계속 재료들을 섞고 가열하는 등 무엇인가를 만들어갔다. 보보가 들고 있는 종이에는 이상한 그림과 글씨가 잔뜩 적혀 있었다. 치요가 그 종이를 들여다보며 물었다.

"이건 무슨 마법이니? 이런 진식은 처음 보는데?"

"하하, 이건 마법이 아냐. 화학식이라고 마법과는 좀 달라."

"화학식?"

"응, 물질의 구성 원소가 어떻게 결합하고 또 서로 어떤 작용과 반응을 하는지 그 원리를 설명하는 그림이야. 지난번 만들었던 폭약도 이런 화학 원리로 만들어진 거야."

"그래? 참 신기하구나."

"난 네 마법이 더 신기하다. 나중에 시간 나면 마법 좀 가르쳐 줄래?"

"나도 그 화학식이란 거 배우고 싶은데?"

치요가 좀 망설이는 표정으로 물었다.

"보보, 아까 말야, 왜 그렇게 부르크 대신에게 심한 말을 한 거니? 나도 그 사람 싫어하긴 하지만 너무 대놓고 공격한 게 아닌가 싶어."

"그거? 글쎄… 나도 잘 모르겠어. 하지만 왠지 그 사람, 기분이 좋지 않아. 분명히 무슨 나쁜 흉계를 꾸밀 것 같은 생각이 들거든. 가까이 해서 결코 좋은 결과를 볼 것 같지 않았어. 그래서 그런 거야. 가능한 한 멀리 떼어두려고."

"그랬구나."

그때 피코가 또 한짐 짊어지고 들어오며 투덜거렸다.

"에이, 또 두 놈이나 죽였네. 놈들이 어찌나 끈질기게 따라붙는지……."

들개족들의 추격이 꽤 집요한지 피코는 아예 검을 뽑아 들고 다녔는데 지금도 날에 피가 묻어 있었다. 아마 무거운 짐을 지고 있어 빨리 달아나지 못해서 그랬을 것이다.

"미안해, 피코. 힘들지?"

"미안할 거 없어. 별로 힘들지는 않으니까. 좀 찝찝해서 그렇지. 어차피 곧 다 죽을 놈들인데 뭐."

"그래, 어차피 곧 다 죽을 놈들이지. 칠백삼십이 명 모두."

보보가 가만히 피코의 말을 되뇌었다. 곧 독가스가 완성되고 살포되면 정말 그들 중 한 사람도 살아남기 힘들 것이다.

갑자기 침울해진 보보의 어깨를 피코가 탁 때렸다.

"어이, 힘내! 이제 와서 마음 아파해도 소용없잖아? 어서 일이나 진행하라고. 이왕 마음먹은 것 빨리 끝내고 떠나자. 여기 오래 있고 싶은 생각 없으니까."

"그래."

그러는 도중 퍼쿵도 막 달려들어 오며 소리쳤다. 그 위로 유코와 우레도 급히 날아오고 있었다.

"모두 이리 와봐! 큰일 났어!"

아이들은 놀란 표정으로 퍼쿵을 바라봤다. 퍼쿵은 제 몸집보다 더 큰 자루를 조심스레 내려놓으며 말했다.

"조금 아까 내 앞을 가로막는 들개족 병사 몇 명을 베었는데 그중 한 놈이 이상한 말을 했어."

"뭐라고 했는데?"

"내 칼에 맞고 쓰러져서 중얼거리는 걸 들었는데 어차피 고대 도시는 자기들 차지라고 했어!"

"뭐야? 그게 무슨 소리야?"

"그래서 내가 다그쳐 물었더니 이미 터치가 이끄는 천오백 명의 군대가 신의 산으로 갔고 지금쯤이면 거의 도착할 때가 되었다는 거야."

"뭐? 천오백 명이나? 그럼… 카르티와 자라목이 위험해!"

"인간족 군대가 몇 명이나 갔다고 했지?"

"삼백 명!"

"그냥 밥이군. 그 정도 차이면… 아무리 신무기로 무장했다 하더라도."

보보가 고개를 저었다.

"성도, 매복도 아니고 개활지에서 마주치면 그 무기들은 효과적으로 쓸 수 없어. 총이 아닌 이상은."

"총?"

"아, 그런 게 있어요. 그것도 일부러 인간족들에게 가르쳐 주지 않았어요. 너무 위험한 무기라서."

아이들이 의아한 표정으로 보보를 바라봤다.

"도대체 네 머리 속에는 얼마나 위험한 무기들이 들어 있는 거냐? 또 어떤 게 더 있지?"

모두의 시선을 받은 보보가 잠시 머리를 긁다가 말했다.

"모르겠어요. 그때그때 생각이 나는 거지 나 자신도 자세히는……. 그저 상식적으로 알고 있는 것들인데 하필 지금이 전쟁 중이라 응용하는 것밖에는……. 별것 아니에요."

유코가 물었다.

"그게 무슨 상식이니? 나도 어디서 다 들어보던 것이긴 하지만 하나도 모르겠는데 넌 다 알고 있잖아?"

"그거야 네가 무식… 읍!"

"뭐, 뭐야? 너, 말 다했어?"

"미안미안! 그런 뜻이 아니라……."

"방금 나보고 무식하다고 했잖아!"

두 아이가 티격태격하고 있자 퍼쿵이 다시 말했다.

"그만! 지금 그런 것 따질 때가 아니야. 어서 여기 일을 마무리 짓고 신의 산으로 출발해야겠어. 삼 일 전 처음 공격하던 날 이곳을 지나갔다니까 빠르면 내일쯤 카르티의 군대와 터치의 군대가 맞닥뜨리게 될 거야. 그전에 그곳으로 가야 해."

피코가 이를 부드득 갈며 퍼쿵에게 물었다.

"터치가 직접 지휘를 하고 있다고?"

"그렇게 말했어."

"그럼 가야지. 가서 이번에야말로 터치를 없애 버려야지."

치요가 침착한 어조로 말했다.

"그리 쉽지는 않을 거야. 상대는 들개족의 군대니까. 인간족과는 다르지. 숫자도 엄청나고."

"그래도 죽일 거야. 꼭!"

피코의 눈은 이글이글 타올랐다. 터치가 눈앞에 있다고 생각하니 다시 엄마와 아빠의 죽음이 떠올라 견딜 수가 없었다. 게다가 엄마가 터치에게 짓밟히던 대목에서는 도저히 용서할 수가 없는 피코였다. 피코가 보보의 양팔을 꼭 쥐며 부르짖었다.

"보보, 어서 여기 일을 마무리 짓자. 독가스인지 뭔지를 빨리 만들어 줘. 그걸로 빨리 여기 전쟁을 끝내고 신의 산으로 가자. 가서 터치를 잡아야겠어."

"그거야, 하지만 피코, 너무 위험한 일은 하지 마. 침착하게 생각해 보면 방법이 없는 것도 아닐 테니까."

"나도 바보는 아냐. 무작정 칼 뽑아 들고 들개족 군대로 뛰어들지는 않는다구. 그런 걱정은 하지 마."

"알았어. 그럼 이제 본격적으로 작업에 들어갈 테니 도와줘. 재료가 다 준비되었으니 지금부터는 금방이야."

"좋아, 맡겨둬."

아이들은 서둘러 움직이기 시작했다. 터치의 대군이 신의 산에 거의 도달했을 것을 생각하니 조금도 쉴 틈이 없었다. 조금만 늦어도 카르티와 자라목, 그리고 인간족의 젊은 남자들이 모두 위험했다.

그들이 작업하는 장소 주변은 왠지 죽은 것처럼 고요했고 산새나 들쥐 한 마리 얼씬거리지 않았다. 그곳에서 곧 수백, 수천의 목숨을 앗아갈 무서운 무기가 만들어지고 있다는 것을 알기라도 하는 듯 숲도 소리 죽여 바라보기만 했다.

그렇게 날이 저물고 다시 새벽이 밝아올 무렵 보보는 이마의 땀을 닦으며 몸을 일으켰다. 그리고 그의 양손에는 사발이 하나씩 들려져 있었는데 한쪽에는 새까만 색, 다른 한쪽에는 푸르스름한 색의 가루가 모두의 시선을 받으며 담겨져 있었다.

"됐어. 이거야."

"이것들이 그 독이야?"

"읍! 숨 쉬면 안 되겠네."

"무섭다, 얘. 저리 좀 치워봐."

보보가 빙긋이 미소를 지었다.

"괜찮아. 지금 상태로는 독이 아니니까."

"그럼?"

"이 두 개를 일정한 비율로 섞은 다음 열을 가해야 해. 그래야 비로소 가스가 발생하는 거야."

"뭐야? 그럼 아직 다 된 게 아니네?"

"다 된 거나 마찬가지야. 이제부터는 간단하니까."

"이 주변이 얼마나 넓은데 저걸 가지고 그 들개족을 다 죽여?"

"저 정도면 충분해. 우리에게는 유코가 있잖아."

보보가 한 귀퉁이에 수북히 쌓여 있는 두 가지 가루를 가리키며 다시 미소를 지었다.

"그럼 어서 서둘자. 어서 신의 산으로 가야 하니까."

"그래, 그럼 지금부터는 유코가 힘을 많이 써줘야 해."

유코가 불안한 듯 물었다.

"어떻게?"

"원래 이렇게 넓은 지역을 저 정도 양으로 커버할 수는 없지. 바람에 다 날려가 버리니까. 유코가 바람의 방향을 완전히 바꿔주는 수밖에 없어."

"어떤 식으로?"

보보가 지도를 다시 펼치며 설명을 시작했다.

"잘 봐. 여기가 성이고 이 주변에 이렇게 들개족이 포위하고 있어. 간밤에 큰 이동이 없었던 것 같으니까 아직 이 범위에서 크게 벗어나지 않았을 거야. 네가 해줄 일은 바로 이 주위의 공기를 다른 곳과 완전히 고립되게 해주는 거야. 다른 지역과는 완전히 차단이 된 채 내가 그린 이 주변을 뱅뱅 도는 거지. 빠른 속도로 뱅뱅 돌아야 해. 적은 양으로 이 많은 병사들을 해치우려면."

"그것만 하면 되는 거야?"

"그래, 바람의 이동만 만들어줘. 그럼 넌 아무것도 죽이지 않으니까 상관없을 거야. 죽이는 것은 이 독가스지 바람이 아니니까."

퍼쿵이 걱정스럽게 물었다.

"정말 괜찮을까, 유코가 이 일에 관여해도?"

치요가 고개를 끄덕였다.

"상관없을 거야. 직접 죽이는 게 아니니까."

피코도 매우 염려스러운 표정이었다.

"하지만 좀 걱정된다. 이미 유코는 목적을 알고 있는데… 목적을 알고 시행한다는 게 좀 걸리는걸?"

이제 모두의 시선이 유코에게 향했다. 아닌 게 아니라 적잖이 걱정되었다. 유코가 정령의 힘을 나쁜 목적으로 사용하거나 누굴 죽이는 데 사용하면 큰 대가를 치르게 되기 때문이었다.

유코 역시 불안한 표정으로 생각에 잠겨 있었다. 그러다가 결심한 듯 고개를 들었다.

"해보겠어. 어차피 내가 하지 않으면 이 방법은 아무 쓸모도 없는 거 아냐?"

"그렇긴 하지만……."

"그럼 더 망설일 것 없어. 나 한 사람 희생해서 저 많은 사람을 살릴 수 있는 거잖아?"

"유코……."

"진심이야?"

"삣?!"

모두가 깜짝 놀라 유코를 바라봤다.

'…저, 저런, 쟤 유코 맞아?'

'…매일 장난만 치던 유코의 입에서… 저런 말이?'

'겁쟁이, 울보, 새침떼기 유코가 저런 말을?'

심지어 우레마저 입을 쩍 벌리고 유코를 바라봤다. 아마 이런 생각을 하고 있는 것 같았다.

"삣? 아, 아줌마, 왜 그런데유? 제정신이유, 지금?"

유코의 표정은 사뭇 진지했다. 생전 처음 보는 진지한 표정이었다.

치요가 나서며 말했다.

"일단 정령을 불러서 바람을 돌게 할 수 있냐고 물어보자. 그리고 정령의 반응을 보는 거야. 정령술사들이 말하기를 정령들은 나쁜 일이나 무리한 부탁을 받으면 조건을 제시한다고 했어. 그러니까 일단 물어보고 일을 진행하자고."

유코가 반문했다.

"그랬다가 만일 나쁜 조건을 제시하면 어쩌려고? 그럼 그만둘 거야?"

"글쎄… 그건……."

치요가 말을 흐리자 유코가 재빨리 받아서 말을 이었다.

"지금 그럴 여유 없잖아. 잘못하면 여기 남은 부녀자와 아이들도 다죽고 신의 산에 가 있는 남자들도 다 죽게 생겼어. 얼른 여기 일을 끝내고 그쪽으로 가봐야 하는데 다른 방법은 없잖아? 그러니 모두들 더이상 다른 생각 하지 마세요. 다 되는 대로 정령을 부를 테니 보보와 치요는 어서 약을 완성시켜 줘."

유코의 단호한 표정과 말투에 보보도 말을 더듬었다.

"으, 으응, 아, 알았어."

보보와 치요는 서둘러 약을 비율대로 섞어 여러 개의 용기에 나누어 담고 거기에 또 가열할 수 있는 장치를 부착하기 시작했다. 그 뒤에 앉아 있는 유코는 단호한 표정이긴 했으나 조금씩 떨고 있었다. 그녀 역시 겁이 나는 모양이었다. 유코는 그렇게 어깨를 떨며 허공을 바라보고 있었다.

뒤에서 그 모습을 가만히 바라보던 퍼쿵이 다가가 유코의 어깨를 감싸 안자 그녀는 깜짝 놀라며 돌아봤다.

"오, 오빠?"

"유코야, 괜찮아?"

"괜찮아요. 어차피 해야 할 일인걸요."

"우리 유코 정말 훌륭하구나. 오빠는 깜짝 놀랐어. 오빤 여태껏 유코가 어린아이인 줄만 알았거든."

"헤헤, 제가 어른이지 왜 어린애에요? 저 다 컸다구요."

"그래, 다 컸구나."

유코는 퍼쿵의 가슴으로 가만히 몸을 기댔고 퍼쿵이 감싸 안아주자 그녀는 그의 품에 파묻혀 보이지도 않았다. 잠시 침묵이 흐른 후 유코가 가만히 속삭였다.

"오빠, 저 사실은요… 꼭 이 일은 할 거지만요… 사실은… 되게 무서워요."

"그래, 나도 무섭단다. 네가 다칠까 봐."

"오빠, 뭐 물어봐도 돼요?"

"물어봐."

유코가 가만히 퍼쿵을 올려다보며 뜸을 들이더니 이내 말했다.

"오빠, 저 좋아해요?"

"으응?"

"저는 오빠가 너무 좋은데 오빠도 저 좋아하냐고요?"

퍼쿵은 갑자기 얼굴을 붉히며 말을 더듬었다.

"그, 그럼. 오빠가 너희들을 얼마나 사랑하는데…….'"

유코가 뽀로통하게 입을 내밀며 토라졌다.

"아니, 그런 거 말고요, 여자로서 좋아하냐고요?"

"여, 여자로서? 그, 그긴 아직 생각해 본 적이…….'"

"흥, 절 여자로 본 적이 없단 말이군요?"

"아, 아니, 그런 게 아니라……."

유코가 고개를 팩 돌렸다. 삐친 모양이었다.

"그만두세요. 절 어린애로만 생각하신다는 거죠?"

"아냐, 그렇지 않아. 나는 단지……."

갑자기 유코가 다시 고개를 홱 돌려 바라봤다.

"그럼 왜 지난번 제가 그랬을 때 오빠도 얼굴이 빨개졌어요? 그건 제가 여자라고 느껴져서가 아닌가요?"

"무, 물론 여자라고 생각하지. 그러니까……."

"그러니까 여자는 여잔데 좋아하지는 않는단 말이군요?"

"아니, 그렇지 않아. 오빤 널 굉장히 좋아해. 암, 그렇고말고."

퍼쿵은 계속되는 유코의 공격에 쩔쩔매고 있었다.

"그럼 말이에요, 저를 여자로서 좋아하는 거죠?"

"그, 그게 그, 그렇게 되나?"

"그렇잖아요? 여자로 보이기도 하고 좋아하기도 하면 좋아하는 여자라는 얘기가 되는 거 아니에요?"

"헉, 어, 어떻게 그렇게 연결이……?!"

"휴~"

흥분해서 몰아붙이던 유코가 갑자기 힘을 쭉 빼며 한숨을 내쉬었다. 그러자 되려 당황하는 퍼쿵이었다.

"왜, 왜 또 그러니, 갑자기?"

"그럼 뭐 해요? 어쩌면 이번 일을 하면서 나도 어떻게 될지 모르는데……. 휴우~"

땅이 꺼질 듯 몰아쉬는 유코의 탄식에 퍼쿵은 할 말을 잃고 말았다. 그러자 유코가 가만히 퍼쿵의 손을 잡으며 말했다.

"오빠, 만약에요… 만약에 말인데요."

"응."

"이번 전쟁이 끝나고 우리도 아무도 다치지 않고 살아남으면요……."

"그렇게 될 거야."

"제 말 끝까지 잘 들어보세요. 만일 우리가 다 무사히 살아남으면 저랑 결혼해 주시겠어요?"

"뭐? 겨, 결혼?!"

퍼쿵이 깜짝 놀라 소리를 지르는 바람에 다른 아이들이 돌아봤다. 그러나 유코는 모두의 시선에 아랑곳하지 않고 말을 이었다.

"에. 왜 그렇게 놀라세요? 좋아하는 남자와 여자는 결혼하는 게 당연한 거예요. 오빠는 절 좋아한다면서요?"

"그, 그래, 물론 좋아해. 하지만 그것과는 좀 다른……."

"무슨 상관이에요? 좋아하면 그만이지. 어차피 저는 이번 일로 죽을지도 모른다고요!"

"안 돼! 그런 일은 없을 거야. 내가 널 지켜줄게. 무슨 일이 있어도 네가 죽는 일은 없을 거야. 오빠가 대신 대가를 치르더라도!"

"흑! 그럴 필요는 없어요. 제가 질 짐을 오빠가 대신 지게 할 수는 없어요."

유코가 죽을지도 모른다고 말하자 퍼쿵은 심히 당황하며 결혼이고 뭐고에 대한 걱정을 싹 잊고 말았다.

"걱정하지 마. 너희들은 꼭 내가 지켜줄 거야. 오빠가 죽는 한이 있더라도!"

"정말 절 위해 대신 죽어줄 수 있어요?"

"그럼, 물론이지. 오빠 말 안 믿는 거야?"

"그럼 결혼해 줄 수도 있겠네요? 죽는 거보다는 결혼이 쉽잖아요?"

"뭐?"

"대답해 주세요. 제발요. 대신 죽어줄 수도 있다면서요? 그러면서 결혼은 왜 못해줘요?"

유코는 퍼쿵의 가슴에 바짝 매달려 대답을 종용했다. 퍼쿵은 잠시 어리벙벙해 있다가 결국 대답했다.

"까, 까짓것, 유코가 해달라는데 뭔들 못해주겠니? 그 대신 죽는다는 말은 하지 마라. 절대 그렇게 놔두지 않을 테니까."

"정말이죠?"

"그럼."

퍼쿵의 대답이 끝남과 동시에 유코가 벌떡 일어나며 소리를 지르자 퍼쿵도 당황하며 따라 일어섰다.

"이야! 됐다! 얘들아, 모두 와봐! 여기 내 얘기 좀 들어봐!"

"유, 유코! 왜, 왜 이래? 제발!"

"뭐야? 무슨 일이야?"

"뉴스야, 빅 뉴스! 나 이번 전쟁이 끝나면 오빠와 결혼하기로 했어! 모두 축하해 줘! 우리 결혼하게 됐어!"

"결혼?"

"뭐? 그게 정말이야?"

"퍼쿵, 쟤 무슨 말 하는 거야?"

아이들이 두 사람에게 질문을 쏟아내자 퍼쿵은 당혹감으로, 유코는 기쁨으로 얼굴을 벌겋게 물들인 채 각자 떠들고 있었다.

"저, 그, 그게 말이야… 무슨 말이냐면……."

"호호호, 무슨 말은 무슨 말! 우리 결혼하기로 했다니까. 우리 말도 못 알아들어?"

"정말이야?"

"정말이라니까. 안 그래요, 당신? 어서 확실하게 대답해 주셔야죠. 어서요, 여보!"

유코는 벌써 부부가 된 것처럼 퍼쿵을 여보, 당신이라 부르고 있었다.

"으음."

퍼쿵은 그렇다고 할 수도 아니라고 할 수도 없어서 그저 고개만 푹 숙인 채 대답을 회피했다.

아이들은 잠시 더 벙찐 표정으로 바라보다가 고개를 절레절레 흔들며 다시 일을 시작했다. 도저히 방금 전 진지하던 유코라고 보기 어려운 모습이었다.

'휴, 그러면 그렇지… 유코가 어째 철이 든 것처럼 보인다 했어.'

'쟤는 아무래도 저게 더 잘 어울려. 아무튼 퍼쿵이 또 당한 것 같군.'

그렇게 몇 시간이 지나자 십여 개의 묵직한 항아리들이 방어진의 가운데 놓여졌다. 보보가 말했다.

"됐어. 이거야. 저기 도화선에 불을 붙이면 용기 전체가 타오르면서 가스가 발생하게 되어 있어. 이제 할 일은 저것을 군데군데 떨어뜨리고 유코가 공기를 조종하는 것뿐이야."

"난 준비됐어."

"그럼 먼저 공기부터 조종해 줘. 그래야 독가스가 다른 곳으로 퍼지지 않을 테니까."

"응."

유코가 굳은 표정으로 바람의 정령들을 불러내자 곧 공기의 흐름이 바뀌는 것을 알 수 있었다. 강한 서풍은 씻은 듯 사라지고 성의 주위에 낮게 깔린 채 순환하는 일정한 공기의 띠가 생겼다. 물론 신경 쓰지 않고는 그 변화를 느끼기 힘들었다. 그저 바람의 방향이 잠깐 바뀌었는가 보다 하고 생각될 뿐이었다.

"됐어. 내가 정지시킬 때까지는 이 상태가 계속될 거야."

"이제 가요. 이제부터 진짜예요. 모두 조심해요. 이걸 마시면 우리도 죽게 되니까. 꼭 바람의 띠 안에다가 던져 넣어야 해요."

"그래, 알고 있어."

퍼쿵과 피코가 자루에 가스탄을 나누어 담고 치요와 우레도 몇 개를 가지고 하늘로 날아올랐다. 그렇게 보보와 유코만 남기고 모두가 나가자 유코는 걱정스런 표정으로 일행이 사라진 숲을 바라보았다.

보보가 침울하게 말했다.

"나 잘하는 짓인지 모르겠어."

"뭐가?"

"저것을 사용하는 거 말야. 저건 엄청난 재앙이야. 아무것도 가리지 않고 다 죽어 버리는 무서운 재앙이야."

유코가 보보의 어깨를 두드렸다.

"너무 자책하지 마. 어쩔 수 없었잖니?"

"그래도⋯⋯. 왜 나는 저런 것들을 알고 있는 것일까? 왜 내 머리 속에는 저런 무서운 것들이 고스란히 들어 있는 거지?"

그러자 유코가 방긋 웃었다.

"호호, 아무것도 모르는 나보다는 훨씬 낫다 애. 다 알고 있어도 넌 함부로 쓰지는 않잖아?"

"유코, 아!"

보보가 그제야 생각났다는 듯 물었다.

"그보다 넌 괜찮아? 바람의 정령이 이상한 조건을 요구하거나 하지 않았어?"

"호호, 괜찮아. 걱정 마. 이 누나가 미리 다 알아보지 않았겠니? 그 저 바람을 움직이는 것뿐이니까 아무 상관이 없대요. 호홋!"

유코는 처음 방어진을 만들던 시간 공중에 떠 주변을 감시하면서 이 미 다 알아보았던 것이다. 그래 놓고 죽을지도 모르니 뭐라느니 하며 퍼쿵에게서 결혼 약속을 받아낸 것이 자신이 생각해도 너무 대견했는 지 자꾸만 웃음이 나왔다.

"호호호! 오홋!"

"왜 자꾸만 웃어?"

"좋잖아! 퍼쿵 오빠와 결혼하게 되었는데 그럼 안 웃니? 호홋!"

그녀의 속마음을 모르는 보보는 그저 변덕이 죽 끓듯 하는 애라고 생각하며 고개를 저었다.

숲을 향해 귀를 기울여 봤지만 아무 소리도 들리지 않았다. 아마 독 가스에 질식해서 비명을 지를 틈도 없는 것 같았다.

'…지금 저 안쪽에서는 수백 명의 들개족 병사들이 소리도 지르지 못한 채 죽어 넘어지고 있겠지? 사지를 뒤틀면서…… 얼마나 괴로울 까. 휴, 하지만 어쩔 수 없지. 한쪽은 포기해야 했으니까.'

반시간 정도 지나자 우레와 치요가 날아와서 다시 남은 가스탄을 가 지고 날아갔고 다시 반시간이 지나자 퍼쿵과 피코, 우레, 치요가 모두 돌아왔다. 수십여 킬로미터나 되는 들개족 포위망을 모두 돌고 돌아온 것이다.

치요가 공중에서 서로 연락을 하며 다녔기 때문에 세 사람이 거의 동시에 방어진으로 돌아왔고 보보와 유코가 맞아주며 수건으로 땀을 닦아주었다.

치요가 혀를 내두르며 말했다.

"너무 끔찍한 무기더라. 하늘에서 보니까 들개족들이 수십 명씩 몸을 뒤틀며 피를 토하는 게 너무 끔찍했어."

퍼쿵도 고개를 저었다.

"정말이야. 그런 광경은 처음 봤어, 아무것도 없는데 그냥 혼자서 피를 토하면서 죽는 것이……. 마치 무서운 전염병이라도 걸린 것 같았어."

피코가 씁쓸한 표정으로 보보를 바라봤다.

"휴우~ 보보, 너 그러고 보면 되게 무서운 애야. 또 어떤 무서운 것들을 알고 있을지 모르겠지만… 하여튼 이번 독가스는 정말 끔찍한 무기였어."

세 사람의 말에 의해 과연 들개족의 진형이 지금 어떤 광경에 놓여 있을지 쉽게 상상이 갔다. 그러자 보보는 아까보다 더 침울해졌다. 보보가 아무 말 못하고 침울해 있는 것을 보고 유코가 편을 들었다.

"그만들 해요! 안 그래도 아까부터 괴로워하고 있는 애를……. 얜들 뭐 좋아서 그런 무서운 걸 만들어냈겠어요? 이리 와, 보보. 착하지? 쯧쯧, 누나가 안아줄게."

유코가 더욱 침울해진 보보를 안아주자 다른 사람들도 당황하며 보보를 달래기 시작했다.

"아, 미안. 그런 뜻은 아니었어. 미안해, 보보. 너무 신경 쓰지 마."

"그래, 어차피 다른 방법이 없었으니까 다 잊어버리자. 이미 끝난 일이야."

한참 보보를 달랜 후 치요가 말했다.

"그보다 이제 여길 떠나야지. 한데 자리코도 데리고 갈 거야?"

"어떻게 할까?"

일행은 이제 앞으로의 일을 상의하기에 이르렀다.

퍼쿵이 고개를 저었다.

"애초에 자리코를 데리고 갈 생각이긴 했지만 이제는 생각을 좀 해 봐야 되겠는데? 이제 여긴 위험한 일이 없어졌잖아?"

"그래, 오히려 신의 산 쪽이 훨씬 더 위험해. 거기 있는 터치의 대군은 이쪽의 두 배가 넘잖아? 게다가 성도 없고."

"그래, 여긴 성안에서 숨어 있기나 하지 거기는 완전히 들판, 산속에서 맞닥뜨리고 있는 판이니……."

"그럼 일단 자리코는 놓고 가자."

"서운해하지 않을까? 싫다고 하면 어쩌지?"

"말을 잘 해야지. 여기서 환자들을 돌보고 있으면 꼭 데리러 온다고 말야. 자라목을 구해와서 만나게 해준 다음 나리에게 데려다 준다고 하면 되지 않을까?"

"일단은 성으로 돌아가서 자리코를 만나자. 아무래도 우리가 그냥 사라지면 놀랄 테니까."

"그래."

일행은 남은 몇 가지의 재료들과 집기들을 다 부수어서 땅에 묻었다. 그리고 방어진도 완전히 해체하고 나서 바닥의 문양까지 다 지워버렸다.

퍼쿵 일행은 비밀 터널로 들어가 구불구불한 길을 지나갔다. 나올 때 일정한 표시를 해놓았기 때문에 이제 정령은 필요없었다. 안 그래도 정령을 너무 많이 사용한다고 모두들 유코를 걱정하고 있었다.

피코가 물었다.

"보보, 저 밖에 들개족들을 족치고 있는 바람은 언제 거두면 되냐? 저대로 그냥 둘 거야?"

"확실히 효과를 봐야 하니까 조금만 더 두자. 한 시간 정도 더 두었다가 거두면 깨끗하게 처리될 거야. 유코, 한 시간 정도 더 해줄 수 있지?"

"그건 문제없어. 저런 일은 별로 힘든 게 아냐. 걱정하지 마."

"그래, 그럼 한 시간 후 독가스를 제거한 후 여길 떠나면서 폭죽을 쏘아 올리자."

일행은 조심스레 지하 대피소로 연결된 벽을 밀었다. 그리고 살며시 문을 닫았다. 대피소 안은 여전히 조용했다. 아직 성밖의 상황을 모르는지라 별로 변동 사항이 없는 것 같았다. 사람들은 거의 하루 만에 다시 나타난 퍼쿵 일행을 여전히 두려운 눈으로 힐끔힐끔 바라보았다.

퍼쿵 일행은 지하 대피소에서 나와 호기심 가득한 시선들을 뒤로하고 그대로 '응가가'의 병원으로 갔다. 며칠간 제대로 된 전투가 없었던 탓에 부상자는 더 늘지 않았다. 첫날의 환자들도 반 이상 제자리로 돌아갔고 남은 환자는 몇 되지 않았다.

자리코와 응가는 퍼쿵 일행을 보고 반색하며 달려왔다.

"어디 갔다 왔어? 안 보여서 얼마나 걱정했는데?"

"왜? 우리가 그냥 떠난 줄 알고?"

"아, 아니… 그런 게 아니라 혹시 다치기라도 했을까 봐."

그렇게 말은 하지만 역시 자리코의 얼굴에는 설마 하니 자기를 놔두고 떠났을까 하는 기색이 역력했다. 제 입으로 남아 있겠다고 말은 해놓고도 정말로 혼자 남겨지는 것은 싫었던 것이다.

그 모습을 본 퍼쿵 일행은 어떻게 그녀를 설득할까 고민했다.

퍼쿵이 은근슬쩍 말을 꺼냈다.

"저… 자리코, 별일없었어?"

"응, 별일은 뭐. 부상자도 많지 않고 그저 그대로야."

"응, 그런데 웅가 원장님 식사는 잘 하셔?"

"아직 음식은 충분히 남아 있어."

"그래? 다행이구나. 자리코가 있어서 그런지 원장님도 혈색이 좋아지셨네?"

다른 아이들도 자리코가 여기 남아 있어야 하는 이유에 대해 하나씩 예를 들며 맞장구치기 시작했다.

"그래, 역시 자리코가 있으니까 병원도 엄청 깨끗해졌어."

"원장님은 어떻게 생각하세요? 자리코가 같이 있으니 좋으시죠?"

웅가는 영문도 모른 채 달려드는 아이들의 말에 대꾸했다.

"응, 나야 당연히 그렇지. 그런데 왜들 그렇게 흥분한 거냐?"

"호홋, 아저씨도 참~ 흥분은 누가 흥분했다 그래요? 그냥 병원이 너무 달라져서 하는 말이죠."

"자리코는 정말 여자다워요. 그렇죠? 위험한 일보다는 역시 '백의의 천사'가 더 어울려. 안 그래, 다들?"

"맞아. 이 세상에서 젤 부드럽고 아름다운 여자는 자리코일 거야."

"맞아요. 같은 여자인 제가 봐도 반할 정도라니까요. 호홋!"

"그런 자리코에게 위험한 일은 어울리지 않지."

"그럼그럼, 자리코는 안정된 곳에 있는 게 좋아. 험한 곳은 안 돼."

직접 말은 못하고 빙빙 돌리며 제각기 떠들어대는 퍼쿵 일행을 멍하니 바라보던 자리코와 웅가가 물었다.

"갑자기 왜들 그러는 거야? 무슨 일 있어?"

"그보다… 자네들 갔던 일은 어떻게 되었나? 전쟁을 도와주러 간다고 하더니."

"아, 그거요? 잘 됐습니다. 다 끝났어요. 소식 못 들으셨죠?"

"소식? 무슨?"

"그럴 거예요. 아직 아무도 모르고 있을 테니까. 하지만 곧 모두들 알게 될 거예요. 여기 전쟁은 끝났어요. 이제 이 성은 아주 안전한 곳이 되었단 말입니다."

그 말에 주위에 있던 환자들이 놀라며 모여들었다.

"그게 정말인가? 전쟁이 끝났다고?"

"어떻게요? 아무 소리도 들리지 않았는데? 싸우는 소리가 전혀 없었는데 어떻게 전쟁이 끝났죠? 들개족이 그냥 물러갔나요?"

"그런데 왜 승전 소식이 들리지 않는 거죠? 전쟁이 끝났다면서?"

퍼쿵이 손을 들어서 우왕좌왕 떠드는 환자들의 입을 막은 후 얘기했다.

"조용! 조용히 하십시오. 곧 이길 거라는 얘기입니다. 아직은 완전히 끝난 게 아니니까요. 여러분은 그저 조용히 여기서 치료나 받고 계십시오. 웅가 원장님과 자리코 간호사가 친절하고 자상하게 치료해 주지 않았나요?"

"그야 그렇지만 승전 소식에 대해서 더 얘기해 주시오!"

"한 시간 정도 기다리시면 자연히 알게 될 겁니다. 그러니 나가서

이상한 말 하고 다니지 마세요. 큰일 날 수도 있으니까!'

퍼쿵은 환자들에게 대충 둘러댄 다음 웅가와 자리코만 데리고 공터로 자리를 옮겼다. 그리고 계속 뜸 들이다가 결국 얘기를 꺼냈다.

"저… 우리는 신의 산으로 가봐야 하거든. 자리코, 잠시만 더 여기서 웅가 원장님을 도와드리고 있어주겠니?"

"왜? 전쟁이 끝났다면서 왜 난 안 데리고 가?"

"그게 말야……."

자리코는 굉장히 불안한 얼굴을 하고 있었다. 그러나 퍼쿵은 쩔쩔매면서 제대로 설명을 하지 못했다. 신의 산이 위험한 것을 알면 그녀가 크게 걱정할 것이 분명해서 알려주지 못하고 있는 것이다.

자리코가 이상한 낌새를 채고 다그쳐 물었다.

"오빠, 왜 그러는 거야? 나한테 뭘 숨기고 있지?"

"아, 아냐, 숨기긴 뭘."

"아닌데? 오빠 얼굴에 쓰여 있는데? 유코! 피코! 대체 무슨 일이야? 나에게도 얘기해 줘. 무슨 일 있는 거지?"

그러자 치요가 가만히 앞으로 나오며 자리코의 팔을 잡아당겼다.

"치요!"

"잠깐 나와 얘기 좀 하자. 퍼쿵은 원장님께 상황을 설명해 드려. 내가 자리코와 얘기할 테니."

자리코는 따로 치요를 따라 걸어가면서도 불안한 시선을 자꾸 일행에게 던졌다. 아무래도 뭔가 숨기는 것 같아서였다. 따로 멀리 떨어지자 치요가 침착한 어조로 말을 시작했다.

"잘 들어. 지금부터 우리는 신의 산으로 갈 거야. 하지만 넌 데리고 갈 수 없어."

"왜?"

"네가 가면 우리 중에 누가 죽게 될지도 모르거든. 어쩌면 네가 죽을 수도 있고."

"왜? 전쟁이 끝났다면서?"

"전쟁은 끝나지 않았어. 이 성을 포위한 들개족 군대만 전멸했을 뿐이야."

"그럼?"

"지금 신의 산으로 여기보다 두 배도 더 되는 들개족의 군대가 가고 있어. 게다가 그쪽의 지휘관은 터치 본인이래."

"그, 그러면… 오빠는?"

"솔직히 아주 위험한 상태야. 네 오빠와 인간족 군대를 모두 구하려면 보통 큰 싸움으로는 되지 않을 거야. 그래서 널 데리고 갈 수 없는 거야."

"나도 갈래! 내가 도와줄 게 있을 거야."

"안 돼. 솔직하게 말해서 넌 싸움에 전혀 도움이 되지 않을 뿐 아니라 네 스스로를 지킬 능력도 없어. 그 외의 일이라면 몰라도."

"그, 그래도……."

"스스로를 지킬 수 없는 사람이 곁에 있으면 그 사람을 보호하기 위해서 누군가 희생을 해야 해. 그럴 경우에 죽을 확률은 몇 배로 커지게 되지."

치요의 말투는 단호하다 못해 차갑기까지 했다. 그러자 자리코는 더이상 아무 대꾸도 못했다.

"……."

"이 성은 이제 위험이 없어. 당분간은 세상에서 제일 안전한 곳이야.

곧 알게 될 테지만 우리가 여길 포위하고 있던 들개족 병사들을 모조리 죽였으니까. 그러니 넌 여기서 우리가 돌아오길 기다리는 게 도움을 주는 거야. 그래야 우리가 안심하고 싸울 수 있어. 네 오빠를 구해오기도 더 쉬워질 거고 또 이 종족의 젊은이들도 더 많이 살아 돌아올 수 있어. 무슨 말인지 알겠어?"

"…응"

"퍼쿵과 아이들은 네가 서운해하고 걱정할까 봐 그 말을 못하고 있는 거야. 너에게 충격을 주기 싫어서. 그 마음 이해하겠지?"

"알겠어. 미안해, 치요."

"됐어. 그럼 돌아가자."

"응, 걱정하지 마. 나 여기서 얌전히 기다리고 있을게."

잠시 후 아무 일 없었다는 듯 치요를 안고 돌아오는 자리코는 평온한 표정을 짓고 있었다. 조마조마한 표정으로 바라보는 일행에게 밝게 웃어준 자리코가 말했다.

"나 아무래도 당분간은 여기서 원장님을 도와드려야 할 것 같아. 모두들 내가 같이 가지 못하는 거 서운하게 생각 말고 잘 다녀와. 모두 몸조심하고… 그리고 우리 오빠 꼭 구해줘. 그럼……."

자리코는 치요를 피코에게 넘겨주고 응가 원장의 팔짱을 낀 채 돌아서서 총총히 병원으로 걸어갔다.

멍하니 자리코와 치요를 번갈아 보던 일행이 물었다.

"너 도대체 뭐라고 한 거냐?"

"그냥… 모든 것을 사실대로 얘기했어. 자리코가 어린애는 아니잖아? 아무 말없이 수긍하더라고."

"그래? 그럼 우리가 괜히 걱정한 거야?"

그러면서 유코를 뺀 모두가 공통적으로 생각했다.

'그렇지, 자리코가 유코와는 다르지. 아무렴.'

퍼쿵과 아이들이 자리코를 향해 소리쳤다.

"자리코, 몸조심하고 기다리고 있어! 꼭 네 오빠를 데리고 돌아올게!"

"안녕! 조금 있다가 봐!"

그러자 자리코와 응가도 뒤를 돌아보며 손을 흔들었다.

제7장 쟁탈전

카르티의 원정군 삼백여 명은 자라목이 보낸 정보와 지도 덕분에 화산개미의 계곡을 무사히 통과해서 아무 피해 없이 행군을 마쳤다. 게다가 상세하게 작성된 지도를 이용해 이동 거리를 단축해 나흘밖에 걸리지 않아 도착할 수 있었다.

자라목 일행은 동굴로 통하는 벼랑의 외길에서 지키고 있다가 접근하는 인간족의 군대를 확인하고 달려나왔다. 그곳에 도착한 지 열흘째 되는 날이었다.

카르티와 만난 자라목은 루루에게 전해들은 동굴 안의 위험에 대해서 상세히 알렸다. 물론 들개족 포로 루루는 상처가 심해 심문 도중에 죽었다고 했다. 임의로 포로를 놓아주었다는 것을 알게 되면 문책을 피할 수 없기 때문이었다. 지휘관이 아무리 평화적 성향이 강하고 융통성이 있는 카르티라 해도 그건 어쩔 수 없었다. 지금은 전시이기 때문에 적국의 포로를 놓아주는 것은 배신, 또는 적과 내통하는 것과 같아서 분명히 사형감이었다.

그러나 자라목으로서는 도저히 루루를 구속할 수가 없었다. 그가 여동생의 생명을 구해준 은인이었기 때문이다. 그뿐 아니라 자라목과 부하들이 겪어본 결과 루루를 적국의 병사라고 여길 수 없었다. 그래서 군법에 의해 사형이 분명한 행위인데도 아무 말없이 그를 놓아주었고 서로 간에 그런 행동을 묵인한 것이다.

아무튼 자라목과 부하들은 그런 거짓말을 바닥에 깔아놓고 루루에게서 들었던 정보를 카르티에게 상세히 전했다.

카르티는 자라목이 포로의 몸에서 빼어냈다는 십여 개의 구리 조각을 살펴보았다. 자세히 보니 표면은 구리였고 그 속은 그보다 훨씬 더 무른 납으로 채워져 있었다.

정말 처음 보는 무기였다. 그런 것이 살을 회전하면서 헤집고 들어가 박혀 있다니……. 심한 것은 몸을 관통해 반대 편으로 나가기까지 했다고 했다. 그걸 동굴 안쪽에 있는 무서운 괴물들이 입으로 쏘아냈다는 것이다.

게다가 지금 이 시각에 들개족의 군대가 이곳을 향해 오고 있다는 소식은 카르티에게 굉장한 충격을 주었다. 들개족의 원정대가 인간족 원정대를 처음부터 미행하고 있었다는 것도.

성으로 둘러싸이지 않은 이런 야전에서, 그것도 울창한 숲과 계곡, 벼랑이 있는 높은 산에서 들개족과 맞붙는 것은 매우 위험한 일이었다. 인간족은 도저히 들개족의 민첩성과 파괴력, 지구력을 따라갈 수 없다. 아니, 체력적으로 들개족보다 나은 것은 딱 하나, 시력밖에 없었다. 그것도 주간에만. 그런 와중에 만일 들개족 군사의 수마저 이쪽보다 많다면 얘기는 심각했다.

그러니 폭탄이나 새로 만든 화염 방사 수레를 적절히 이용할 수 없는 이런 지형에서 들개족의 군대가 오고 있다는 소식은 사형 선고와 비슷하게 들릴 수밖에 없었다.

카르티는 병사들을 동원해 급히 진지를 구축하고 야성(野城)을 쌓았다. 주변의 지형을 완벽하게 파악하기 위해서 서둘러 그 일대 구석구석을 아침부터 저녁까지 뱅뱅 돌며 지도를 작성했으며 적의 예상 침투로를 정해 폭탄을 설치하고 화염 방사 수레도 배치했다. 들개족의 정보원이 출발했다는 시각으로부터 계산하여 그들의 군대가 이곳에 도달하는 시간을 추정해 보니 빠르면 열흘 안이 될 것 같았다.

"열흘, 그 안에 고대 도시를 점령해야 해. 그리고 그 안의 비밀을 풀어서 우리 것으로 만들지 않으면 우린 여기서 죽게 될 것이다. 아울러 고향에 있는 우리의 동족들도 끝이다. 모두 서둘러라!'

카르티는 서둘러 원정군 내에서 탐사대를 선발했다. 탐사대의 대장은 자라목이 되었다. 직접 들어가 본 적은 없었지만 그래도 그 안에 들어가 본 들개족으로부터 정보를 받은 사람이라 좀 나을 듯해서였다.

인간족 탐사대는 스무 명으로 구성되어 벼랑에 붙었다. 모두 칼 솜씨가 좋고 단검, 표창 등을 잘 다루는 사람들로 이루어져 있었다. 벼랑에 나 있는 외길은 몇백 미터나 되었고 좁아서 많은 장비를 가져갈 수 없었다. 엄청나게 무서운 괴물들이 살고 있다는 말에 화염 방사 수레를 가져가고 싶었으나 그 커다란 수레가 이동할 수 있는 길은 아니었다.

자라목은 소지할 수 있는 만큼 폭탄을 챙겨서 동굴 안으로 들어갔다. 밖에서는 카르티와 병사들이 탐사대의 무사 귀환을 기다리고 있었다.

그 뒤로 한 시간 정도 지나서 카르티와 인간족 병사들은 먼 곳으로부터 들려오는 듯한 폭음 소리를 들을 수 있었다. 한 차례, 두 차례… 폭탄이 작렬하는 소리가 들려오고 그 사이사이에 연거푸 들려오는 낯선 소리들. 뭔가 작은 북을 두드려 대는 듯한 타격음이 끝없이 산을 울려오고 있었다.

"뭐, 뭐지?"

카르티는 불길한 생각에 벌떡 몸을 일으키고 동굴을 향해 귀를 기울였다. 잠시 끊어질 듯하던 폭음 소리는 잊지 말라는 듯 다시 들려왔고 그 간격 짧은 타격음도 더욱 시끄럽게 요란을 떨었다.

카르티는 급히 후발대를 벼랑에 붙였다. 곧 들개족의 군대를 맞아야 하기 때문에 전 군이 이동할 수는 없었다. 하지만 지금은 고대 도시를 차지하는 것도 포기할 수 없었다. 그래서 과감히 병사의 반을 벼랑에 붙였다. 카르티가 직접 지휘하는 가운데 백사십여 명의 병사가 길게 줄을 이루고 벼랑을 따라 이동을 시작했다. 동굴까지 도달하는 데는 시간이 많이 걸렸다. 카르티는 미리 후발대를 따라 보내지 못했던 것을 후회했으나 이미 사건은 벌어진 후였다.

약 한 시간 후, 후발대의 선두가 동굴 입구에 당도했다. 일렬로 죽늘어서 있어 중간쯤에 있는 카르티가 직접 명령하기는 힘들었다. 선두를 지휘하는 소대장이 일임하여 동굴 진입을 시도했다. 그러나 이미 동굴 입구에서는 아무것도 찾을 수 없었다. 여기저기 핏자국과 폭파의 흔적만이 남아 있을 뿐 살아남은 동료는 물론 시체조차 눈에 띄지 않았다. 벼랑 아래로 떨어져 버린 것이 아니면 저 안쪽에 있다고 추측될 뿐이었다.

좁은 입구를 지나 횃불을 들고 몇 명의 병사들이 광장으로 진입했다. 하지만 광장에도 동료들은 없었다. 대신 그들을 맞은 것은 뱀처럼 길다랗게 생긴 괴물들이었다.

홰를 대어 살펴보니 광장의 한구석에 나 있는 구멍으로 길게 이어져 있었는데 머리 대신에 사람의 손처럼 생긴 갈고리가 달려 있었고 그 가운데 한 개의 눈과 몇 개의 구멍이 있어서 그 구멍으로 뭔가 허연 김 같은 것을 뿜어대고 있었다. 칙칙거리며 김을 내뿜었다가는 핏물과 섞여 뻘게진 구정물을 도로 쭉쭉 빨아들여 마셔 버리는 게 마치 피를 마시는 흡혈 동물같이 보였다.

뱀들은 그렇게 핏물을 빨아들이다가 새로 들어온 병사들의 기척에 일제히 고개를 들어 바라보았다.

일순간 동작을 멈춘 채 바라보던 뱀들은 급히 구멍 아래로 빨려 들어가듯 사라졌다.

"뭐, 뭐냐, 저 괴물들은?"

"어이, 이리 와봐! 저 안으로 괴물들이 도망갔어!"

병사들은 서로 소리를 질러가며 상황을 보고했다.

"조심해! 위험할지 몰라!"

상당히 위험한 상황이었다. 왜냐하면 좁은 입구에는 일렬로 병사들이 들어오고 있었기 때문에 만일 안쪽에서 무슨 일이 일어난다면 도망갈 수 있는 길이 전혀 없었다. 들어오던 사람들이 재빨리 돌아서 나갈 수가 없기 때문이다.

안의 병사들이 소리쳤다.

"이봐, 그만 들어와! 길을 막아버리면 어떻게 해?"

"그만 들어와, 그만!"

병사들이 서로 전달을 하며 외치느라 우왕좌왕하는 가운데 뱀들이 사라진 구멍 쪽에서 이상한 소리가 들려오기 시작했다.

부우우우웅!

"뭐, 뭐지, 이 소리는?!"

"뭐야?"

광장에 있는 병사들은 공포에 떨고 있었다. 선발 탐사대 이십 명이 죽었는지 살았는지도 모르는 가운데 또다시 이상한 소리가 들려오니 겁이 나지 않을 수 없었다. 게다가 가장 두려운 것은 벼랑에 일렬로 죽 늘어선 채 기다리고 있는 병사들이 신속하게 움직일 수 없다는 것이었다. 그들은 전진도 후퇴도 마음대로 할 수 있는 입장이 아니었다. 빨리 움직일 수 있는 단 한 가지 방법은 벼랑 아래로 뛰어내리는 것밖에 없었다.

더구나 그것도 밖에 있는 사람들 얘기지 광장 안에 이미 들어와 있는 사람들은 그야말로 도망도 못 가고 죽어야 할 판으로 괴물들이 다가오는 소리를 듣고 있자니 두려움이 극에 달했다.

안의 사람들이 하도 아우성치는 바람에 밖의 병사들은 영문도 모른 채 덩달아 우왕좌왕하고 있었다. 뒤로 계속 후퇴하라는 소리를 전달하며 어쩔 줄 몰라 했다. 대열 중간에 있는 카르티 역시 손을 쓸 방법은 없었다. 아무리 전진하라고 외쳐도 병사들은 앞으로 나갈 생각은 못하고 뒤로 빠질 궁리만 하고 있었다.

그런 와중에 다시 폭음 소리가 울렸다. 이번에는 벼랑에 붙어 있는 사람들이 모두 그 진동을 느낄 수 있었다. 벼랑의 벽을 통해 무거운 진동과 가볍고 빠른 진동이 전달되어 왔다. 그리고 멀리 동굴 입구 쪽으로부터 병사들의 비명이 들려왔다. 카르티는 오도 가도 못한 채 멍하니 그 모습을 바라볼 수밖에 없었다. 이어서 동굴 입구 쪽에 붙었던 병사들이 아래로 떨어지는 모습도 보였다.

'이런, 이곳은 대규모 병력이 공격할 수 없는 곳이로구나. 저 안으로 들어가는 입구가 무척 좁은 게 분명해. 실수다. 병사를 반이나 벼랑에 붙여놨는데 이러다간 모두 떨어져 죽고 말겠어.'

카르티는 식은땀을 흘리며 생각을 정리했다. 빨리 결정하지 않으면 정말 병력의 반을 허무하게 잃게 될 판이었다.

카르티가 결심한 듯 소리쳤다.

"후퇴! 후퇴하라! 모두 되돌아가라!"

카르티의 명령이 줄의 끝까지 전달되어 병력이 움직이기 시작하는 데만도 몇 분이 걸렸다. 그런 와중에 동굴 입구 쪽에서는 계속 병사들의 비명이 들려오고 있었고 간간이 떨어지는 병사도 생겨났다.

한 시간 후 무사한 병사들은 모두 벼랑에서 벗어나 진지로 돌아왔다. 인원 파악을 해보니 앞서 간 탐사대 스무 명과 뒤이어 구하러 갔던 병사 스물세 명을 잃었다.

카르티는 침통한 마음으로 생각에 잠겼다.

'미, 미안하다. 내 판단 실수로 병사 마흔셋을 잃었다. 자라목의 말을 믿었어야 하는 건데……. 자라목… 미안하다.'

카르티는 잃은 병사들의 명복을 비는 한편 고민에 빠졌다. 지금으로썬 고대 도시를 점령하는 것은 불가능해 보였다. 다시 병사들을 들여보낼 자신이 없었다.

'…암호라, 도대체 암호가 뭐란 말이냐? 무슨 암호가 저 고대 도시의 문을 열게 할 것이냐?'

그러나 카르티는 더 이상 고민할 수 없었다. 한 병사가 달려와 급한 목소리로 카르티에게 보고했기 때문이다.

"장군님, 큰일 났습니다!"

"뭐냐?"

"산 아래 쪽에 들개족의 군대로 보이는 대규모 군단이 접근 중입니다."

"뭐, 뭐라? 그럴 리가? 아직 오려면 육칠 일은 더 걸려야 할 텐데?"

"그렇긴 하지만 틀림없습니다. 척후의 보고에 의하면 천 명은 족히 넘어 보이는 군대가 붉은 기를 펄럭이며 빠른 속도로 산을 오르고 있답니다. 엄청난 규모에다가 철제 병장기를 들고 있는 것으로 보아 틀림없이 들개족의 군대입니다."

"알았어! 모두 전투 준비로 들어간다! 제 위치에서 절대 벗어나지 말고 끝까지 지켜라!"

인간족 군대는 비상이 걸렸다. 그나마 벼랑에 매달려 있는 동안 적이 들이닥치지 않은 게 다행이었다. 카르티는 더 이상 죽은 부하와 자라목을 걱정할 여유가 없었다. 어찌 된 영문인지 들개족의 군대는 자신의 계산보다 최소 오륙 일은 더 빨리 이곳에 당도했다. 들개족의 기동력이 인간족보다 그렇게 월등하다는 것에 새삼 놀라면서 곧 이어질 전투를 준비했다.

미리 길목에 설치해 놓은 폭탄들과 직접 사용할 무기들의 점검은 끝났다. 진지를 미리 구축해 놓았기에 망정이지 그렇지 않았더라면 제대로 싸워보지도 못하고 당할 뻔했다.

들개족 역시 인간족을 미리 발견한 듯 섣불리 덫에 걸려들지 않았다. 종대로 산을 올라와 어느 정도 접근한 후에는 더 이상 다가오지 않고 횡대로 대열을 전환하며 인간족 진영을 포위하기 시작했다.

그렇게 양측이 서로 대치한 상태로 몇 시간을 보내는 가운데 서서히 해가 기울기 시작했다. 전통적으로 들개족은 낮에 공격해 오지 않았다. 인간족의 야간 시력이 상당히 떨어지는 데다가 들개족은 상대적으로 후각과 청각이 발달되어 있어서 야간에 공격하는 것이 유리했기 때문이다. 카르티는 극도의 긴장 속에서 밤을 맞이하고 있었다.

터치는 신의 산에서 생애 최초의 위기를 겪었다. 아니, 두 번째로 겪어본 생명의 위협이었다.

첫 번째는 십여 년 전 자신이 죽인 작은아버지의 양아들 퍼쿵에 의한 것이었다. 퍼쿵의 어머니 히로코는 터치가 평생 잊을 수 없는 여자였다. 수많은 인간족 여자와 관계를 가져 봤으나 이상하게 단 한 번 살을 섞었던 작은어머니 히로코는 지금까지도 잊혀지지 않았다. 자신의 칼로 그녀의 머리를 날려 버렸고 그 일에 대해서 후회하거나 마음 아파해 본 적은 없었다. 하지만 그녀는 때때로 느닷없이 떠올라 터치로 하여금 회상에 젖게 하는 이상한 힘이 있었다. 물론 그와 함께 떠오르는 것은 자신의 목숨을 죽음 직전까지 몰고갔던 퍼쿵이었다. 터치가 히로코를 잊지 못하는 이유는 사실 퍼쿵 때문인지도 몰랐다.

당시에 지원 병력이 쏘아 대던 화살이 일 초만 늦었다면 터치의 머리는 퍼쿵이 휘두르는 철퇴에 맞아서 묵사발이 되었을 것이다. 그 뒤로 병사들을 풀어서 몇 달이나 주변을 수색했지만 어린 동생을 업고 사라진 퍼쿵은 흔적도 찾을 수 없었다.

터치가 두 번째로 맞은 위기는 바로 하루 전에 넘은 골짜기에서였다. 길게 종대로 이어진 터치의 군대는 백여 명씩 중대로 나뉘어져 이동 중이었는데 그중 선두에 있던 세 개 중대가 간밤에 지옥의 골짜기에서 야영을 하게 되었다. 그들은 서쪽 바닷가에서 하루 먼저 출발했던 삼백 명의 선발대였는데 인간족의 성을 지날 무렵 만나서 합류했다.

인간족이 지뢰를 미리 숨겨놓은 것을 찾아낸 것은 바로 그 선발대였다. 그들이 아니었다면 터치의 군대는 폭탄이 설치된 것도 모른 채 접근하다가 큰 피해를 입을 뻔했다. 선발대는 그렇게 인간족의 성 주위에서 하루 이상을 기다리다가 인간족 매복조를 모조리 해치웠다. 그리고 이어서 터치가 인솔해 오는 후속 부대에게 성을 인계하고 다시 선두에 섰다.

그렇게 큰 공을 세운 선발대를 간밤에 그 뜨거운 골짜기에서 모두 잃었던 것이다. 밤이 깊어지자 시작된 괴물들의 출현은 지옥을 방불케 했다. 삽시간에 뭔지 잘 보이지도 않는 작고 단단한 괴물들이 나타나 야영 중이던 선발대 전원을 죽였고 또 선발대를 구조하러 뛰어들었던 수많은 병사들이 저항도 못하고 연거푸 괴물들에게 먹혔다. 그 사태를 보고 속수무책으로 발만 동동 구르던 터치는 결국 후퇴 명령을 내렸다. 더 이상 병사를 잃을 수는 없었기 때문이다.

날이 새고 괴물들이 사라지자 남은 것은 사백여 구의 백골뿐이었다. 선발대 삼백여 명과 구조하려다 희생된 백여 명이 남긴 뼈였다. 괴물 개미들이 완전히 사라지고 난 뒤 터치는 부하들의 주검을 뒤로하고 서둘러 뜨거운 지옥의 봉우리를 넘었다. 정말 오랜만에 죽음에 대한 공포를 뼛속깊이 느낀 터치였다.

전날 밤에 그런 일을 겪었던 것이니 목전에 진을 치고서 기다리고 있는 적의 군대를 발견하고 마음이 편할 리 없었다. 어찌 된 일인지 지옥의 골짜기를 넘어오면서 인간족 군대의 뼈는 발견하지 못했던 것이다. 지난해 가을 인간족 군대에게 참패했던 기억이 생생하게 되살아났다. 바로 며칠 전에도 칠백여 명의 병사를 인간족 성의 공략을 위해 남겨두고 왔지만 터치로서는 그쪽도 승리에 대한 확신은 없는 상태였다.

그러나 터치는 포기할 수 없었다. 세상을 모두 지배하고 말겠다는 어릴 적부터의 꿈은 터치로 하여금 서른여섯의 젊은 나이에 들개족을 평정할 수 있게 해주었다. 이미 전체 들개족들은 자신의 지휘 아래 놓여 있고 아버지마저 몰아낸 지금은 터치 자신이 실질적인 왕이었다. 그리고 그러한 모든 일들은 그냥 얻어진 게 아니었다. 그로서도 할 짓, 아니할 짓 가리지 않고 수많은 목숨을 희생해 가며 얻은 값비싼 대가인 것이다.

그런데 인간족이라는 약소 종족이 고대 도시를 차지함으로 해서 모든 것을 망치도록 놔둘 수는 없었다. 더구나 고대 도시는 차지하기만 하면 세상을 발 아래에 놓을 수 있을 만큼 굉장한 위력을 가지고 있다고 했다. 자신의 꿈을 이룰 수 있는 힘이 그 안에 있다지 않은가!

터치는 조심스럽게 포위망을 좁히며 접근해 왔다. 무슨 덫이 놓여 있을지 몰라 섣불리 달려들 수도 없었다. 분명한 것은 고대 도시로 들어가는 외길은 인간족 군대가 막고 있고 그들을 제거하지 않으면 고대 도시를 차지할 수 없다는 것이다. 또 어쩌면 이미 먼저 도착한 인간족들이 고대 도시를 차지해 어떤 무서운 무기를 준비해 놓고 있을지도 알 수 없었다.

이윽고 밤이 깊어지자 들개족 병사들이 바닥에 납작 엎드린 채 접근을 시작했다. 저마다 풀과 나뭇잎으로 온몸을 위장한 채 철퇴나 칼을 들고 기어오는 들개족 병사들 역시 기다리고 있는 인간족들 못지않게 바짝 긴장하고 있었다.

달빛도 없는 밤, 인간족의 진지에는 빈틈없이 야성이 쌓여져 있었다. 그리 넓은 면적은 아니었으나 사람의 키 높이보다 더 높고 두껍게, 게다가 직각으로 쌓여진 성벽은 몸이 날랜 들개족으로서도 단번에 뛰어넘기는 불가능한 높이였다. 그런 성벽의 군데군데에 작은 횃불이 켜져 있었고 아무 소리도 들리지 않았다. 횃불마저 없었다면 아무도 없다고 착각할 정도로 조용한 밤이었다.

맨 앞에서 기어가던 일단의 들개족 병사가 야성의 십 미터 앞까지 접근하는 순간이었다. 갑자기 야성 안쪽이 환하게 밝아지며 한 인간족 장교가 소리쳤다.

"발사!"

그와 거의 동시에 들개족 측에서도 돌격 명령이 떨어졌다.

"돌격!"

"돌격 앞으로!"

"와아아아!"

화르르륵.

"좌측이다, 좌측!"

콰아앙! 콰아아광!

순간 채찍처럼 가늘고 기다란 불기둥들이 하늘을 가르며 뿜어나가 성난 파도처럼 달려드는 제일선의 들개족 병사들을 훑고 지나갔고, 그 몇 초 후 끔찍한 비명 소리를 덮어버리는 더 끔찍한 폭음 소리가 신의 산을 뒤흔들었다.

"아아아아악!"

"사, 살려줘!"

쾅! 콰과과앙!

"불 꺼! 불 꺼!"

온몸에 불이 붙은 들개족 병사들이 야성 앞을 뒹굴었고 다른 병사들이 그 불을 꺼주느라 아우성이었다. 그런 그들의 몸 위로 또 불기둥이 훑고 지나가자 불을 꺼주던 병사들도 머리며 등이며 불길에 휩싸여 뒹굴어 댔고 여기저기서 작렬하는 폭탄의 파편과 불길에 또다시 들개족의 팔다리가 허공을 날았다.

그런 와중에도 들개족은 용감하게 야성을 향해 몸을 날렸다. 폭탄이 없는 들개족은 횃불을 붙여서 그것을 인간족의 성안으로 던져 넣었다. 그리고 성을 기어오르기를 시도했다. 하지만 인간족의 저항은 결사적이었다. 그리 넓지 않은 인간족의 진지는 야성 위에도 날카로운 가시가 촘촘히 박혀 있어서 밟고 올라서기가 수월치 않았다. 그리고 거기에 올라서는 들개족에게는 인간족들이 여지없이 긴 창 세례를 안겨주었다. 들개족들은 저마다 몸에 창을 꽂은 채 뒤로 떨어졌고 개중에 일부는 성안으로 달려들었다. 그리고 그때마다 개미 떼처럼 달려드는 인간족에게 둘러싸여 최후를 맞았다. 그러나 들개족의 힘은 만만치 않았다. 수많은 적에게 포위되어 꼬치가 된 와중에도 들개족의 철퇴와 칼은 서너 명씩의 인간족의 머리나 팔을 뭉개놓았다.

들개족이나 인간족이나 모두 필사적이었다. 그들의 얼굴에 나타난 표정은 무슨 목적을 위해 싸우는 것도 아니요, 누구를 위해 싸우는 것도 아니었다. 그들의 얼굴은 공포와 분노, 그리고 생존의 본능이 뒤범벅되어 있었다. 오로지 죽이지 않으면 죽는다는 본능만이 남아 있었다.

불꽃과 폭음, 그리고 몸부림의 향연은 두 시간 가까이 계속되었다. 마침내 터치는 후퇴 명령을 내렸다. 인간족에게는 그 전투를 그만둘

권리가 없었지만 들개족에게는 선택의 여지가 있었다. 자신들이 공격을 그만두는 순간 그 전투는 중지되는 것이었으니까.

아직도 새벽이 밝아오려면 몇 시간이나 더 기다려야 했지만 주위는 일순간 적막에 쌓였다. 썰물이 빠져나가듯 들개족 병사들이 쫙 빠져버린 광장에는 아직도 꺼지지 않은 불꽃과 시체들이 연기와 노란내를 물씬 풍겨대며 조금 전의 참혹한 전투를 증명해 주고 있었다.

두 종족은 멀찌감치 대치한 상태로 각자 자신의 피해 상황을 점검하고 재개될 전투를 위해 전열을 가다듬었다.

카르티는 야성에 뚫어놓은 작은 구멍을 통해 어둠 속에 몸을 숨기고 있는 들개족 군대를 관찰했다. 달도 없는 밤이라 들개족들은 거의 보이지 않았다. 들개족 진영은 단 한 군데만 횃불이 켜져 있을 뿐 아무 곳에서도 불빛의 흔적은 찾을 수 없었다.

카르티는 불빛이 보이는 곳을 유심히 살폈다. 숲 속 멀리 떨어진 곳이었는데 아마도 그곳이 지휘본부가 아닌가 싶었다. 인간족의 야성 주변에는 들개족 병사들이 쫙 깔려 포위하고 있으니 안심하고 대담하게 불을 피웠을 것이라 생각되었다.

그의 뒤로 부관이 다가와 아군과 적의 피해 상황을 보고했다.

"진지가 파손된 곳은 거의 없으나 아군 중 일곱 명이 사망하고 스무 명이 심한 부상을 입었습니다."

"그래, 생각보다는 피해가 크지 않군. 그래도 다행이야."

"예, 부르크 대신의 화염 방사 수레가 적들의 접근을 막는 데 큰 역할을 했습니다. 물론 적을 살상하는 데는 폭탄의 위력이 더 컸고요."

"가능한 정조준을 해서 사용하도록 일러. 화염 방사 수레의 기름이 떨어지는 순간 방어선이 무너지게 될 테니까."

"예!"

한편 카르티가 바라보는 불빛 안에서는 역시 터치를 비롯해 들개족 군대의 수뇌부가 모여 피해 상황과 앞으로의 계획에 대해 토론을 벌이고 있었는데 의견이 분분했다.

"총 육십칠 명이 사망하고 백여 명이 크고 작은 부상을 입었습니다."

이제 들개족들은 터치에게 폐하란 호칭을 사용하고 있었다. 아직 정식으로 왕위를 넘겨받지는 않았지만 실질적인 모든 권한은 터치가 행사하고 있었다.

"폐하, 그대로 밀어붙였어야 하는 것 아닙니까? 저 정도 야성이면 기껏해야 적의 수는 얼마 되지 않을 겁니다. 어느 정도의 희생은 각오하고 밀어붙이는 것이 좋을 듯합니다."

"아닙니다, 폐하! 일단 후퇴한 것은 잘하신 겁니다. 적이 어떤 무기를 더 사용할지 모르는 상황에서 무리하게 병사를 희생할 수는 없습니다."

"무슨 말이오? 이런 식으로 후퇴하면 다음 공격에도 또 비슷한 피해를 낸 채 후퇴하게 됩니다!"

"그렇지 않아요! 어차피 첫 전투는 탐색전이었어요. 탐색전에서 그 정도의 희생은 큰 겁니다!"

여러 장교들이 두 편으로 갈려 시끄럽게 떠들어대자 가만히 듣고 있던 터치가 손을 들어서 모두의 말을 막았다.

"무슨 얘기인지 다 알아들었다. 양쪽 다 일리가 있는 얘기야."

"그럼 폐하는 어떤 생각을 가지고 계신지?"

터치는 고민스럽게 턱을 괴고 말했다.

"글쎄, 어째서 우리 원정대가 한 명도 보이지 않는 건지……. 역시 인간족의 군대에게 당했단 말인가?"

터치가 말하고 있는 것은 애초 서쪽 바다의 성으로 두 명의 혼혈아를 보냈던 열 명의 원정대였다. 그들은 인간족보다 먼저 고대 도시에 도착했고 곧 그 안에 들어갈 거라는 전갈을 지도와 함께 보냈었다. 그들이 보낸 전갈에 의해 이렇게 먼 길을 대군을 이끌고 오게 된 것이 아닌가. 인간족 군대가 자신들보다 먼저 도착하리라 예상은 하고 있었지만 그들 원정대의 생사가 궁금한 것은 어쩔 수 없었다.

"우리의 군대를 맞아 저 정도로 싸울 정도니 고작 열 명의 원정대는 쉽게 해치웠을 겁니다."

"그렇다면 고대 도시 역시 이미 저들의 손에 들어갔을 거란 얘기인가?"

"글쎄요, 그럴 확률이 높죠."

"즉, 우리가 공격해도 소용없다는 얘기가 될 수도 있겠군."

"그건 모르는 일이죠. 고대 도시라는 곳이 무슨 비밀을 가지고 있는지 모르지만 인간족으로서도 낯선 곳일 테고 또 아직까지 우리를 적극적으로 공격하지 않는 것으로 보아서 아직은 그들이 고대 도시를 운용할 줄 모른다고 추측됩니다."

"어쩌면 저들도 고대 도시를 점령하지 못했을 수도 있습니다. 그렇지 않고서야 저렇게 방어만 하고 있지는 않을 테지요."

"그렇군. 그럼 아직은 우리에게 희망이 있다는 얘기로군. 좋아, 조금 머리를 쓰는 것이 좋겠어."

"예?"

"바보처럼 정면으로 밀고 들어가는 것은 내 아버지가 좋아하던 방법이지 나는 아냐. 알겠나?"

터치의 미소에 수뇌들이 고개를 끄덕였다. 터치는 항상 우회적인 방법을 병행하는 걸 좋아했고 그런 방법들은 늘 먹혔기 때문에 부하들의 믿음을 저버리지 않았다.

"백 명을 선발해서 산을 우회한다. 저 산 위쪽에서 밧줄을 내리고 동굴에 직접 접근한다면 인간족이 저 길목을 막고 있어도 소용없게 되지. 나머지 병력은 인간족들이 우회하는 병사들을 방해하지 못하도록 계속 엄호해. 아마 애가 타 죽을 거다. 하하하!"

"그렇군요!"

"과연 폐하의 머리는 탁월하십니다."

수뇌들이 감탄하는 가운데 급히 날랜 병사로 백 명이 선발되었고 그들은 인간족 진영의 화살이 미치지 않는 거리에서 산을 우회해 오르기 시작했다. 뒤늦게 그것을 발견한 인간족 병사들이 그들에게 활을 쏘기 위해서 야성 위로 올라왔다가 사정 거리가 두 배나 긴 들개족의 철궁에서 쏟아져 나오는 화살에 맞고 쓰러졌다. 동굴로 먼저 도착하겠다고 뒤쪽의 벼랑길로 붙었던 인간족 병사들도 역시 화살에 맞고 천 길 벼랑 아래로 떨어지고 말았다.

카르티와 인간족 병사들은 이러지도 저러지도 못하고 속수무책 바라볼 수밖에 없었다. 그런 가운데 시간은 계속 흘러 결국 들개족은 동굴로부터 바로 위의 산마루에 도착해 긴 밧줄을 내렸고 날랜 들개족 병사들이 줄을 타고 내려오기 시작했다. 몇백 미터나 떨어져 있는 인간족의 진영에서는 그 모습이 가물가물하게 보였고 모두 안타까운 심정으로 발만 동동 구르며 그 모습을 바라봤다.

'여기가 어디? 윽!!'

살며시 고개를 돌리던 사내는 고통스럽게 얼굴을 찡그리며 목을 움츠렸다.

'뭐, 뭐야, 이 통증은?'

사내는 가까스로 팔을 들어 뒷목을 감쌌다. 도무지 정신을 차릴 수 없었다. 너무 어두워서 주위를 분간하기 힘든 곳이었다. 게다가 손에 느껴지는 끈적끈적하고 차가운 감촉은? 속이 뒤집힐 것 같은 썩은 냄새는?

고통스러운 표정으로 고개를 돌려보는 사내는 바로 자라목이었다. 무엇인가 위쪽으로부터 떨어지는 액체가 자라목의 얼굴과 몸을 두드렸고 그 충격으로 잠이 깬 것이다. 손을 들어 얼굴에 떨어진 액체를 만져보았지만 역시 끈적이는 것 이외에는 뭔지 알 수 없었다.

가까스로 몸을 일으키고 위를 올려다보았다. 까마득히 먼 곳에 한줄기 하얀 실 같은 것이 보였다.

'저게 뭐지? 저 하얗게 가로지르고 있는 것은?'

그때였다.

철퍼덕!

"엇!"

자라목이 앉아 있는 곳에서 그다지 멀지 않은 곳에 뭔가 커다란 소리를 내며 떨어졌다. 깜짝 놀라서 돌아보니 뭔가 시커먼 덩어리였는데 바닥도, 떨어진 물체도 그다지 단단하지는 않은 듯 보였다. 아니면 물이라도 잔뜩 고여 있었던 것인지…….

철퍽!

"허억!"

으스스한 생각에 다시 고개를 돌리던 자라목은 하마터면 기절할 뻔했다. 고개를 드는 순간 또 하나의 물체가 바로 옆에 떨어졌기 때문이다. 이번에 떨어진 것은 아까보다 훨씬 작은 것이었는데 손을 뻗으면 닿을 만큼 가까운 곳으로 떨어졌다. 얼떨떨해 있다가 가만히 손을 뻗어보니 과연 뭔가 만져졌다. 살며시 그것을 들어 올리던 자라목은 비명을 지르며 물체를 내던지고 뒤로 물러섰다.

그것은 사람의 머리였다. 분명 그의 손가락 사이에 머리카락이 휘감겼고 희미한 빛으로 부릅뜬 눈과 입을 보았던 것이다.

'뭐, 뭐야, 도대체 저 시체는?!'

부르르 떨다가 문득 불안한 생각이 든 자라목은 벌떡 일어나 달리기 시작했다. 그대로 앉아 있다가 위에서 떨어지는 다른 시체에 정통으로 맞게 되면 죽을 수도 있다는 생각이 들었던 것이다.

후투투툭! 철퍽! 철퍼덕!

과연 그랬다. 조금만 늦었더라면 자라목은 떨어지는 시체들에 맞아서 죽을 뻔했다. 그가 방금 앉아 있던 일대에 한꺼번에 몇 개의 시체가 떨어져 내리더니 곧 이어 십여 개, 다시 십여 개의 시체가 끊임없이 떨어져 쌓였다.

자라목은 멀찌감치 떨어져 위를 바라보았다. 어두컴컴한 골짜기의 위쪽을 따라 시선을 옮기다 보니 어디에서 시체들이 떨어지는지 알 수 있었다. 십여 미터 남짓한 폭의 좁은 골짜기는 끝없이 좌우로 이어져 있었고 그 위로 몇백, 아니, 몇천 미터는 되어 보이는 벼랑이 이어져 있었다. 그리고 그 벼랑 중턱에 작은 구멍이 몇 개 보였는데 바로 거기에서 시체들이 무더기로 쏟아져 내리고 있었던 것이다. 구멍의 높이가

상당히 높아서 행여 하나라도 맞으면 최소가 어디 부러지지 않으면 사
망이었다.

너무 충격적인 그 장면에 놀라서 벌벌 떨며 한참을 멍하니 바라보았
다. 시간이 지나면서 수십 구의 시체가 떨어져 쌓이고 마지막 하나의
시체가 떨어진 후 그 다음에는 피인지 물인지 모를 액체가 비 오듯 떨
어졌다. 조금 더 살펴보니 더 이상 시체는 떨어질 것 같지 않았다.

자라목은 그제야 조심조심 몸을 움직여 주위를 살펴보았다. 방금 떨
어진 시체는 거의 사오십여 구는 될 것 같았다. 점점 어둠에 익숙해지
니 주변 사물을 분간할 수 있었다. 조심스레 살펴보니 방금 떨어진 시
체들은 들개족이었다.

"도대체?"

잠시 생각에 잠긴 자라목이 기억을 더듬어보았다. 마지막으로 본 것
은 눈앞에 어지럽게 날아다니던 잠자리들과 피를 터뜨리며 쓰러지는
동료의 모습이었다. 잠자리들이 괴성을 질러대며 무엇을 뱉어낼 때마
다 동료들은 팔이 끊어지고 머리가 터지며 죽어갔다. 자라목과 동료들
은 정신없이 날아다니며 무엇인가를 뱉어내는 잠자리 떼에게 칼을 휘
두르며 도망 다니다가 결국 폭탄의 도화선에 불을 붙였고 지하의 그
좁은 공간에서 한꺼번에 십여 개의 폭탄이 터지는 것을 끝으로 의식을
잃었던 것이다.

'그렇다면 동료들도 여기 어딘가에? 그런데 들개족의 시체가 쏟아
진 것은 또 무슨?!'

생각에 잠겼던 자라목의 표정이 심각하게 변했다.

'그래, 들개족 군대가 온 거군. 그리고 그들도 고대 도시로 들어온
거야. 그리고 우리와 똑같이 괴물들에게 당해서 이곳으로 버려진 거

야. 그렇다면 우리 군대는 이미 들개족에게… 당한… 건가?'

자라목이 생각하기로는 고대 도시의 길목을 지키고 있는 카르티의 군대가 전멸하지 않고서는 들개족이 그 동굴로 접근할 수가 없었다. 자라목이 한숨을 내쉬었다. 인간족 군대가 전멸했다고 생각하니 더 이상 참담할 수 없었다. 정신을 차리고 주변을 헤집어보니 과연 들개족의 시체들 사이사이에 동료들의 걸레같이 헤진 시체들이 있었다. 거의 뭉개져서 얼굴을 알아보기도 힘들었지만 분명 같이 들어갔던 동료들의 시체였다.

'고대 도시도 차지하지 못한 데다가 군대마저 전멸했다면 이제 우리 인간족은 끝이다. 남아 있는 여자와 아이들로 종족이 존속해 나갈 수 있을까?'

동료들의 시체를 보며 한참 고민하던 자라목이 위를 바라보았다. 그러고 보니 하얀 실인 줄 알았던 것이 하늘이라는 생각이 들었다. 절벽 아래의 계곡이 너무 깊고 좁아서 하늘이 하얀 실처럼 보인 것이 틀림없었다.

자라목이 끙 하며 무거운 몸을 일으켰다.

'…어찌 되었든 이곳을 빠져나가야겠다. 성으로 돌아가야지. 아직 군인들이 조금 남아 있다고 하니까……. 게다가 예비군도 있고 아직은 버틸 만할 거야. 아, 자리코가 돌아왔다고 했지?'

갑자기 자라목은 정신이 번쩍 났다. 위험천만인 성안에서 자리코가 자신을 기다리고 있다는 데까지 생각이 미치자 갑자기 급하다는 생각이 온통 머리 속에 꽉 찬 것이다.

자라목은 자리에서 벌떡 일어섰다. 그리고 급히 두리번거리기 시작했다. 골짜기의 폭은 십여 미터밖에 되지 않았지만 길이는 끝없이 이어져 있었다. 이곳에서는 도무지 어디가 동서남북인지 알 수 없었다. 벼랑 위에서의 기억을 더듬어보았다. 산 위에서는 분명히 벼랑은 북서쪽에서 남동쪽으로 길게 이어져 있었다. 그러니 아래쪽도 그러할 것이다. 하지만 어느 쪽이 북서쪽이고 어디가 남동쪽인지 분간이 가지 않았다.

눈은 어둠에 익숙해져서 이제 주위의 사물이 대충 분간이 되었다. 자라목은 무작정 걷기 시작했다. 이쪽도 저쪽도 골짜기의 끝은 보이지 않았다. 바닥에는 발목까지 액체로 차 있었는데 온통 시뻘게서 원래 피였는지, 아니면 물이 피와 섞여서 빨개진 것인지 알 수 없었다. 서둘러 걸어가다가 뭔가 단단한 것을 밟은 느낌이 들었다. 멈추어 서서 내려다보니 빨간 액체 사이로 뭔가 하얀 것이 비죽이 나와 있었다.

허리를 숙여 밟힌 것을 주워 들었다. 그것은 하얀 백골이었다. 아까 자라목 주변에 떨어진 시체들과는 달랐다. 훨씬 오래되어 더 이상 썩을 것도 없는 하얀 백골들이었다. 그런 백골이 수백 구나 주변에 쫙 깔려 있었다. 말하자면 이곳은 고대 도시 그 동굴로 들어갔다가 죽음을 당한 모든 동물들의 무덤이었던 것이다.

자라목은 기다란 대퇴골 하나를 주워 들고 구정물 바닥을 열심히 헤쳤다. 그리고 마침내 상태가 멀쩡한 장검을 두 자루 찾아냈다. 그중 한 자루를 허리에 차고 다른 하나를 쥔 채 걸어가기 시작했다. 고향으로 돌아가기 위해서였다.

그때였다.

"사, 살려줘요, 제발!"

"엇?"

누군가 신음하는 소리를 듣고 자라목이 휙 돌아섰다. 분명히 자신

말고도 누군가 살아 있는 것이다.

주위를 둘러봤지만 움직이는 것은 보이지 않았다.

"잘못 들었나?"

한참 후 돌아서려는 자라목의 귀에 다시 무슨 소리가 들렸다.

"제발… 가지 마세요! 나 좀… 도와주세……."

누군가 살아 있는 게 확실했다. 이제 자라목은 온 정신을 집중해서 생존자를 찾기 시작했다. 그리고 잠시 후 말을 거는 사람을 찾아낼 수 있었다.

"너, 너는 들개족!"

"헛! 인간족!"

부상자를 발견해 손을 뻗으려던 자라목이 순간 멈칫하자 상대편도 도움을 청하던 것을 멈추고 몸을 도사렸다.

두 사람은 그렇게 움직이지도, 말도 하지 않고 한동안 서로 바라보기만 했다. 서로의 눈에 경계와 의심이 가득했다.

자라목은 큰 부상이 없어서 칼을 든 채 서 있었고 들개족은 아직 충격에서 헤어나지 못한 듯 일어서지 못했다. 하지만 그 역시 적대감이 가득한 눈으로 한 손으로는 커다란 칼을 움켜쥐고 있었다.

체력이 약한 종족은 몸이 멀쩡했고 체력이 강한 종족은 다리를 잘 쓰지 못하는 상태로 서로를 노려보고 있으니 서로 팽팽한 긴장에서 헤어나지 못했다.

자라목은 급히 칼을 들어 방어 자세를 취했고 들개족도 마찬가지로 칼을 들어 제 얼굴 앞을 막았다. 둘 다 공격하려는 자세는 아니었다. 아니, 공격할 여력도 없었다.

한동안 시간이 지나도록 둘은 말이 없었고 상대에게서 눈도 떼지 못했다. 결국 발이 자유로운 자라목이 먼저 움직이기 시작했다. 서서히 뒷걸음질치며 들개족으로부터 멀리 벗어났다. 자라목이 삼십여 미터나 뒷걸음질치도록 들개족은 움직이지 않고 그대로 보고만 있었다. 그러다가 자라목이 시체 더미에 가려서 보이지 않게 되자 들고 있던 칼을 도로 내리고 바닥에 엎어졌다. 그리고 더 이상 움직이지 않았다.

자라목은 시체 더미 뒤에서 잠시 멈춰서 귀를 기울이다가 뒤로 돌아서 재빨리 반대 편으로 걸어갔다. 어서 이곳을 벗어나 고향으로 가 자리코를 만나야겠다는 생각에 잠시도 지체할 수 없었다. 그렇게 백여 미터를 걸어가던 자라목은 문득 걸음을 멈추었다. 그리고 뒤를 돌아보았다. 이제 아까 멈추어 섰던 시체 더미는 어둠 속에 묻혀 보이지도 않았다.

자라목은 고개를 저으며 다시 걸음을 재촉했다가 몇 발자국도 못 가 다시 멈추어 섰다. 그리고 세차게 머리를 흔들었다.

한편, 시체와 구정물 사이에 엎어졌던 들개족 병사는 이제 모로 누운 채 움직이지 않고 멍하니 허공만 바라보고 있었다. 더 이상 그의 눈에서는 희망을 찾을 수 없었다.

더 이상 그 들개족의 주위에는 움직이는 것도 없었고 아무 소리도 들리지 않았지만 만일 누가 지나간다고 해도 그는 일어서지 않을 것 같았다. 모든 것을 포기한 눈이었다.

그럴 수밖에 없는 것이 그의 다리는 심하게 상처를 입어 피투성이였고 거의 일어설 수도 없어 보였다. 출혈도 심해서 곧 정신을 잃을 듯했다.

"엇?!"

갑자기 죽은 듯 누워 있던 들개족 병사가 깜짝 놀라며 몸을 일으켰다. 그리고 그의 시야에 방금 마주 보다가 떠났던 자라목의 모습이 들어왔다. 들개족 병사는 놀라서 다시 칼을 집으려 했으나 이미 그의 손 언저리에 놓아두었던 칼은 그 자리에 없었다. 자라목이 다가와 칼을 멀리 치우도록 눈치 채지 못했던 것이다. 너무 상처가 깊었던 탓도 있었지만 무엇보다 깊은 절망이 그로 하여금 주위의 변화를 인식하지 못하게 했기 때문이다.

들개족은 허둥거리며 칼을 찾다가 그게 없어진 것을 알고 급히 뒤로 물러났다. 그리고 되돌아온 인간족을 공포와 적대감이 뒤섞인 표정으로 바라봤다.

"겁내지 마시오. 나도 무기를 들지 않았소."

자라목은 조용한 목소리로 말했다. 정말 자라목 역시 빈손이었고 허리에 차고 있던 칼도 보이지 않았다.

들개족이 떨리는, 그러나 짐짓 위협적인 목소리로 물었다.

"워, 원하는 게 뭐, 뭐냐?"

"그냥… 그대로 두면 당신이 죽게 될 것 같아서 돌아왔소."

"……?"

"치료를 해야 합니다. 그렇지 않으면 당신은 오늘 밤을 넘기지 못할 거요."

들개족은 여전히 경계를 풀지 못했다. 그러나 자라목은 천천히 들개족 앞으로 몸을 숙였다.

들개족이 뒤로 물러나며 제 다리의 상처를 만지려는 자라목의 손을 막아냈다.

"무, 무슨 짓을 하려는 거냐? 다가오지 마!"

"해치지 않겠소. 난 이미 당신의 동족을 치료해서 살려준 적이 있소.

그도 당신과 똑같이 저 위의 굴 안에서 상처를 입고 사경을 헤매고 있었소."

자라목의 말에 진위를 확인하듯 되묻는 들개족의 말투는 어느새 존댓말로 바뀌어 있었다.

"저, 정말이오, 들개족을 치료해서 살려주었다는 게?"

"그렇소. 그 병사도 내게 치료를 받고 난 후 제 발로 걸어서 고향으로 돌아갔습니다."

"그게 누구요?"

"이름은 알 수 없지만 당신들 원정대 중 한 명이었소. 나머지는 동굴 안에서 다 죽었다고 했소."

자라목은 혹시 몰라서 루루의 이름을 말하지 않았다.

"원정대?"

"그렇소. 우리 인간족 원정대를 미행했던 당신들의 원정대 말이오. 그가 고향으로 돌아간 후 나도 동굴 안에 들어갔다가 이렇게 계곡으로 떨어진 거요. 내 동료들도 다 죽고."

"우리도 그 안에 들어갔다가……."

"얘기는 나중에 하고 우선 지혈부터 합시다. 아직도 피가 흐르고 있잖소?"

자라목은 급히 옷자락을 길게 찢어서 들개족 병사의 다리를 묶었다.

"고, 고맙소."

"우선 여길 빠져나가야 합니다. 이곳은 시체 투성이라 무척 불결하오. 이대로 이곳에 있으면 상처가 썩어서 곧 다리를 잘라내야 할 거요. 빨리 밖으로 나가서 상처를 소독하고 염증을 막아야 합니다. 일어설 수 있겠소?"

"일어나 봐야지요."

들개족이 몸을 일으키려 했으나 통증이 심해서 무척 힘들었다. 그러자 자라목이 옆으로 가더니 바닥을 뒤져 기다란 창을 가져왔다.

"이걸로 지팡이를 삼으시오. 좀 나을 거요."

"고맙소."

자라목은 풀어두었던 장검을 다시 허리에 찼다. 그리고 들개족에게도 한 자루의 장검을 내주었다.

"이 칼을 허리에 차고 걸을 수 있겠소? 무게가 꽤 나갈 텐데."

자라목이 스스럼없이 무기를 건네주자 들개족 병사가 멍청한 표정으로 자라목을 바라보다가 물었다.

"왜 내게 이렇게 해주는 거요? 내가 당신을 죽이면 어쩌려고?"

그러나 자라목은 빙긋이 웃으며 대답했다.

"설마 생명을 구해준 사람에게 그런 짓을 하겠소? 또 여긴 우리 둘뿐인데 구태여 원한 진 것도 없는 우리가 싸울 필요가 뭐가 있소? 서로도우면 둘 다 살아서 각자의 고향으로 돌아갈 가능성이 더 커지지 않겠습니까?"

"그, 그렇긴 하지만… 나는 들개족인데 날 믿을 수 있겠습니까?"

"믿어야죠. 사실… 내가 치료해서 보내준 들개족 병사가 가르쳐 준 겁니다. 서로 이유도 없이 싸우는 것은 바보 짓이라고 말이오. 당신 원하는 대로 하십시오. 나와 함께 움직이기 싫다면 따로 가고 그렇지 않으면 같이 움직입시다. 하지만 어차피 여기는 빠져나가야 하지 않겠소?"

"그렇군요."

두 사람은 서로 부축한 채 걸어가기 시작했다. 더 이상 말은 하지 않앉지만 서로에게 기대고 의지한 모습은 오랜 친구처럼 보였다.

몇 시간이 지나 시체와 뼈의 무덤이 보이지 않을 정도로 멀리 왔을 때 들개족이 입을 열었다.

"고맙소. 정말 고맙습니다."

"날 믿어줘서 다행입니다. 자, 힘을 냅시다."

"이 은혜는 죽어도 잊지 않겠소. 언젠가 기회가 되면…….""

"그만, 그 얘기는 나중에 해도 늦지 않아요. 어서 갑시다."

"예."

왠지 저 멀리 푸른 나뭇잎이 보이는 것도 같았다. 이 죽음의 계곡에서 살아 숨 쉬는 숲으로 이어지는 출구인지도 모를…….

그렇게 두 사람은 끝이 보이지 않는 절망의 골짜기를 빠져나가기 시작했다. 밖으로 나가는 길을 찾아서…….

제8장 유코, 보보의 귀향

퍼쿵 일행은 작은 배에 몸을 싣고 급히 상류로 이동했다. 물 위에 떠 있긴 했지만 유코의 정령들은 배를 그야말로 시위를 떠난 화살처럼 날리고 있었다. 걸어서 나흘은 족히 걸릴 거리를 단 몇 시간 만에 도착한 퍼쿵 일행은 그래도 지체할 수 없어서 신의 산으로 향하는 행군을 계속했다. 유코와 치요는 우레와 함께 날아갔고 퍼쿵과 피코는 보보를 업은 채 달려서 이동했다.

배를 띄울 수 있는 강의 상류에서 신의 산까지는 하루 정도 걸리는 거리였지만 우레는 단 몇 시간 만에 그 거리를 날아갈 수 있었다. 치요와 유코를 매달고 있어서 마력이 증폭된 탓으로 속도가 더 빨랐다. 때문에 세 시간도 지나지 않아 치요와 유코의 눈에 멀리 신의 산과 동굴이 들어왔고 바로 아래에 들개족의 군대와 인간족의 군대가 대치하고 있는 모습도 보였다.

치요가 소리쳤다.

"이미 전투를 벌였군. 저기 봐, 시체들이 널려 있어."

유코가 인상을 찌푸렸다.

"아유 끔찍해! 산과 들판이 온통 피로 물들었잖아?"

"서로 대치 중이라 시체를 치울 겨를도 없었던 모양이야."

"어쩌지?"

"내려가야지."

"들개족들이 화살을 쏠지도 모르는데… 정령을 부를까?"

"아니, 내게 맡겨. 내게도 생각이 있어."

우레가 인간족 진영의 상공을 선회 비행하는 가운데 치요가 주문을 외우며 정신을 집중했다. 그러자 곧 그의 손바닥에 눈부시게 빛을 발하는 구체가 생겨나더니 빙글빙글 회전하며 커졌다.

치요가 손을 뻗어내자 하얀 구체는 쏜살같이 아래로 떨어져 내려가 정확히 들개족 진영 한가운데 꽂혔다. 그리고 번쩍 빛을 발하나 싶더니 금세 사방으로 퍼지며 뭉게뭉게 구름처럼 퍼져 나갔다. 잠시 후 인간족 진영과 핏빛 광장을 제외하고 들개족이 숨어서 진을 치고 있는 지역은 온통 짙은 안개에 싸여 아무것도 보이지 않았다.

치요가 유코를 보고 씩 웃었다.

"저렇게 해두면 몇 분간은 시야를 가릴 수 있어. 네가 옆에 있으니까 마법이 더 잘 먹히는데? 역시 너에게는 엄청난 마력이 있어. 자, 우레, 내려가자!"

우레는 치요의 말이 떨어지기가 무섭게 돌멩이처럼 떨어져 내려가 인간족의 진영 한가운데 사뿐히 내려앉았다.

갑자기 적진에 낀 짙은 안개에 영문을 몰라 바짝 긴장했던 카르티는 별안간 하늘에서 떨어지듯 나타난 치요와 유코, 우레를 보고 깜짝 놀라며 반겼다.

"너희들, 여긴 어떻게 알고 왔냐?"

"아저씨, 괜찮으세요? 마을에 들렀다가 아저씨가 여기 갔다는 걸 들었어요."

치요는 주위를 한번 둘러보며 말했다.

"언제 야성을 쌓았지? 이런 거 없었는데⋯⋯?"

"맞아. 내 기억에도 이런 건 없었던 것 같은데?"

치요와 유코의 말에 카르티가 진지하게 물었다.

"너희들, 여길 알고 있니?"

"그럼, 우린 이 아래 강가에서 몇 년이나 살았어. 작년 가을까지."

"그래요. 우린 여길 잘 알고 있어요."

"그럼⋯ 퍼쿵과 너희들이 살았다는 북동쪽 산이 바로 여기냐?"

"응, 야성은 카르티가 쌓은 거야?"

"그래, 들개족 군대와 싸우려면 야성이 없으면 곤란해. 저들은 너무 민첩하고 강해서."

"벌써 한바탕 붙은 것 같은데 현재 상황은 어때?"

"지금 나흘째 대치 중이야. 계속 간헐적으로 전투가 있지만 야성과 폭탄 덕분에 아직까지는 버틸 만해. 하지만 앞으로 무기가 떨어지면 그때는 어찌 될지 모르겠다."

"보니까 저 벌판에는 들개족의 시체만 있는 것 같던데⋯⋯."

"아직까지는."

유코가 생각난 듯 물었다.

"참, 자라목 오빠 여기 있죠?"

"자라목?"

"그래요. 자라목 오빠가 여기 있다는 얘길 들었는데… 자리코 언니가 성에서 기다리고 있거든요."

카르티가 깜짝 놀라며 되물었다.

"자리코가 기다리고 있다고? 그 애는 죽었다고 했잖아?"

"저희도 그런 줄 알았는데 죽지 않았지 뭐예요? 성에 데려다 놓았어요. 지금 웅가 아저씨와 함께 있는데 자라목 오빠를 꼭 데려다 준다고 했거든요."

"이런."

카르티가 침울한 표정을 지었다. 그러자 두 아이가 깜짝 놀라며 물었다.

"왜? 자라목에게 무슨 일 있어?"

"아저씨, 왜 그래요?"

카르티가 무거운 목소리로 대답했다.

"자라목은… 죽었다."

"뭐? 자라목이 죽었어?"

"이게 무슨 일이래요? 하나를 살려놓으면 하나가 죽고……. 이럴 수는 없어요!"

두 아이가 놀라 소리치자 카르티가 무겁게 말을 이었다.

"미안하다. 하지만 지금은 상황이… 전쟁 중이잖아. 누가 언제 죽을지는 아무도 장담할 수 없어."

"어떻게 죽었어? 자라목은 먼저 이곳에 와 있었다고 들었는데? 살아 있는 게 아니었어?"

"그래, 살아 있었지. 우리가 도착하고 나서 새로 탐사대를 구성해서 동굴에 들어가기 전까지는……".

"그럼 동굴 안에서 죽은 거야?"

"그게 저 동굴 맞아요? 저 동굴 안에서 자라목 오빠가 죽었어요?"

"자라목뿐 아니라 우리 병사 마흔두 명이 더 죽었단다."

"마흔두 명이나요? 세상에!"

"왜? 왜 저 안에서 죽었는데? 시체는 찾았어?"

"아무것도 보지 못했다. 그저 폭탄이 터지고 뭔가 시끄러운 소리가 났지. 비명과… 그리고 밖에 있던 병사들까지 벼랑 아래로 떨어져 죽기 시작했어. 그래서… 할 수 없이 철수했단다. 더 있으면 희생이 커질 것 같아서……".

아이들이 다그쳐 물었다.

"뭐야? 제대로 보지도 못했단 말야? 왜 죽었는지도 모르고?"

"아저씨, 뭐예요? 그럼 저 안에서 죽은 사람들은 뭐가 돼요?"

"미안하다. 그리고 나서 바로 들개족 군대가 들이닥쳐 더 이상 그쪽에 신경 쓸 수가 없었단다. 게다가 지금은 들개족의 화살 때문에 동굴에는 접근하지도 못하는 실정이다."

치요와 유코가 우울한 표정으로 동굴을 바라봤다. 그리고 말했다.

"알았어. 대충 상황은 이해가 가. 어쩔 수 없었겠지. 일단 나는 퍼쿵에게 가볼게. 지금 들개족의 포위망 너머에 퍼쿵과 피코와 보보가 있어. 그 애들이 무사히 이곳까지 오려면 내가 엄호해 줘야 해. 위험하니까. 유코, 가자."

"응."

치요와 유코는 우레에 매달려 하늘로 날아올랐다. 아래에서 인간족 병사들이 부러운 듯 날아가는 세 아이를 올려다보았다.

퍼쿵과 피코는 신의 산 중턱에 서서 위쪽을 살피고 있었다. 보보는 튼튼한 가죽 벨트로 퍼쿵의 등에 업혀 있었다. 퍼쿵은 거대한 장검을 뽑아 들고 있었고 피코 역시 양손에 장검과 단검을 하나씩 뽑아 든 채 코를 벌름벌름, 귀를 쫑긋거리면서 저 위쪽 들개족의 동정을 살피고 있었다.

치요가 깔아놓았던 짙은 안개는 이미 다 걷히고 흔적도 없었다. 바닥에 납작 엎드려 있긴 했지만 서풍이 불고 있기 때문에 곧 들개족에게 냄새를 들킬 것이 분명했다. 그래서 칼을 뽑아 들고 곧 벌어질 전투를 준비하는 중이었다. 만일 들개족이 덤벼들기라도 하면 그대로 포위망을 뚫고 저 위에 있는 인간족의 진지까지 달려갈 생각이었다.

"…퍼쿵!"

피코가 퍼쿵의 옆구리를 쿡 찌르더니 하늘을 가리켰다. 몇 마리의 새가 떠 있는 하늘에 섞여서 하얀 무언가가 날아오고 있었다. 너무 높이 떠서 잘 보이지는 않았지만 우레와 아이들이라는 것을 곧 알 수 있었다. 미리 약속해 둔 대로 하늘에서 일정한 방향으로 회전하고 있었기 때문이다.

우레는 꿀벌이 꿀의 방향을 알려주듯이 하늘에서 8자 모양으로 계속 회전하고 있었는데 그 방향과 각도에 의해서 가야 할 위치와 거리를 대략 알 수 있었다.

피코가 품 안에서 조그만 거울을 꺼내더니 하늘에 대고 햇빛을 반사했다. 잠시 그렇게 신호를 보내자 우레는 팔 자 비행을 멈추고 쏜살같이 아래로 내려오기 시작했다.

"지금이다! 가자!"

"조심해!"

퍼쿵과 피코는 서로 신호를 한 후 우레가 가르쳐 준 방향으로 달리기 시작했다. 무서운 속도였다. 마치 성난 맹수가 먹이를 향해 달리는 것, 아니, 그보다 더 빠른 속도였다. 두 사람은 그렇게 달리면서도 서로에게 보조 맞추는 것을 잊지 않았다. 오랜 사냥 경력은 두 사람의 호흡을 최상으로 만들어주고 있었다.

그들의 머리 위에 우레가 상당히 높이 뜬 채 따라오고 있었고 대낮인데도 불구하고 치요의 손에서는 눈부신 빛이 발하고 있었다.

"뭐냐? 잡아라!"

"막아! 그쪽이다!"

느닷없이 출현한 퍼쿵과 피코를 보고 들개족 병사들이 우왕좌왕하기 시작했다. 그러나 들개족의 발걸음도 만만치 않아서 삽시간에 퍼쿵과 피코를 포위하며 달려들었다.

제일 먼저 달려든 세 명의 들개족에게 퍼쿵이 몇 자루의 단검을 연거푸 날렸다.

"억!"

"커억!"

들개족들은 단검에 가슴과 목 등을 맞고 그 자리에 엎어졌다. 그리고 그 뒤로 달려들던 병사들은 피코가 휘두르는 칼에 목이 떨어졌다.

퍼쿵은 그대로 돌진하며 2미터가 넘는 장검을 뽑아 한 바퀴 돌렸다.

부우웅!

바람을 가르는 소리와 함께 주변에서 멈칫거리던 예닐곱 명의 들개족 병사의 허리, 머리, 팔, 다리가 떨어져 나갔다. 그와 동시에 퍼쿵의 등 뒤에서 바짝 따라오던 피코가 퍼쿵의 칼, 등, 어깨를 차례로 밟은 다음 하늘로 솟구쳐 오르더니 그대로 앞으로 튀어 나갔다. 퍼쿵의 무시무시한 장검 휘두르기 한 번에 일곱 명이 주저앉는 것을 보고 안색이 노래진 들개족 병사들 서너 명은 놀란 입을 다물기도 전에 쏟아지듯 날아온 피코의 장검과 단검에 다시 목이 떨어져 나갔다.

"뭐, 뭐냐, 저것들은?"

"조심해!"

"아아아악!"

여기저기서 비명과 고함, 그리고 장교들의 독전 날리는 소리가 뒤섞여 들려왔고 그 소음 속에 퍼쿵의 우뢰 같은 목소리가 들렸다.

"죽고 싶지 않으면 비켜라! 가로막지 않으면 죽이지 않는다!"

"우와아아!"

퍼쿵은 자신이 외친 것이 엄포가 아님을 확인시켜 주듯 다시 장검을 돌렸다.

쿠웅!

엄청난 속도로 무지막지한 무게의 장검이 휘둘러지자 다시 대여섯 명의 들개족 병사가 반토막이 났고 그들과 같이 사람의 허리만큼 굵직한 나무가 깨끗이 잘려 쓰러지며 내는 묵직한 진동이 땅을 울렸다.

"우왁! 저게 인간이냐?"

"살려줘!"

"도망가지 마라! 도망가는 놈은 군법으로 처형한다! 막아! 놈들은 단둘이다! 활을 쏴라! 궁수! 궁수!"

사병들이 겁을 먹고 물러서기 시작하자 장교는 목청이 터지도록 외치며 병사들을 독려했다. 그리고 그의 명령에 의해 궁수들이 도열해 퍼쿵과 피코에게 활을 거두었다.

"발사!"

발사 명령과 함께 궁수들의 손이 활시위를 놓았다. 그러나 화살은 하나도 앞으로 나가지 못하고 바로 앞으로 떨어졌다. 그뿐 아니라 끊어질 듯 팽팽하던 줄이 없어진 활들이 갑자기 용수철 튀듯 반대 방향으로 튀는 바람에 궁수들이 깜짝 놀라 활을 놓치고 말았다.

"뭐, 뭐야?"

"활이 왜 이래?"

하늘에서 유코가 불의 정령에게 부탁해 들개족의 활을 모두 못쓰게 만들었기 때문이다. 또한 치요가 주변에 있던 병사들에게 불덩어리를 던져 내기 시작하자 들개족의 포위망은 단번에 아수라장으로 변했다. 그중 하나의 불덩어리는 병사들을 독려하던 표독한 장교의 머리에 정확히 떨어졌고 그 장교는 상반신 전체가 불길에 휩싸여 그대로 쓰러졌다.

한번 무너지기 시작한 대열은 퍼쿵과 피코의 멧돼지 같은 돌진에 더 이상 포위망으로써의 역할을 하지 못했다. 그리고 몇 분이 지나지 않아 두 사람, 그리고 덤으로 보보까지 무사히 들개족의 진영을 빠져나갈 수 있었다.

들개족 병사들은 그들이 모두 사라지고 난 다음에도 한동안 정신을 차리지 못했다. 별안간 들이닥쳐 사방을 아수라장으로 만든 데다가 하늘에서 떨어지는 불덩어리에 더욱 정신을 차리지 못했다. 게다가 활이 모두 못쓰게 되어버린 일은 이해조차 할 수 없었다.

한편, 멀리 사령부에서 그 모습을 바라보던 터치는 고개를 갸웃거렸다.

'저 인간족… 어디선가 본 적이 있는 것 같은데… 저렇게 저돌적으로 달려드는 인간은, 더구나 저렇게 큰 칼을 휘두르는 인간은 단 한 명밖에 본 적이 없어. 그렇다면?

멀리서 들개족보다 더 큰 덩치의 인간족을 바라보던 터치의 눈썹이 꿈틀 움직였다. 그리고 그의 오른팔이 부르르 떨리기 시작했다. 그의 오른팔 손목으로부터 팔꿈치까지 나 있는 깊은 흉터가 뭘 알려주기라도 하듯 꿈틀거리며 경련을 시작했다.

"…저놈은 퍼쿵?! 그렇다면 같이 달리고 있는 저 청년은 피코? 아니, 피코는 여자인데? 저건 뭐야? 등에 사람을 업고 있군. 그럼 저 업힌 녀석이 그 여동생인가 보군."

중얼거리던 터치가 이를 악물었다. 그리고 벌겋게 충혈된 눈으로 인간족의 야성으로 들어가는 퍼쿵과 피코, 그리고 불을 던져 대는 이상한 날짐승을 쫓고 있었다.

카르티로부터 자라목이 죽었다는 소식을 접한 퍼쿵과 피코, 보보는 실망을 감추지 못했다.

"우리 때문에 여러 사람이 다치는군. 자리코가 죽었다는 말만 하지 않았어도 자라목이 이곳으로 오지 않았을 텐데……."

"자리코에게 이 소식을 또 어떻게 전하지?"

"이제 정말 못하겠다. 이런 소식 전하고 다니는 거… 정말 못할 짓이야!"

아이들의 탄식에 카르티가 대답했다.

"자책하지 마라. 너희들 때문에 벌어진 일이 아니야. 우리 인간족과 들개족의 전쟁으로 빚어진 일일 뿐이지. 자라목의 죽음은 슬픈 일이지만 지금은 그뿐 아니라 인간족 전체가 죽을 수도 있는 난세다. 개인의 죽음을 슬퍼하고 있을 겨를이 없어."

그 말에 퍼쿵도 고개를 끄덕였다.

"맞아. 하마터면 인간족은 전멸할 뻔했으니까."

퍼쿵은 카르티에게 며칠 전 들개족이 인간족의 성을 포위하고 공격했던 얘기를 들려주었다. 그리고 지금은 들개족이 모두 전멸해서 안전하다는 소식도 알려주었다. 카르티와 인간족 병사들은 가슴을 쓸어 내리며 안도의 한숨을 내쉬었다. 자신들이 여기서 죽음의 위협을 받고 있는 것만도 큰일인데 부녀자들밖에 없는 성이 공격을 당했다니 생각만 해도 가슴이 철렁한 일이었다.

카르티는 고대 도시로 추정되는 동굴에 관해서 보고 들은 모든 것을 얘기해 주었다. 그 안에서 들개족 원정대가 전멸한 일이며 다시 자라목과 인간족 사십여 명이 전멸한 것, 그리고 나중에 산 위에서부터 내려와 동굴에 들어갔던 백여 명의 들개족이 있었는데 그들은 지금까지 죽었는지 살았는지 소식도 없고 보이지도 않는다는 얘기까지 모두 했다. 그 말을 듣고 난 보보와 유코는 잠시 생각에 잠겼다. 퍼쿵과 피코, 치요도 고개를 갸웃거렸다.

마침내 보보가 입을 열었다.

"정말 저 안에서 그렇게 많은 사람이 죽었어요?"

"그렇단다."

유코도 물었다.

"직접 봤나요?"

"아니, 보지는 못했어. 들어가지도 못했으니까. 어쨌든 저 안에 들어가 본 사람은 지금 아무도 없어. 들어간 후로는 아무도 나오지 못했으니까. 죽었을 거라고 추정은 된다만 확인할 길은 없어."

"그럼 살아 있을지도 모르겠네요?"

"모르지. 만일 살아 있다면 저 안에서도 싸움이 벌어졌을 거야. 들개족도 인간족도 모두 저 안에 들어갔으니까. 하지만 자라목이 남긴 얘기에 의하면 저 안에는 괴물이 살고 있다고 했다. 사람을 죽이는 잠자리 떼와 뱀처럼 생긴 괴물이라고 했는데……."

"자라목은 그걸 어떻게 알아?"

"유일하게 저 안에 들어갔다가 죽기 전에 나왔던 들개족에게 들었대. 나중에 그도 상처가 심해서 죽었다고 하지만… 아무튼 그 들개족이 저 안에 들어가려면 암호를 통과해야 한다고 했대. 그걸 모르면 다 죽게 된다고 말야."

깊이 생각에 잠겨 있던 보보가 말했다.

"이상해요. 나와 유코는 분명히 저 안에서 잠이 깨었거든요."

"맞아요. 우리 둘이서 발가벗고……."

유코가 말하다 말고 입을 쫑긋거리며 얼버무렸다. 발가벗었다는 말을 하다가 부끄러운 생각이 들어서였다. 그러나 아무도 그런 것에 신경을 쓰지는 않았다.

카르티가 물었다.

"정말 저 동굴이 맞니? 착각하는 거 아냐?"

"아니, 분명해요. 저 외길을 따라 몇 시간이나 걸어서 이곳으로 나왔는걸요? 저 숲으로 들어가면 시냇물이 있어요. 우린 거기서 땀을 씻고 물을 마셨어요. 나뭇잎으로 옷도 해입고 이상한 달팽이도 잡아 구워 먹었죠. 확실해요."

"그래요. 이 야성만 달라졌지 모든 것은 그때 그대로예요."

"그 동굴 안에 위험한 것은 없었니?"

"우리 둘밖에 없었는걸요? 관처럼 생긴 상자가 몇 개 있었고… 아, 해골이 두 구 있었어요. 입구 쪽에."

"맞아, 해골이 있었다. 그리고 입구는 굉장히 좁았어. 그 안은 꽤 넓었지만……."

두 아이는 서로 기억나는 것들을 주워섬겼다. 그러다가 보보가 진지한 어조로 말했다.

"저기가 신의 산이라고 했죠? 인간족 시조가 나왔다는 그 동굴 말이에요."

"아마 그런 것 같다, 확실하지는 않지만."

보보는 점점 진지해졌다.

"웬일인지 낯설지가 않아요. 저 안에 뭔가 우리가 아는 것들이 있을 것 같은 생각이 들거든요. 유코, 너는 어때?"

"나? 글쎄?"

아무래도 유코의 기억은 보보보다 확실하지 않았다. 항상 그랬듯이 오늘도 그녀는 아무것도 기억해 내지 못하고 있었다. 그런 유코를 보며 보보가 말을 이었다.

"틀림없을 거야. 인간족 시조라는 요시코와 부르노라는 사람들이 너에게 가끔 나타났잖아? 육십이 넘어서 죽었다는 사람들이 우리 또래의 모습으로 말야. 그리고 네게 무슨 이름을 불렀다고 한 거 기억나?"

"그랬던 건 기억이 나는데… 무슨 이름인지는 잘……."

유코가 헤매고 있자 치요가 끼어들었다.

"한번 불러내 보는 것은 어떨까?"

"불러낸다고? 어떻게?"

"죽은 사람들이잖아? 그 사람들 뭔가 할 말이 있어서 네 주변을 맴

도는 게 아닌가 싶거든. 너는 정령술사면서 온갖 잡신들이 다 네 주위에 맴돌고 있다는 거 잊었어? 전에 정령술사 선생님들이 하신 말씀이잖아. 원래 인간이나 동물, 식물의 혼령들도 자연의 기운에 속하는 것들이거든. 그중 강한 목적을 가지고 있거나 할 일이 많이 남은 혼령은 사라지지 않고 오래도록 남는 경우가 있어. 그러니 네가 불러내면 나타날지도 몰라. 아무래도 너와는 아는 사이 같았으니까."

치요의 말에 유코가 부르르 떨었다.

"무, 무서워, 혼령과 아는 사이라니……. 그런 말 하지도 마!"

"무서운 말 아냐. 혼령은 절대 무서운 존재가 아니거든. 네가 항상 보는 정령과 크게 다를 것 없다니까. 그리고 인간족의 시조와 너희가 같은 동굴에서 나왔다는 게 아무래도 연관이 있어. 봐, 보보도 그렇게 얘기하잖아?"

"보보가 뭐라고 하든!"

그러자 보보가 결심한 듯 말했다.

"나 저 동굴에 들어가 볼래. 저곳은 내가 아는 곳일 가능성이 많아."

"보보!"

퍼쿵을 비롯한 모든 아이들이 깜짝 놀라며 보보를 바라봤다. 수십, 아니, 수백 명이나 죽었다는 동굴에 들어가겠다니, 겁쟁이 보보가 한 말이라고는 도무지 여겨지지 않았다.

"그 말 진심이야? 저 안에 들어가겠다고?"

"미쳤어? 위험할지 몰라!"

"물론 위험하겠지. 하지만 암호가 있다고 했지? 아마도 암호는 우리가 알고 있는 무엇이 아닐까 싶어."

유코가 보보를 잡고 소리쳤다.

"너 제정신이니? 그 암호를 우리가 어떻게 알아?"

"그러니까 네가 요시코의 혼령을 만나봐야 해. 그들이 뭔가를 알려 줄 거야."

"보보!"

보보의 확고한 태도에 모두 놀라는 눈치였다. 그리고 유코로서는 불행하게도 모두의 눈은 이제 유코에게 옮겨와 있었다. 뭔가 엄청난 것을 기대하고 있는 표정으로.

"싫어! 난 못해! 난… 나는… 무섭단 말야!"

유코는 완강히 거절하고 돌아섰다. 그리고 모두의 실망한 시선을 뒤로한 채 자리를 옮겼다.

"공격이다! 적이 몰려온다!"

유코에게 시선을 주던 사람들은 일시에 놀라며 소리나는 곳을 바라봤다. 인간족 병사들이 분주히 움직이며 소리치고 있었고 과연 숲 쪽에서 일단의 들개족들이 고개를 내밀고 바라보고 있었다. 무슨 생각인지 아직 달려들지 않고 있었지만 한 무리씩 떼를 지은 채 인간족의 야성을 뚫어지게 노려보는 중이었다.

"뭐지? 무슨 꿍꿍이지?"

"아마 폭탄과 화염 수레 때문에 접근하지 않는 것 같다. 저번에 호되게 당했거든. 그런데 이렇게 환한 대낮에 모습을 나타낸 것은 처음인걸?"

그때였다.

"온다! 적이 온다! 조심해! 모두 준비해라!"

경보와 함께 들개족들이 나타났는데 이번에는 맨몸이 아니었다. 커다란 수레 위에 엄청나게 큰 사다리를 싣고 밀고 들어오고 있었다. 사다리를 이용해 야성으로 쳐들어올 생각인 듯했다. 거대한 수레는 대여섯 개나 되었다. 수레에는 각각 거의 백여 명의 사람이 달라붙어 있었는데 저마다 커다란 방패를 들고 있어서 웬만한 화살이나 폭탄의 파편을 막을 수 있을 것 같았다.

카르티가 식은땀을 흘렸다.

"이거 큰일이군. 한꺼번에 밀려 들어오면 화염 수레로 막기에는 역부족이야."

카르티가 당황하는 모습을 보고 퍼쿵이 말했다.

"어쩔 수 없지. 우리가 도와줄게. 얘들아, 전쟁에는 끼어들고 싶지 않지만 지금은 좀 도와줘야겠다."

"좋아. 우레, 준비 됐지?"

"삣!"

우레가 날아오르고 퍼쿵과 피코가 달려나가려는 순간 유코가 소리쳤다.

"잠깐요! 잠깐만 기다려요!"

"왜? 넌 싸움에 끼어들지 마. 넌 뭘 죽이면 안 되니까."

"알아요. 하지만 사다리 정도는 부술 수 있어요. 저것만 없애면 되는 거잖아요?"

"일단은……."

"그럼 내게 맡기세요. 우리 가족이 싸움에 뛰어드는 거 싫어요. 다칠 수도 있고."

유코는 중얼거리며 불의 정령들을 불러냈고 잠시 후 성벽 위에 막 얹으려던 수레와 사다리들이 순간적으로 확 타오르다가 썩은 지푸라기처럼 삭아 내리며 바닥으로 주저앉았다. 그 바람에 그 위에 올라가 막 달려 나오려던 들개족들이 땅으로 떨어지며 엎어지고 넘어지며 야단이 났다가 인간족의 반격에 당황하며 급히 후퇴를 했다.

　수백 명의 희생자를 낼 뻔하던 전투가 어이없이 끝나는 순간이었다. 잔뜩 긴장한 채 공격 준비를 하고 있던 인간족과 들개족 모두 놀라서 영문을 몰라 했다. 그저 들개족이 열심히 달려왔다가 도로 달려갔다는 것 이외에는 별 희생자도, 변화도 없었기 때문이다. 퍼쿵 일행 외에는 어떻게 나무들이 갑자기 삭아버렸는지 아무도 몰랐다.

그 전투가 끝나고 모든 것이 정리된 후 유코가 보보에게 말했다.

"알겠어. 요시코를 불러내겠어. 그래야 모든 사람이 안전해질 수 있다면 그렇게 할게."

"잘 생각했어. 어쩌면 우리의 과거와 지워진 기억도 고대 도시 안에 있을지 몰라. 그러니 어차피 우리가 해야 할 일이야."

"아니면? 만일 저 안에 들어갔는데 우리와 관계도 없고 우리까지 죽게 된다면?"

유코의 질문에 보보가 말을 더듬었다.

"그, 그럴 리가 없어. 우린 저 안에서 나왔잖아?"

"암호를 맞추지 못하면 죽는다면서?"

"그러니까 먼저 인간족의 시조에게 물어봐야지."

그렇게 해서 유코는 요시코와 부르노를 불렀고 그들은 유코 앞에 모습을 나타내 모두의 기대를 저버리지 않았다. 물론 그들을 보거나 말을 할 수 있는 것은 유코밖에 없었지만 모두 유코의 모습을 살펴보며 그녀가 누군가와 대화하고 있음을 알 수 있었다.

잠시 후 유코가 말했다.

"잊어버리기 전에 말할게. 저 안에는 나와 보보 이외엔 아무도 들어가면 안 된대. 암호를 통과할 수 있는 것은 우리 둘뿐이니까. 나머지는 저 안에서 살아남을 수 없대. 그리고 우리 암호는… 암호는……."

"유코, 또 잊어버리면 안 돼! 잘 기억해 봐!"

유코는 방금 혼령을 만나고 왔는데도 또 가물가물 잊어버리고 있었다. 겨우 생각을 이어가며 조금씩 말을 했다.

"암호는 뭐라고 했는데… 나는… 은… 은주? 그리고 넌 더… 억!"

"은주와 덕?"

옆에서 듣고 있던 사람들이 열심히 그 이름을 외우자 보보는 그것을 받아 적기까지 했다.

그러자 유코가 다시 말을 이었다.

"그런데 우린 암호가 필요없대. 괜히 다른 짓 하지 말고 우리가 나왔던 관 안에 들어가서 가만히 누워 있기만 하래."

"그냥 관에 누워 있으라고?"

"응, 다른 짓 하면 복잡해진다고 그냥 가서 누우면 저절로 저 안에 들어갈 수 있댔어, 요시코 언니가."

보보가 뭔가 알겠다는 듯 고개를 끄덕였다. 그리고 유코가 말한 자신들의 이름을 되뇌었다.

"암호가 유코는 '은주' 고 난 '덕' 이라고?"

보보가 고개를 갸웃거리며 묘한 표정을 지었다. 그러자 피코가 물었다.

"왜 그래? 기억나는 이름이야?"

"글쎄? 왠지 어디선가 들어본 것 같은데……."

그러자 치요가 고개를 끄덕였다. 그리고 말했다.

"어쩌면 너희들 본명일지도 모르지. 너희가 지금 가지고 있는 이름은 내가 지어준 거니까."

"그래, 그럴지도 몰라. 그래서 유코가 그 대목만 가면 그렇게 자꾸 잊어버린 걸지도……."

"언젠가 내가 말한 적이 있었지? 뭔가가 유코의 기억이 되돌아오는 것을 방해하고 있다고 말야. 바로 그게 너희들의 이름이었을지도 몰라. 그게 고대 도시로 들어가는 열쇠니까. 확실하지는 않지만!"

그러자 보보가 확신이 선 듯 고개를 끄덕였다.

"확실히 우리 이름일 거야. 굉장히 친숙해. 유코의 이름은 '은주' 고 나는 '덕'이야. 그게 우리 본명일 거야. 그리고 우리가 고대 도시로 들어가려면 우리의 본명이 필요했던 거야."

"그럼 요시코와 부르노는?"

"모르지. 하지만 그 이름도 무척 귀에 익어. 전에 유코가 요시코라는 이름을 듣고 이웃집 언니라고 말했던 적도 있잖아?"

"그래, 기억난다."

"백 년도 더 전부터 살았던 요시코지만 분명히 우리와 연관이 있어. 저 동굴은 우리를 죽이지 않을 거야. 처음 유코와 내가 잠에서 깨었을 때 그 안에는 우리가 누워 있던 것 말고 훨씬 더 낡은 관이 네 개나 더 있었어. 두 개는 그래도 서 있었고 두 개는 아예 삭아서 주저앉아 있었어. 요시코와 부르노는 그중 두 개의 관에서 나온 사람이 틀림없어!"

보보는 거의 확신에 차 있었다. 그리고 유코와 함께 그 안으로 들어가 동굴의 비밀을 풀기로 결정을 보았다.

보보가 벼랑으로 이어진 외길에 달라붙었을 때 카르티가 말렸다.

"안 돼! 거기가 어디라고! 게다가 들개족이 활을 쏜단 말야! 우리 병사들도 저길 지나가다가 들개족의 화살에 맞아 다 죽었어!"

그러자 그 뒤로 우레를 잡고 날아오른 유코가 말했다.

"걱정 마세요. 활은 절대 쏘지 못할 테니까요. 호호."

"유코 넌 좋겠다, 동굴까지 금세 날아갈 테니. 난 이렇게 위험한 길을 몇 시간이나 걸려서 가야 하는데……."

"네가 먼저 동굴에 들어가자고 했으면서 무슨 투정이니? 어서 가기나 해!"

과연 유코의 말대로 들개족은 활을 쏘지 않았다. 아니, 쏠 수가 없었다. 활의 시위를 당기기만 하면 줄이 끊어져 버렸기 때문이다. 두 아이는 퍼쿵과 카르티의 걱정을 뒤로하고 이동하기 시작했다. 퍼쿵과 피코가 따라간다고 우겼지만 어차피 들어가지도 못할 거라고 보보가 거절했다. 게다가 암호가 아니더라도 동굴 입구가 너무 좁아서 거인인 퍼쿵은 들어갈 수도 없었다.

"걱정 말고 기다리세요. 반드시 좋은 소식을 가지고 돌아올게요. 장담하는데 우린 저 안에서 절대로 죽지 않아요. 저긴 우리 집이 틀림없거든요."

퍼쿵이 진지한 표정으로 물었다.

"보보, 너 기억이 돌아온 거냐?"

"그건 아니지만… 여러 가지 정황으로 따져 볼 때 거의 확실해요."

카르티가 기원하듯 말했다.

"부디 그랬으면 좋겠다. 그럼 우리 인간족도 구해줄 수 있겠지."

마지막으로 피코가 보보의 손을 꼭 잡으며 말했는데 그 목소리가 몹시 떨려오고 있었다

"꼭… 살아 돌아와야 해. 반드시!"

보보도 피코의 손을 꼭 잡았다.

"걱정하지 마. 반드시 돌아올게. 그리고 전쟁은 끝날 거야."

피코와 보보 두 사람이 잡은 손을 놓지 않자 유코가 소리쳤다.

"뭐야? 날 새겠다! 너희들 꼭 그렇게 티를 내야겠어? 지금이 그럴 때냐구?"

그래도 피코는 보보의 손을 놓기 어려운 모양으로 안타까운 표정으로 어쩔 줄 몰라 했다.

그러자 유코가 깔깔거리며 피코를 놀려댔다.

"뭐예요? 피코, 전에 자리코 언니를 보고는 인사가 길다며 뭐라고 하더니… 이제 보니 피코도 어쩔 수 없는 여자였군요? 오홋!"

피코와 보보는 유코의 독촉에 마지못해 손을 놓았다. 보보는 발걸음을 옮기기 시작했고 혼자 벼랑에 매달려 있는 그 모습을 바라보는 피코의 시선이 걱정으로 떨리고 있었다. 그러자 퍼쿵이 가만히 피코의 어깨를 감싸 안았다.

"퍼쿵……."

피코의 떨리는 시선을 바라보며 퍼쿵이 조용히 그녀의 뒤에 대고 속삭였다.

"걱정하지 마. 보보와 유코는 무사히 돌아올 거야. 그리고 이 전쟁이 끝나면 오빠가 너희들을 결혼시켜 줄게."

"앗! 그, 그런……."

피코는 순간 얼굴이 벌겋게 달아오르며 부끄러움으로 말을 잇지 못했다.

그러자 퍼쿵이 빙긋이 미소를 지었다.

"우리 피코가 벌써 열여덟이잖아. 이 오빠도 그만한 눈치는 있어."

푸근한 퍼쿵의 위로에 피코가 마음이 놓이는지 오랜만에 오빠라고 부르며 안겼다.

"오빠……."

그때였다.

"안 돼요! 오빠가 동생보다 먼저 결혼해야 하는 거 아녜요?! 우리가 먼저라구요!!"

갑자기 들려온 고함 소리에 퍼쿵과 피코가 펄쩍 뛰었다.

"왁!"

"헉! 유, 유코!"

언제 되돌아와서 엿들었는지 바로 뒤에서 유코가 소리를 지르자 퍼쿵과 피코는 너무 놀라고 당황해서 말문이 막혔다. 그러자 치요가 버럭 소리를 질렀다.

"유코, 어서 돌아가지 못해! 보보 혼자 벼랑에 매달려 있잖아! 떨어지면 어쩌려고!? 가서 도와주란 말야! 우레, 어서 가!"

"아, 알았어."

"삐빗."

한 시간 반이 지난 후 보보는 가까스로 동굴 입구에 발을 올려놓을 수 있었다. 몇 번이나 쉬어가면서 건너온 힘든 길이었다.

유코가 뒤따라 들어오면서 물었다.

"괜찮아? 좀 쉬었다 들어갈까?"

"아냐, 우레나 돌려보내. 조금이라도 시간을 단축하는 게 좋겠지."

"그래, 우레. 수고했어. 치요에게 돌아가서 기다리고 있어."

우레를 돌려보내고 나자 이제 두 아이만 남았다. 두 아이는 처음 그곳에서 나오던 기억이 생생했다.

꽁꽁 언 채 알몸으로 잠에서 깨어나 서로를 처음 만났던 일, 서로 경계하면서도 상대방밖에 믿을 게 없었던 그때, 혼자서는 도저히 살아갈 자신이 없던 그 무서웠던 순간순간들……

두 아이는 그 당시를 떠올리며 서서히 동굴 안으로 발을 옮겼다.

"별로 변한 게 없는데? 저것 좀 봐."

"어떻게 된 거지? 인간족이랑 들개족이 백 명도 넘게 들어갔다고 했잖아? 그런데 해골이 그대로 있네? 그 덩치 큰 들개족들이 저걸 건드리지 않고 지나갈 수가 있었을까?"

"불가능할걸. 아무래도 이상해."

동굴 안의 풍경은 두 아이가 처음 나올 때와 크게 달라진 것이 없었다. 좁고 기다란 입구에 놓여진 두 구의 해골도 그대로이고 광장으로 연결된 문도 그대로였다. 다만 벽 여기저기에 깨진 듯 색이 다른 부분이 좀 있었다. 그것은 광장 안도 마찬가지였다. 얼핏 보기에는 모든 것이 그대로였다. 좌측부터 땅바닥에 사각형의 구멍이 두 개, 그리고 자신들이 나왔던 관이 두 개, 조금 더 삭은 관이 두 개, 아주 삭아 내려앉은 관이 두 개.

보보는 횃불을 붙여 들고서 관과 구멍을 자세히 살폈다.

"여길 봐. 확실히 누가 들어왔던 흔적이 있어. 그리고 폭탄이 터졌었다는 것도 사실이야. 상자마다 구멍이 여러 개 뚫려 있잖아? 파편 자국이야."

"그래? 원래부터 있던 구멍인지도 모르잖아."

"아니, 자세히 봐. 이건 새로 뚫린 구멍이야. 이곳과 깨진 면의 색이 다르지? 얼마 되지 않았다는 증거야."

"그럼 그 많던 사람들이 다 어디로 갔어? 그리고 부서진 조각들은 또 어디에 있다는 거야?"

"모르긴 해도 누군가 깨끗이 청소한 것 같은데? 봐, 바닥에 핏자국 하나 없잖아? 심지어 먼지도 없어. 마치 방금 걸레질이라도 한 것 같지 않아?"

보보의 말을 듣고 유코가 몸을 움츠리며 떨었다.

"어머머, 어째 무서워지는데? 누가 살고 있단 얘기야 그럼?"

"자라목 형이 얘기했다지? 이 안에 괴물들이 살고 있다고 말야."

"그만 말해, 애. 자꾸 그러면 들어갈 마음이 점점 줄어들잖아."

유코가 너무 무서워하자 보보가 말을 멈추고 관으로 걸어갔다.

"어쨌든 저 관에 들어가 누워 있으면 된다고 했지? 어서 시키는 대로 해보자."

"잠깐, 저기……."

보보가 자신이 나왔던 관으로 막 들어가려는데 유코가 그의 옷자락을 잡고 머뭇거렸다.

"왜? 여기 누워 있으면 된다고 그랬다며?"

"그건 그런데… 저……."

유코가 얼굴을 붉힌 채 머뭇거리자 보보가 조급하게 물었다.

"무슨 일이야? 시간없어. 어서 말해 봐!"

"응, 저기 들어가서 누워 있으라고는 했는데… 그게… 옷을 다 벗고 들어가야 한다고… 아무것도 몸에 지니지 말고 우리가 처음 나왔던 그 상태로……. 아유, 부끄러워!"

유코는 말을 마치며 얼굴을 두 손으로 감싸고 돌아섰다. 그러자 보보도 어느새 새빨갛게 얼굴을 붉히며 당황하기 시작했다.

"뭐, 뭐라고?! 옷을 다?"

"응."

두 아이는 서로 다른 곳을 보면서 말을 못한 채 얼굴만 붉히고 있었다. 한참 만에 유코가 입을 열었다.

"어쩌지?"

"뭐, 뭘 어째? 시키는 대로 해야지. 어서 벗어."

"어머! 너, 너부터 벗어."

유코가 뒤돌아선 채 계속 머뭇거리자 보보가 결심한 듯 옷을 벗기 시작했다.

"아, 알았어. 나 먼저 벗을 테니 너도 어서 벗고 네 관으로 들어가."

"응."

보보가 옷을 하나도 남기지 않고 다 벗었다. 그리고 자신이 나왔던 관으로 들어가 누웠다. 그러자 유코도 뒤로 돌아선 채 주섬주섬 옷을 벗기 시작했다. 그러면서 한마디 덧붙이는 것도 잊지 않았다.

"…쳐다보지 마! 너 피코랑 한 것처럼 나에게 하면 안 돼! 난 이제 퍼쿵 오빠의 약혼녀니까 네가 날 어떻게 하면 그건 불륜이야."

그녀의 말에 다른 곳을 바라보고 있던 보보가 발끈해 고개를 돌리면서 소리쳤다.

"뭐, 뭐야? 날 뭘로 보고! 엉?!"

소리치던 보보가 별안간 말을 잃으며 멍한 표정이 되었다. 그리고 유코를 넋이 빠진 듯 바라봤다. 순식간에 얼굴이 더욱 빨갛게 된 보보는 본능적으로 두 손이 아래로 내려갔고 자신의 중요한 부분을 움켜쥐고 가렸다.

유코의 하얗고 가녀린 알몸이 보보의 눈에 들어오는 순간 말을 잃고 만 것이다.

지금 보보는 제 이름과 나이, 여기가 어디며 왜 이 동굴에 들어왔는지 모든 것을 잊어버리고 말았다. 그저 감탄과 가슴 떨림만을 느끼며 유코의 가느다란 허리와 동그랗고 귀여운 엉덩이, 길고 쪽 곧은 다리에서 눈을 떼지 못할 뿐이었다.

'…예, 예쁘다!!'

일 년 새에 유코는 많이 자라 있었다. 키도 한 뼘이나 더 컸고 허리는 잘록해졌으며 엉덩이와 허벅지는 이제 소녀에서 처녀로 변하려는 몸부림을 사정없이 해대며 피부의 보드라움과 탱탱함을 잔뜩 뽐내고 있었다.

유코가 관으로 들어가기 위해 돌아서며 자신의 가슴을 가렸다.

"어머, 보지 말라니까! 어서 고개 못 돌리니!"

"헉! 미, 미안! 나 보지 않았어!"

유코의 말에 갑자기 정신이 번쩍 든 보보는 황급히 고개를 돌렸다. 그러나 눈은 가리지 못했다. 두 손으로 자신의 아랫도리를 가려야 했기 때문이다.

그랬다.

보보 역시 일 년 전보다 훌쩍 자란 상태였고 자연의 섭리도 더욱 힘이 세어졌다. 풀 한 포기 없이 말끔하던 아랫도리는 곱슬곱슬한 금발의 음모가 수북히 자라나 이미 잔디 구장이 되어버렸다. 또한 고추 역시 전과는 비교할 수 없이 늠름해진 데다가 제 나름대로의 소신도 가질 만큼 자랐다. 보보가 두 손으로 마구 누르고 있음에도 불구하고 저도 유코를 구경하겠다고 고개를 비죽이 내밀고 있을 정도로.

하긴 그 정도 경험을 쌓은 후였으니 전과 같을 수는 없겠지. 저도 나름대로 깨달음이 있었을 테니까.

유코는 가랑이가 벌어지지 않도록 조심스레 다리를 들어 관으로 들어갔다. 그리고 다소곳한 자세로 관에 누웠다.

보보가 짐짓 떨지 않는 척하며 물었다. 이제 두 아이는 비스듬히 세워진 관 안에 있어서 서로가 보이지 않았다. 그러나 떨리는 마음은 쉽게 사그라들지 않았다.

보보가 어색함을 감추려고 말을 걸었다.

"이, 이제 기다리기만 하면 되는 거냐?"

"그, 그래. 이렇게 누워 있으면 된다고 했어, 요시코 언니가."

"알았어."

"근데… 너 다 봤지?"

"뭐, 뭘?"

"나 벗은 거."

"아, 안 봤다니까! 정말이야!"

"근데 왜 그렇게 세우고 있어!?"

"뭣! 너, 너야말로 다 봤구나!"

"그렇게 세우고 있는데 어떻게 안 봐!? 내가 보고 싶어서 본 줄 알아? 하도 큰 게 불쑥 튀어 나와 있어서 할 수 없이 봤다!"

"그런 너는 짝궁둥이에 절벽 가슴이면서!"

"뭐야?"

두 아이는 이제 말다툼을 하고 있었다. 물론 악감정에 의한 것은 아니었고 서로 부끄러움을 속이느라 그러는 중이었지만.

그때 관이 덜컹하고 움직이는 것이 느껴졌다.

"엇!"

"꺄악!"

그리고 두 아이가 비명을 다 지르기도 전에 관의 뚜껑이 닫혔다. 나무나 쇠 등의 물리적인 뚜껑이 아니라 빛으로 된 뚜껑이었다. 바깥과 안을 구분 짓는 확실한 빛이 두 아이를 외부로부터 완전히 차단한 것이다.

두 아이는 너무 놀라 더 이상 말도 못하고 눈앞의 빛에 펼쳐진 막을 건드리지도 못한 채 꼼짝 않고 누워 있었다.

[잘 오셨습니다. 당신들의 신원이 파악되었습니다. 당신들은… 〈이은주〉 님과 〈덕 캐스터〉 님입니다. 이제 편안히 누워 계십시오. 이곳은 당신들의 과거와 현재, 그리고 미래가 함께 존재하는 곳입니다. 눈을 감고 편안히 느끼십시오. 이제부터 당신들과 함께 인류의 역사가 새롭게 시작됩니다.]

유코와 보보, 아니, 이은주와 덕 캐스터는 불안에 떨면서 관 전체에서 들려오는 기계음에 가까운 여자의 목소리를 들었다. 그리고 자신들의 의지와 관계없이 순식간에 졸기 시작했다.

'…졸려. 뭐지? 잠들면 안 되는데……. 안 돼.'

유코도 힘이 하나도 없는 음성으로 보보를 불렀다.

"…보보, 너 자니? 나 졸려, 보보! 보보!"

그런 가운데 두 아이가 느끼지 못하도록 천천히 관이 아래로 내려가기 시작했다. 그런 줄도 모르는 두 아이는 빠른 속도로 깊은 잠에 빠져들고 말았다.

제9장 유코와 보보의 과거

보보와 유코가 동굴 안으로 들어간 지 한 시간이 지났다. 인간족과 들개족 양 진영은 멀리 떨어져 대치한 채 아무 일 없이 한가한 오후를 맞고 있었다.

퍼쿵이 오랜 침묵을 깨고 말했다.

"애들은 무사할까? 걱정된다."

그러자 아무 말없이 동굴 쪽만 바라보고 있던 피코도 고개를 돌렸다.

"괜찮겠지. 아니, 괜찮아야 해."

피코의 표정은 전에 없이 근심으로 가득 차 있었다. 그녀가 보보에 대해 얼마나 깊은 마음을 가지고 있는지 모르는 사람이 옆에서 봐도 느껴질 만한 태도였다.

그녀의 그런 모습에 퍼쿵과 치요, 카르티, 심지어 우레까지 새삼 놀라며 그동안 왜 자신들이 그 점을 눈치 채지 못했는지를 의아해했다.

치요가 피코의 어깨를 두드리며 위로했다.

"너무 걱정하지 마. 애들은 무사히 돌아올 거야. 난 보보를 믿어. 여태 일 년밖에 같이 살지 않았지만 보보의 예측은 한 번도 틀린 적 없었잖아. 그리고 지금 하늘의 점괘를 봤는데 그 애들은 죽을 것 같지 않아. 다만……."

치요가 점 애기를 하다가 말을 흐리자 퍼쿵과 피코는 금세 안색이 변하며 치요에게 달려들었다.

"왜? 무슨 일이야? 나쁜 점괘가 나왔어?"

"치요, 어서 말해 봐!"

치요의 표정은 담담한 것 같으면서도 한편으로 대단히 어두웠다.

"글쎄… 뭔가 대단히 어두운 그림자가 우리 머리 위를 가득 덮고 있어."

"그게 뭔데?"

"나도 잘 모르겠어. 별은 아닌데… 처음 보는 거야. 아니, 처음 느끼는 거야. 전에는 그저 하늘에 떠다니는 작은 운석 같은 거였는데 웬일인지 조금 전부터 갑자기 엄청난 기운을 뻗치고 있어."

"죽음… 같은 거야?"

"몰라. 저것 때문에 다른 별들이 하나도 보이지 않을 정도로 기운이 세. 그래서 나도 불안해. 어쩌면 저 엄청난 기운이 보보와 유코의 별인지도 모른다는 생각이 들어."

"그 애들의 별?"

"잘은 모르지만 어쩌면… 불길한 생각이 자꾸만……."

치요가 하늘을 바라보며 입을 닫았다. 그러자 퍼쿵과 피코도 입을 다물고 하늘을 바라봤다. 하지만 하늘에서는 아무것도 볼 수 없었다. 그저 파란 하늘과 하얀 구름 이외에는……. 웬일인지 이날따라 새가 한 마리도 보이지 않았다.

정말로 고요한 오후였다. 전투도 없고 바람도 없고… 심지어 병사들이 떠드는 소리도 하나 없었다.

들개족 진영의 사령부에서 터치가 부관들에게 소리치고 있었다.

"어떻게 된 거야? 설명을 해보란 말이다!"

"죄송합니다. 저희들도 도무지 영문을 모르겠습니다. 갑자기 나무로 만들어진 모든 것들이 재로 변했습니다."

"그렇습니다. 수레와 사다리는 물론이고 심지어 창대까지 삭아버렸습니다."

"그게 말이 되나?"

"하지만 사실입니다. 한번 보십시오. 지금 우리 병사들 중에 창을 가진 병사가 하나도 없지 않습니까?"

"흠."

터치는 뒤로 돌아서서 팔짱을 낀 채 생각에 잠겼다. 자신의 눈으로 보고 있기 때문에 더 이상 문책할 것도 없었다. 도저히 이해할 수 없는 일들이 벌어지고 있는 것이다.

'대체 이게 어찌 된 거야! 하늘을 날아다니는 놈이 있지를 않나, 갑자기 무기가 재로 변해 버리질 않나. 이건 도저히 있을 수 없어. 무슨 마술도 아니고…….'

터치가 갑자기 고개를 돌려 조용히 숨죽이고 있는 인간족의 진영을 바라봤다.

'가만, 저기가 고대 도시라고 했지? 그리고 인간족이 그 길목을 막고 있어. 그렇다면 이미 인간족들이 고대 도시를 점령한 것은 아닌가? 그래서 그 전설의 무기가 우리를 이렇게 당황하게 만들고 있는 게 아닐까? 하지만 왜 우리가 고대 도시에 들어갔을 때는 인간족이 막지 못했지? 아니, 오히려 대단히 당황하는 모습이었어. 그건 아직 그곳을 점령하지 못했다는 뜻인데…….'

곰곰이 생각하던 터치가 눈을 크게 뜨고 소리쳤다.

"퍼쿵, 그렇다면 퍼쿵밖에 없어. 퍼쿵이 나타나면서 이상한 일들이 벌어지지 않았던가! 날아다니는 녀석도 퍼쿵을 도와주고 있었고 다른 이상한 일들도 퍼쿵이 전면에 나서면서 일어났다. 그래, 퍼쿵이 이상한 마술을 부리는 게 틀림없다!"

터치의 외침에 부관들이 놀라며 바라봤다. 그들이나 터치나 유코가 정령을 이용해 한 일에 대해서 이해할 수 없기는 마찬가지였다. 또한 치요의 마법도 처음 겪는 것이었다.

"지금 퍼쿵이라 하셨습니까?"

"그래, 몇 시간 전에 우리 진영을 마구 어지럽히고 지나간 덩치 큰 놈 말야. 그놈, 퍼쿵이 틀림없어."

"퍼쿵이라면 십여 년 전 폐하에게 상처를 입히고 달아난?"

"그래, 제 동생을 업고 사라졌지. 아마 등에 업고 있던 사람이 그 동생이 아닌가 싶군."

"십 년이나 지났는데 아직도 업고 다닌다고요?"

"꼬마는 당시 우리 성에서 도망갈 때 상처를 입어 불구가 되었는지도 모르지."

"그럼 같이 칼을 휘두르던 놈과 날아다니던 놈은 누구입니까?"

"그건 나도 모르지."

터치와 부관들은 서로 알 수 없는 말을 주고받으며 잠시 어수선한 생각을 정리했다. 그러다가 터치가 말했다.

"좋아, 아직 고대 도시는 인간족의 손에 넘어가지 않았을 것이다. 그리고 이제 퍼쿵과 그 이상한 놈들이 그걸 차지하려 하겠지. 그렇게 놔둘 수는 없어! 총공격에 들어간다, 더 늦기 전에!"

"위험하지 않을까요?"

"어차피 위험은 기다리고 있어도 찾아온다. 그럴 바에는 먼저 위험 요소를 제거해 버리는 게 낫지."

"알겠습니다."

"마침 오늘 밤은 그믐이라 달이 없으니 공격하기에는 딱 좋아. 인간 족들은 귀가 어두우니까 오늘 밤은 우리에게 아주 유리하다. 활도, 수레도 소용이 없으니 직접 뛰어들어 백병전을 벌이는 수밖에."

"하지만 저들의 가공할 무기도 생각해야 합니다. 그들의 폭탄이라 불리는 무기와 불을 뿜어대는 기계에 엄청난 사상자가 났습니다."

"알고 있다. 하지만 이제는 조금 상황이 다를 거야."

"옛? 그걸 어떻게?"

"잘 생각해 봐라. 첫날의 전투와 둘째 날의 전투, 그리고 셋째 날인 오늘의 전투가 다 달랐다. 첫날은 우리가 접근하는 대로 여기저기에서 폭탄이 터지고 불덩어리가 날아왔다. 우리 사상자도 많았지. 둘째 날은 불덩어리와 폭탄을 던져 댔지만 미리 설치해 두었던 폭탄은 없었다. 그리고 오늘 낮에는 폭탄도, 불덩어리도 날아오지 않았다. 수레가 주저앉고 병사들이 바닥으로 떨어진 후에야 불덩어리와 폭탄이 조금 날아왔을 뿐이다. 그것은 뭘 뜻하겠나?"

"그렇다면……."

"그래, 적들에게 무기가 충분하지 않다는 거다. 게다가 여태까지 관찰해 본 결과 폭탄은 근접 거리에서는 사용할 수가 없어. 같이 죽게 되니까 말이야. 그래서 놈들은 야성에서 절대 나오지 않은 거다."

"그렇군요. 역시 폐하는 놀라운 관찰력을 가지고 계십니다."

"관건은 적에게 들키지 않고 적이 폭탄을 사용하지 못하는 근거리까지 가는 데 있다. 지금으로서는 성벽을 넘어가야 하겠지. 그리고 그 안에서 백병전이 벌어진다면 승리는 우리 것이다. 자, 모든 병사에게 전투 준비를 시켜라. 오늘 자정에 침투를 개시한다."

"알겠습니다."

들개족 진영이 갑자기 들썩거리기 시작했다. 총사령관인 터치의 직접 지휘 하에 총력전을 벌이게 되었으니 준비가 철저할 수밖에 없었다. 나무로 된 수레와 사다리가 소용이 없게 되자 이번에는 일부가 정면에서 적을 교란하는 한편 대규모 병력이 벼랑 위쪽으로 산을 우회하여 뒤에서 뛰어내리는 방법을 쓰기로 했다. 조용한 가운데 들개족 병사들이 소리 죽여 산을 우회하기 시작했다. 자정이 되기까지 인간족의 후방에 자리를 잡으려고 미리 출발하는 중이었다.

인간족 진영을 바라보는 터치의 입가에 묘한 미소가 지어졌다. 야망에 대한 욕심과 또한 과거의 원한을 갚으려는 욕망, 그리고 퍼쿵에 대한 공포감까지 모든 것이 뒤엉킨 이상한 미소였다.

동굴 지하의 깊은 곳에 커다란 방이 있었고 그 한 귀퉁이에 네 개의 관이 나란히 놓여 있었다. 그중 두 개에는 보보와 유코가 조용히 눈을 감은 채 깊이 잠들어 있었다.

다른 두 개의 관에는 각각 보보, 유코보다 두어 살씩 더 어린 남녀 아이들이 역시 알몸으로 하얗게 얼은 채 누워 있었는데 남자 아이는 검은 피부의 흑인이었고 여자 아이는 은발에 가까운 머리에 눈처럼 새하얀 피부를 가진 백인이었다. 둘 다 열두세 살 정도로 보였다.

보보와 유코의 관 주위로는 아무것도 없었지만 다른 두 아이가 들어 있는 관은 그 겉에 투명한 막으로 되어진 덮개가 몇 겹으로 씌워져 있었고 많은 전선과 파이프들이 잔뜩 거미줄처럼 연결되어 있었다. 아마도 냉동 상태로 보존하기 위한 장치인 듯 보였다. 그리고 넓은 방의 주위에는 온통 복잡한 기계와 컴퓨터들로 가득 차 있었다.

그중 몇 개의 컴퓨터와 기계 장치들이 활발하게 움직이고 있었다. 알 수 없는 숫자와 문자들이 단말기에 끊임없이 나타나면서 보보와 유코 두 아이에게 어떤 정보를 보내는 것 같았다.

그랬다. 보보와 유코는 컴퓨터가 보내고 있는 신호를 관 안에서 뇌파로 직접 받고 있었다. 마치 악몽을 꾸는 것처럼 두 아이는 인상을 찌푸리며 몸부림치기도 했다.

⋯⋯.

⋯⋯.

지구 최후의 날.

서기 2070년, 지구의 화석 연료가 거의 바닥나고 환경은 극도로 오염되었다.

인류는 더 이상 수용할 수 없을 만큼 포화 상태가 되었고 그에 반해서 파괴된 자연 환경으로 인해 식량은 턱없이 부족했다. 오존층의 파괴와 줄어든 삼림으로 산소가 부족했고 고도의 산업화에 의한 이산화탄소의 증가로 인하여 대기는 급속도로 뜨거워져 갔다. 그에 따라 지표면의 사막화(砂漠化)와 해수(海水)의 증가가 심각하게 대두되었다.

급기야 부족한 땅, 그리고 식량과 연료를 차지하기 위해서 세계는 크고 작은 전쟁으로 휩싸였으니 그야말로 춘추전국시대와 같았다. 많은 약소 민족이 좀 더 힘이 강한 세력에 의하여 멸망을 거듭했고 수많은 인류가 약탈과 죽음으로 치달아 그 누구도 자신의 운명을 예측할 수 없는 공포의 정국이 되어갔다.

그렇게 계속되는 전쟁의 회오리 속에서 정복을 계속해 나가는 하나의 세력이 등장해 월등한 과학 기술과 군사력을 바탕으로 각 세력을 정벌했고 결국 세계는 하나의 중앙 정부로 통일되기에 이르렀다.

통일 집권 정부는 강력한 군사력을 바탕으로 무시무시하고 잔혹한 공포 정치를 시행했다. 전쟁은 끝났으나 반대 세력을 모두 제거한 통일 정부는 점차 부패해서 정권의 중심에 있는 일부의 세력이 모든 이권을 독점하고 대다수의 인류를 노예와 다름없는 반자유(反自由) 상태에 빠뜨렸다.

그리고 머지않아 이에 반발한 세력이 우후죽순(雨後竹筍) 격으로 생겨나 반란을 일으키게 되고 세계는 다시 크고 작은 분쟁에 휘말렸다.

강력한 군사력을 가지고 있는 통일 정부는 각지에서 들고일어나는 폭동과 반란 세력을 무자비하게 진압해 나갔으나 지지 기반을 완전히 상실하여 효과적으로 반대 세력을 제거할 수 없었고, 마침내 반란군들이 연합해 또 하나의 거대 세력을 형성하여 통일 정부에 대해 선전 포고를 하기에 이르렀다. 그리하여 세계는 바야흐로 소수 정부와 다수 반군으로 양분되어 다시 커다란 전쟁에 돌입하게 된다.

인류의 대부분과 자국민까지 적으로 두게 된 중앙 정부는 각 지역의 전투에서 패배를 거듭하고 시시각각 반란군의 위협에 몰리다가 급기야

패전을 눈앞에 두게 된다.

정권의 소실과 함께 죽음을 선고받게 되는 통일 정부의 각료들은 마침내 핵을 이용해 반군 세력을 몰살시킬 계획을 세우게 되고 마침내 수도가 함락되던 날 통일 정부는 결코 누르지 말았어야 할 단추를 누르고 만다. 그와 동시에 지구상에 존재하는 대부분의 핵이 발사되었고 지구는 순식간에 불바다에 휩싸여 땅과 바다의 모든 생명체가 멸종의 위기를 맞게 된다.

모든 산과 바다, 그리고 도시가 핵 폭풍과 열로 파괴되고 방사능으로 오염되어 지표면에 살아 움직이는 물체라고는 아무것도 보이지 않았으며 대기의 검은 구름으로 인해서 태양이 가려져 100년의 긴 세월에 걸친 빙하기가 시작된다. 그 빙하기로 대부분의 바다가 얼어붙어서 5대양 6대주가 극히 일부만을 제외하고는 모두 연결되다시피 했다.

그 마지막 전쟁으로 대부분의 생명체는 죽었으나 폐허의 잿더미와 얼음 속에서 극히 적은 수의 동, 식물과 인간의 씨앗이 살아남아 일부는 화산 등의 고열 지대를 중심으로 서식하며 열악한 환경에 적응하거나 진화하게 되고 나머지 일부는 지하에 묻힌 채 오랜 기간 잠들게 되었다.

백 년의 세월이 지나 검은 구름이 걷히고 버려진 땅에 다시 태양이 비치기 시작했다.

얼어붙었던 바다가 녹았으며 산과 들에 다시 식물의 싹이 돋아나고 바다에는 사라졌던 어류가 보이기 시작했다. 피폐해진 지구에서 살아남은 극히 일부의 생명체들은 비록 방사능에 의해서 유전자가 많이 변형된 상태였지만 오랜 잠에서 깨어나 극도로 열악한 환경 속에서도 종족의 생명을 부지하기 위하여 진화를 거듭해 나갔다.

다시 영겁의 세월이 흘러 진화를 거듭하던 생명체들은 각각의 방식과 피나는 종족 번식으로 번성하여 각기 다른 몇 개의 문명을 만들어 나가고 있었다.

…….

…….

마지막 기억.

차창 밖은 먹물을 끼얹은 듯 칠흑 같은 어둠으로 덮여 있었고 희미한 헤드라이트의 불빛만이 차의 앞으로 들이닥치는 나무들과 구덩이, 바위들을 빨아들이듯 보여주고 있었다.

멀리 산 아래 도시쯤으로 보이는 곳은 폭격을 맞고 있는지 군데군데 불길이 솟고 있었고 무수한 빨간 불꽃들이 점점이 날아다니고 있었다. 도시에 전기가 끊어진 지는 이미 오래되었다. 산으로 향하는 차가 심하게 요동 쳤고 겁먹은 아이들은 두려운 눈만 데굴데굴 굴려 대고 있었다. 아마도 비포장 길을 달려 올라가는 모양이었다.

전쟁이 재발된 뒤로 도시의 전기와 물, 식량은 이미 오래전에 공급이 중단되었고 비축해 놓았던 식량도 거의 바닥이 났다. 모든 물자와 시민은 군대의 소모품으로 전락해 있었다.

아버지는 전에 중앙 정부의 과학부에서 근무하던 기술자였는데 6개월 전 전쟁이 재발하자 직장을 그만두고 이 산속으로 숨어들었다. 우리가 살던 곳은 중앙 정부나 반군 어느 쪽에도 속하고 싶어하지 않는 사람들이 모여들어서 형성된 산속의 작은 마을이었다.

십여 호가 모여 살던 이 마을은 대부분 전직 군인이거나 정부의 기술자와 교수 등 중앙 정부에 소속되어 있던 사람들의 가족으로 구성되어 있었다. 여덟 집이 동양인의 가정이었고 여섯 집이 백인, 한 집이 흑인의 가족이었다. 대부분이 비상 정국에서 직장을 무단 이탈한 사람들이었기 때문에 그들은 일체 타 지역과 교통하지 않고 모든 것을 자급자족하며 사는 마을 공동체를 이루고 있었다.

그러나 전쟁이 막바지로 이르자 모두 활동을 중단하고 대피소에 숨어서 수동 발전기를 사용해 아버지가 전달해 주는 외부의 라디오 소식에 귀를 기울이고 있었다. 비축해 놓았던 식량이 모두 소진된 데다가 외부에 노출되는 것을 막기 위해 생산 활동도 급격히 제한되어 식량의 자급도 이미 불가능한 상태였다.

불도 들어오지 않는 어두운 지하 대피소에서―마을의 집에는 모두 폭격에 견딜 수 있도록 작은 대피소가 만들어져 있었다―자가 수동 발전기를 돌려가며 라디오 방송을 듣던 아버지는 급히 마을 사람들에게 소집 신호를 보냈다.

소집 신호래 봐야 각 집의 임시 대피소에 연결되어 있는 가는 호스로 미세한 진동을 흘려보내는 것이었다.

어느 쪽이든지 군인들에게 발각되는 것을 피하려면 최소한의 전자파도 내보내지 않는 것이 유리하다는 판단 하에 아버지가 고안한 신호 방법이었다.

"빨리빨리! 이쪽으로!"

"여보, 어떡해요."

"어서 아이들을 차에!"

어둠 속에서 사람들이 바삐 움직이고 있었다. 영문을 모르고 눈을 비비며 차에 태워지는 파란 눈의 '소냐'는 이제 겨우 열두 살이었다. 차에는 어른 세 명과 아이 여덟 명이 태워졌다. 출발하는 차의 뒤로 울부짖는 마을 사람들의 흐느낌 소리가 길게 꼬리를 물며 따라오고 있었다.

덜컹거리는 차 속에서 아버지는 아이들을 모아놓고 설명했다.

"잘 들어라. 이제부터 너희들은 긴 여행을 떠나는 거야. 엄마도 아빠도 없고 단지 너희들끼리 재미있는 모험을 하는 것이지. 무서워할 것은 아무것도 없단다."

울먹울먹 눈물을 흘리는 막내 소녀를 제외하고 우는 아이는 아무도 없었다. 이미 자신들이 어디로 가는지 알고 있었기 때문이다. 이미 태어날 때부터 전쟁에 길들여져 있던 이 시대의 아이들은 공포와 싸우는 방법을 나름대로 터득하고 있었다.

마을의 아이들은 모두 열아홉 명이었는데 그중 열한 명이 제외되고 여덟 명만이 선택되어졌다. 남자 아이 네 명과 여자 아이 네 명만 이……

중국계 '창리' 와 프랑스계 '엠마뉴엘', 그리고 이탈리아계 '부르노' 와 일본의 '요시코', 또 미국계 백인 '덕' 과 한국계 '은주', 마지막으로 미국계 흑인 '짐' 과 러시아계 '소냐' 였다.

이들은 둘씩 남녀 한 쌍이 일 개 조로 짜여진 팀이었다. 열여덟 살에서 열두 살까지 교육과 개인 능력에 따라, 또 민족에 따라 마을 사람들의 회의 끝에 짜여진 미래의 씨앗이랄까.

여덟 명의 아이들은 모두가 그 사실을 알고 있었다. 다들 자신들과 세계의 운명을 어렴풋이 이해하고 있었다.

그런 그들에게 아버지의 설명이 이어졌다.

"이제 이 전쟁은 끝이 나는 것이야. 그와 함께 지구도……. 하지만 언젠가 다시 태어날 지구를 위해서 너희들은, 너희들만은 반드시 살아남아야 한다. 반드시……."

아버지의 음성이 떨리고 있었다. 어둠 속에서 아버지의 눈물이 보이는 듯했다.

갑자기 쾅 하는 폭음이 머리 위로 들렸다. 차 위로 무시무시한 전투기 한 대가 스치듯 지나갔다.

"엎드려!"

운전을 하던 빌리 아저씨가 외쳤다. 차 옆으로 엄청난 불기둥이 천둥 같은 소리를 내며 솟아올랐다. 엎드린 머리 위로 차 유리가 깨지며 쏟아져 들어왔다. 아이들이 비명을 질러댔고 차는 심하게 요동 치며 비탈을 돌아 겨우 전복되는 것을 피했다.

칠흑 같은 산 중턱에 정체 불명의 불빛이 이동하는 것을 목격한 어느 쪽에선가 폭격을 가한 모양이었다. 중앙 정부의 전투기인지 반군의 전투기인지 알 길이 없었다. 차는 라이트를 끄고 멈추어 섰다.

"어서 내려! 어서어서! 아이들을 챙겨!"

어른들이 외쳐 대는 소리가 들렸다. 차는 빛을 반사하지 않도록 흡광 페인트로 검게 칠해 놓았고 그 위에 위장망까지 씌워져 있었지만 엔진에서 발생하는 열까지 숨길 수는 없었다.

어른들과 큰 아이들이 작은 아이들을 챙기며 서둘러 차에서 내려 달렸다. 가까운 하늘에서 아까의 전투기의 불빛으로 보이는 점이 소름 끼치는 굉음을 내며 선회하고 있었다. 곧 다시 폭격이 이어질 것이다.

군인 출신인 빌리 아저씨가 모두를 한곳으로 모으고 바삐 커다란 천막을 덮어씌웠다. 열과 전파를 차단하도록 만들어진 천막이었다. 빌리 아저씨가 천막 안으로 들어옴과 동시에 다시 귀청을 찢는 듯한 폭음이 들려오자 모두들 귀를 막았다.

얼마간의 시간이 흘러 주위가 다시 고요해졌을 때 어른들을 서둘러 아이들에게 점퍼를 입혔다. 점퍼는 우비처럼 생긴 옷이었는데 천막과 같은 재질로 만들어져 있었다. 적외선에 탐지되지 않기 위해서는 체열이 밖으로 새 나가서는 안 되었다. 얼굴에 마스크까지 쓰고 나니 밖으로 노출된 피부는 거의 없었다.

산길은 무척 험했다. 방열복을 입은 몸에서는 땀이 비 오듯 쏟아져 내렸다. 겨우 산 중턱의 가파른 절벽 앞에 당도했을 때 모든 아이들은 거의 쓰러질 지경이 되었다. 어린아이들은 구토를 할 지경이었다.

절벽 아래는 끝이 보이지 않을 정도의 까마득한 골짜기였다. 밤이라 어차피 아무것도 보이지는 않았지만 그 아래서 회오리치며 불어오는 바람 소리는 모두의 가슴을 서늘하게 만드는 데 부족함이 없었다. 그 아슬아슬한 절벽에는 한 사람이 겨우 붙어서 걸을 만한 좁은 길이 끝없이 이어지고 있었다.

아이들은 큰 아이가 작은 아이를 돌보아가며 벼랑길에 달라붙었다. 그리고 끝이 보이지 않는 길을 걸어가기 시작했다. 바람이 세차게 몰아칠 때마다 아이들은 부르르 떨며 떨어지지 않기 위해 벽에 몸을 기댔다. 그럼에도 불구하고 이제 우는 아이는 하나도 없었다. 막내 소냐마저도 울음을 그치고 열심히 발을 옮기고 있었다.

벼랑길을 한 시간 넘게 걸어가자 동굴이 나왔다. 어른은 겨우 몸을 구부려야 통과할 수 있을 만큼 좁은 입구였다. 동굴은 깎아지른 벼랑의 한 중간에 뚫려 있고 황토색의 위장망으로 덮여 있어서 외부에서는 분간하기 어려웠다.

그 좁고 기다란 입구를 지나자 구석의 바위처럼 생긴 작은 철문이 열리고 모두가 안으로 들어갔다 그러자 꽤 넓은 광장이 나왔다.

잠시 후 실내의 불이 켜지자 여덟 개의 관처럼 생긴 상자가 늘어서 있었다. 각 상자의 아래로는 그 상자가 들어갈 만큼 커다란 구멍이 하나씩 뚫려 있었고 상자마다 아래쪽에 굵직한 케이블이 연결되어 있었다. 상자 아래의 구멍은 지하로 끝이 보이지 않게 이어지고 있었다.

상자는 각각 한 명씩 누울 수 있도록 만들어져 있는 일종의 관이었다. 아이들은 어른들의 지시에 따라 모두 옷을 벗었다. 방열복을 벗어 따로 만들어져 있는 보관함에 넣고 입고 있던 옷도 모두 벗었다.

여자 아이들은 부끄러워 얼굴이 발갛게 물들었지만 아무도 말을 하지 않고 지시에 따르고 있었다. 이윽고 팬티 한 장 남기지 않고 모든 옷을 벗자 옷은 모두 따로 만들어져 있는 비닐 팩에 옮겨지고 아이들은 짜여진 조에 따라 남녀 한 쌍씩 관에 눕혀졌다.

그리고 알몸의 아이들 위로 두껍고 투명한 뚜껑이 닫혀졌다. 모든 것이 자동으로 기계에 의해 조작되었다.

아이들의 앞에서 아버지는 인자한, 그러나 결의에 찬 얼굴로 설명을 이었다.

"곧 핵폭탄이 터질 거야. 그러면 우리는 모두 죽는다. 아무것도 남지 않아. 너희들만이 잠들어 살아남는 거야. 어딘가 나 같은 생각을 한 사람들이 또 있어서 남겨지는 인간들이 더 있을지도 모르지. 부디 그들이 나쁜 사람이 아니길, 전쟁광이 아니길 바랄 뿐이지. 너희는 몇백 년 후에 지구가 다시 생명체를 수용할 수 있도록 정화된 다음 컴퓨터 프로그램에 의해 다시 깨어날 거야. 미리 짜여진 대로 한 번에 두 명씩, 백 년에 두 명씩만 깨어날 거다. 만약 깨어났을 때 환경이 나쁘면 죽을 수도 있어. 그래서 한꺼번에 깨어나지 않도록 했단다. 이중에 먼저 깨어나서 세상이 살 만한 곳이면, 그래서 안심할 수 있다면 그때 뒷사람을 깨우면 된단다. 모두 교육을 받았으니 컴퓨터의 사용법은 알고 있겠지? 모든 자료가 그 안에 들어 있어. CD에 복사본도 들어 있고. 명심하거라. 경거망동하면 절대 안 돼. 너희는 인류를 되살릴 마지막 씨앗이야."

그때 망을 보던 요시무라 아저씨가 소리쳤다.

"서둘러! 핵이 날아오는 모양이야!"

갑자가 어른들의 동작이 분주해졌다. 어른들은 아이들을 돌아보고 미소를 지었다. 실내의 불이 꺼지고 다시 문이 열렸다. 그리고 아이들이 누워 있는 관은 아래로 내려가기 시작했다. 멀리 어둠 속에서 어른들의 외침 소리가 들렸다. 그리고 문이 닫히는 둔탁한 소리가 들려왔다.

"미래를 부탁한다!"

······.

······.

온통 어둠이다. 칠흑 같은 어둠이 온 세상을 뒤덮고 있다. 그 뒤로 몇 명의 사나이가 보인다. 인자한 미소를 띠며, 아니, 그들의 눈가에는 눈물이 어려 있는 것 같다. 문득 검은 하늘에서 몇 가닥의 빨간 별이 떨어져 내린다. 그들은 눈을 들어 하늘을 보고는 급히 문을 닫는다. 이제 아무것도 보이지 않는다. 그러나 그들이 멀어져 가고 있다는 것을 느낄 수 있다. 그들이 멀어져 가면서 내 몸은 점점 나락으로 떨어진다. 추락하고 있다. 추락하는 것이 분명하다. 아득히 현기증이 일면서 갑자기 귀청을 찢을 듯한 소리가 들리며 진동이 온몸을 흔들어 댄다. 그리고는 잠잠해진다. 아무 소리도 들리지 않는다. 춥다. 너무나 춥다. 한기가 쏟아진다.

"헉!"

눈을 번쩍 떴다. 소녀는 악몽을 꾼 듯 몸을 부르르 떨었다. 무슨 일이지? 몸을 움직일 수가 없다. 아직도 꿈을 꾸고 있나? 악몽으로 가위에 눌린 듯 몸은 전혀 움직이지 않고 다만 의식만이 깨어 있다.

'여기가 어디지?

아무것도 보이지 않고 희미한 불빛만이 아득히 눈으로 들어오고 있다. 흐릿한 시야로 몇 가지 물체가 보일 듯 말 듯 아른거린다. 보이는 것이 무엇인지 분간할 수가 없다. 온몸이 덜덜 떨려오고 있다. 움직일 수도 없는데 고통스러운 한기가 온몸을 뒤덮고 있다.

'지금 내가 깨어 있는 것인가, 아니면 아직도 꿈을 꾸고 있는 것인가?

의식인지 착각인지 알 수 없는 감각만이 온몸을 휘감는 고통을 전해 주고 있었다. 다시 눈을 감았다. 꿈이면 깨어나고 싶었지만 이건 분명 꿈이 아니었다. 잠에서 깨어 있는 것이 분명한데 움직일 수가 없었다. 그리고 엄청난 추위가, 아니, 뜨거움인지도 몰랐다. 뼈가 부러지는 듯, 살이 터지는 듯 아픈 느낌만이 전신을 휘감고 있었다.

그렇게 몇 시간이 지났을까. 다시 눈을 뜨자 좀 더 의식이 또렷해져졌다. 눈앞에 무엇인가 보이고 있었다. 몇 가지 물체가 눈앞에 아른아른 보이기 시작했다. 몇 개의 커다랗고 긴 상자들이 비스듬히 서 있다.

'저건 무엇일까? 관처럼 생겼네.'

눈앞에 늘어서 있는 몇 개의 상자는 아닌 게 아니라 마치 관처럼 생겼다. 그래, 꼭 관이었다. 그 안에 사람이 한 명씩 나체로 누워 있었던 것이다.

주위로는 둥그렇고 시계처럼 생긴 계기판들이 늘어서 있고 모니터가 있고, 아, 움직이고 있는 물체가 있었다. 무엇인가 깜박거리고 있었다. 컴퓨터 모니터같이 생긴 물체에 불빛이 움직이고 있었다. 그것은 무슨 문자들의 나열이었다.

좀 더 자세히 눈을 굴렸다. 눈앞으로 무엇인가 김 같은 것이 아른아른 올라간다. 몸에서 김이 나고 있는 것 같다.

그때 갑자기 어떤 움직임이 느껴졌다. 소녀는 생각했다.

'…움직이고 있다, 내 몸이.'

그러나 아니었다. 소녀의 몸이 움직이는 것이 아니었다. 움직이는 것은 주변의 물체들이었다. 정확히 말하면 그것들이 움직이는 것도 아니라 그들은 가만히 있는데 눈앞의 풍경 전체가 빙 돌듯이 이동하고 있었다.

전경들이 가만히 이동하여 시야에서 완전히 벗어났을 때 위쪽에서 천장이 열리며 커다란 구멍이 드러났다. 구멍은 암흑으로 이어지듯 새카맣게 아가리를 벌리고 있었다. 그리고 어느 순간 잡아먹을 듯 달려들었다.

소녀의 몸은 모든 빛과 풍경을 뒤로하고 시커먼 구멍 속으로 빨려 올라가고 말았다. 그리고 다시 얼마의 시간이 지났을까. 눈을 후벼 파듯 한줄기 밝은 빛이 비춰 들어왔다. 눈을 뜰 수가 없었다. 몸의 고통과 한기는 많이 가시어 있었다.

고통이 사그라들자 졸음이 쏟아졌다. 졸음이…….

소녀는 자신도 모르게 잠으로 빠져들어 갔다.

…….

…….

"당신들은 미래의 씨앗입니다. 어서 눈을 뜨십시오."

"헉!"

"까앗!"

보보와 유코는 소스라치게 놀라며 눈을 번쩍 떴다. 길고 긴 악몽이라도 꾼 것처럼 온몸이 땀으로 젖어 있었다. 두 아이는 부들부들 떨며 고개를 들었다. 그리고 서로를 바라봤다.

알몸이었지만 지금 부끄러움 따위를 느낄 여유가 이들에겐 없었다.

"은주!"

"덕!"

두 아이는 서로의 이름을 불렀다. '유코, 보보'가 아닌 '은주, 덕'이라고 말이다.

은주의 눈에는 눈물이 줄줄 흘러내렸다. 덕 역시 창백해진 표정으로 공포와 슬픔에 젖어 울먹이고 있었다.

"엄마! 아빠! 엉엉!"

"모두… 모두 죽었어. 우리만 남고 모두……."

컴퓨터에 저장되어 있던 과거의 사실과 아이들의 기억이 뇌파를 통해 모두 재생되었다. 그리고 그 외에 아이들의 부모들이 죽기 전에 해 놓은 이 시설의 비밀까지 모든 것이 두 아이의 뇌파를 통해 강제적으로 심어졌다. 아직 모르던 사실까지 각인되어 버린 것이다.

하지만 두 아이는 아직 너무 어렸다. 인류의 미래를 책임져야 한다는 메시지를 받았지만 가족을 모두 잃은 슬픔에서 헤어나려면 조금 시간이 필요했다.

두 아이는 관에서 기어나와 서로를 얼싸안았다. 그리고 눈물을 펑펑 쏟아내며 오랫동안 울었다.

어느새 두 아이의 옆에는 몇 대의 기계가 다가와 있었다. 그 기계들이 가장 먼저 내민 것은 두 아이가 입을 옷이었다. 가죽으로 된 옷이 아닌 특수 섬유로 만들어진 옷이었다. 물에 젖지도 않으면서 땀은 밖으로 배출해 주는 특수한 섬유였다. 과학 기술의 총체로 만들어진 인공 피부라고 말할 수 있었다.

그 다음 펼쳐진 것은 이곳 컴퓨터 통제실에서 여러 가지 정보를 받아들이고 명령을 내릴 때 필요한 장비들이었는데 컴퓨터와 인간의 뇌파를 직접 연결할 수 있는 고감도 감응장치였다.

[이것을 몸에 부착하십시오. 당신들의 몸을 지켜줄 기본 장비입니다.]

기계음은 단조로운 어조로 두 아이에게 설명을 이어갔다.

유코와 보보, 아니, 은주와 덕은 훌쩍거리면서도 기계음의 지시에 따라 옷을 입고 장비를 부착했다.

그 다음 기계의 안내에 따라간 곳은 옆방에 있는 교육실이었다. 그 안에서 교육을 받는 도중 두 아이는 엄청나게 많은 것을 알게 되었다.

가장 놀라운 것은 이 동굴이 원래 전쟁을 주도한 중앙정부의 기지였다는 사실이다. 이곳의 중앙 컴퓨터가 인류의 문명을 끝장냈던 바로 그 주인공이었던 것이다. 인류의 모든 과학과 기술이 최고봉에 도달했을 때 그때까지의 모든 것을 고스란히 기록해 놓은 타임 캡슐임과 동시에 감시용, 공격용 인공위성을 조정하는 통제실이었던 것이다.

그래서 수백 년의 세월에도 끄떡하지 않도록 지하에 숨은 채 운용자가 나타나기를 기다리며 최소의 에너지로 자기 방어를 하고 있었던 것이다.

어떻게 정부를 배반하고 이탈한 이들의 부모들이 중앙 정부의 최고 기지에 자신의 아이들을 숨겨놓게 되었는지는 알 길이 없었다. 다만 그들은 중앙 정부의 모든 기술과 과학을 책임지던 고급 과학자들이었다는 사실로 그들이 가진 기술로 몰래 이곳에 침투할 수 있지 않았나 추측할 뿐이었다.

……

그랬다.

인류가 멸망한 지 백 년 후, 첫 번째 인류의 씨앗이던 맏이 '창리'와 '엠마뉴엘'은 빙하기가 끝나던 무렵 깨어나 동굴 위의 광장으로 올려졌다.

그들 역시 세상으로 내보내졌을 때 불완전한 기억을 가지고 있었다. 보보와 유코가 그랬듯이 말이다. 그리고 아직 생명체가 살 수 없는 환경에서 어쩔 수 없이 죽고 말았다. 열여덟이라는 젊은 나이에……. 동굴 입구에 있던 두 구의 백골이 바로 창리와 엠마뉴엘이었다.

그 뒤 백 년이 더 지나고 두 번째 인류의 씨앗이 내보내졌다. 그들이 바로 현 인간족의 시조가 된 '부르노'와 '요시코'였다. 이들은 열일곱과 열여섯의 나이로 역시 불완전한 기억을 가지고 있었다. 그리고 이제 어느 정도 정화된 세상 밖으로 나가 스스로의 힘에 의해 자연과 융화되는 법을 터득해 살아남았다.

그리고 얼마 후 두 아이는 자연스럽게 동침했고 부부가 되었다. 주변에 인간은 두 사람뿐이었으니 선택의 여지는 전혀 없었다. 좋은 환경을 찾아 강을 따라 하류로 이동하면서 아이를 낳고 또 낳았다. 마지막으로 인간족의 현재 왕 마르코를 낳았을 때 이들은 서쪽 바닷가에 도달해 있었다.

그곳에서 그들은 인간을 만났다. 분명히 인간과 똑같은 외모를 지닌 종족을 발견한 것이다. 하지만 이들은 미개인이었다. 유전자는 변이되지 않았으나 생활은 원숭이나 마찬가지였다. 그런 그들을 모아 교육하고 문명을 전해준 것이 바로 부르노와 요시코였고 새로운 인류를 구성하는 데 성공했다.

그 뒤로 인간족은 빠른 속도로 계속 번성했다. 돌연변이 종족인 들개족을 만나기 전까지는 말이다. 부르노와 요시코는 뛰어난 기술과 머리로 들개족과 싸우면서 인간족을 발전시켜 나갔지만 나중에 모방성과 지능이 인간만큼이나 뛰어난 커우를 만나면서 큰 시련을 맞기 시작해 지금에 이른 것이다.

그리고 일 년 전 '덕'과 '은주'가 완전히 기억을 잃은 채로 깨어났다. 덕과 은주는 퍼쿵 일행을 만나 '보보'와 '유코'라는 이름으로 살게 되었다. 때는 들개족과 인간족의 전쟁이 막바지에 이른 상태였고 이들은 그 전쟁에 휘말린 덕분에 이곳 동굴을 다시 찾게 되었다.

요시코와 부르노가 죽을 때까지 이곳을 다시 찾지 못했던 데 비해서 이들 은주와 보보가 동굴로 돌아온 것은 의외였다. 그것은 바로 인간족과 들개족이 피 터지게 이곳을 차지하려고 싸웠기 때문이었다.

그렇지 않았으면 이들도 미리 심어진 무의식에 의해 이곳에 대한 기억을 점점 잃어버려 아득히 먼 옛날 이야기쯤으로밖에 떠올리지 못하게 되었을 것이다.

그런데 우연한 계기로 이곳을 다시 찾게 되자 컴퓨터는 수백 년 만에 최초로 암호를 통과한 이들을 주인으로 인식하게 되었고 오랜 잠에서 깨어나 정상적인 가동을 시작한 것이다.

저 옆방에 아직도 얼려져 있는 두 아이는 앞으로 백 년 후에 깨어날 마지막 씨앗이었다. '짐'과 '소냐'였다. 이미 삼백 년이나 잠을 잔 두 아이는 아직도 알 수 없는 미래를 위해 백 년이나 더 잠을 자야만 했다.

은주와 덕은 그 모든 사실을 담담하게 받아들였다. 이미 기억이 돌아와 있었으니 새삼 놀랄 것도 없었다.

많은 사실들을 담담히 받아들이고 있는 은주와 덕에게 기계음이 보고를 했다.

[…밖의 모든 문제점들은 정리했습니다. 주인님들이 잠든 사이에 모든 사람들이 말끔히 정리되었으니 아무 염려 마십시오.]

그 말에 두 아이가 깜짝 놀라 물었다.

"뭐, 뭐라고? 모든 사람들을 정리하다니!?"

"그게 무슨 소리예요?!"

[밖에서 전쟁을 벌이는 두 종족은 차후로도 이곳을 계속 침범할 우려가 있어서 인공위성에 의해 원천적으로 제거가 되었습니다. 필요하다면 화면을 통해 당시의 상황을 보여 드리겠습니다. 오른쪽 화면을 주목해 주십시오. 본 화면은 인공위성에서 촬영된 것입니다.]

놀라 입이 떡 벌어진 두 아이의 오른쪽 천장에서 손가락만한 돌기가 튀어 나오더니 허공에 대고 빛을 쏘아냈다. 그리고 아무것도 없던 허공에 무지갯빛 안개 같은 것이 꾸물꾸물 맺히더니 금방 홀로그램이 만들어졌고 그 아래로 수백 명이 뒤엉켜 싸우는 모습이 보였다. 들개족과 인간족이었다.

치요는 우레와 같이 하늘로 솟아올라 연신 허공으로 불을 피워 올렸다.

자정이 되자 갑자기 뒤에서부터 쏟아져 내리듯 달려드는 수백 명의 들개족 병사들 때문에 인간족 병사들은 정신을 차리지 못하고 있었다.

인간족은 방금 전까지 성벽으로 집요하게 달려들던 들개족을 막아내느라 온 신경을 전방에만 쏟고 있었다. 그런데 느닷없이 뒤쪽에서 적이 떼거지로 나타난 것이다. 그것도 성안에 말이다.

성밖의 적에게는 폭탄과 화염 방사 수레를 사용할 수 있었지만 안에 서의 싸움은 달랐다. 폭탄이 터지면 적과 아군이 함께 죽었다. 그리고 화염 수레도 상대적으로 동작이 느려서 사방에서 달려드는 들개족을 상대할 수는 없었다.

인간족들은 칼을 뽑아 들고 필사적으로 들개족과 싸웠다. 카르티는 이미 온몸에서 피를 흘리고 있었다. 인간족은 근본적으로 들개족의 상대가 되지 않았다. 마치 늑대와 여우가 싸우는 것과 비슷했다. 덩치도 차이가 났지만 힘과 스피드는 비교할 수도 없었다. 게다가 현재 인간족은 이백오십 명 정도에 불과한데 들개족은 그 네 배나 되는 천 명이 넘었으니 싸움은 시작하자마자 종말로 다가서고 있었다. 들개족이 성을 넘어오면서 이미 끝난 싸움이었던 것이다.

퍼쿵과 피코가 없었다면 카르티 역시 이미 죽은 목숨이었다. 퍼쿵은 거의 초주검이 된 카르티를 자신의 칼집에 우겨 넣고 싸웠다. 퍼쿵의 거대한 검이 휘둘려질 때마다 들개족이 족히 예닐곱 명은 반토막이 났고 피코의 쌍칼에 의해서 수많은 들개족이 목숨을 잃었다. 게다가 두 사람의 머리 위에서는 치요가 빙빙 돌며 들개족의 머리를 불덩어리로 휘감고 있었다.

퍼쿵과 피코는 아직 상처 하나 없었다. 그러나 적은 끝이 없었다. 인간족의 성에서 싸울 때와는 달랐다. 들개족은 강하고 집요했다. 동물적인 감각으로 달려드는 그들은 퍼쿵과 피코를 점점 지치게 만들고 있었다. 그래도 싸움은 멈추지 않았다. 전투가 시작된 지 한 시간도 못 되어 싸우고 있는 인간족은 거의 찾아볼 수 없었다. 대부분이 죽었고 아직 죽지 않은 일부도 심한 부상으로 바닥에 널브러져 있었기 때문이다.

퍼쿵과 보조를 맞춰가던 피코가 갑자기 눈을 번득이며 혼자서 앞으로 달려나갔다.

치요가 당황하며 피코의 주변으로 불덩어리를 퍼부었고 퍼쿵도 급히 피코를 따라가며 소리쳤다.

"피코, 위험해! 무슨 짓이야?"

퍼쿵의 부름에 피코가 쉰 목소리로 외쳤다.

"터치, 저기 터치가 있어!"

"뭣?"

이제 싸움은 거의 정리되어 있었다. 퍼쿵과 피코, 우레와 치요 이외에는 싸우는 사람이 하나도 없었다. 그런 와중에 피코가 터치를 발견한 것이다. 거의 승리를 확신하는 터치가 당당히 성문을 열고 인간족의 성으로 들어서는 순간이었다. 물론 터치의 주위에는 특별히 선발된 날랜 호위병들이 두 겹 세 겹으로 둘러싸고 있었다.

터치가 멀리서 퍼쿵을 바라보며 미소를 지었다. 이미 인간족은 전멸했고 저 두 사람만 남았을 뿐이라 터치가 보기에는 퍽 안심이 되었다. 그는 아직 피코를 알아보지 못했고 퍼쿵만 경계하고 있었다.

"흐흐흐, 네가 아무리 실력이 뛰어나다 해도 천 명이 넘는 나의 군대를 뚫지는 못할 거다. 필경 오늘이 너의 제삿날이 되겠구나!"

터치가 병사들을 향해 소리쳤다.

"저놈의 목을 가져오는 자는 일 계급 특진에 상금을 원하는 대로 주겠다!"

와아아아!

터치의 외침에 병사들이 사기가 올라 우르르 퍼쿵에게 몰려갔다. 그러나 퍼쿵과 피코는 길길이 뛰며 점점 터치 쪽으로 다가오고 있었다.

터치는 슬슬 겁이 나기 시작했다.

"뭐, 뭐냐? 수천 명이 저 두 놈에게 밀린단 말이냐? 어서 저놈들을 죽여!"

그러나 두 사람은 계속 터치를 향해 조금씩 조금씩 다가오고 있었다. 그러자 터치가 뒤로 돌아 은근슬쩍 성을 나가려 했다.

퍼엉!

"헉!"

갑자기 성문에서 엄청난 불기둥이 솟아오르더니 옆으로 번지며 맹렬하게 타올랐고 터치는 너무 놀라 뒤로 벌렁 넘어졌다. 그 불길에 터치의 뒤를 지키던 호위병 서넛이 휩싸여 몸부림치며 넘어갔다.

"뭐, 뭐야, 이건!"

급히 뒤로 물러나며 하늘을 바라보니 작은 꼬마가 옆으로 비껴 날아가고 있었다.

"저, 저놈이!"

터치는 벌떡 일어서며 칼을 뽑아 들었다. 그리고 불길을 피해 성을 빠져나가기 위해 주위를 둘러보았다.

그 순간, 웬 청년이 자신의 앞을 가로막는 것을 보았다. 퍼쿵과 함께 종횡무진 들개족을 베어내던 그 청년이었다.

호위병들이 피코를 둘러쌌고 그 뒤에서 터치가 물었다.

"넌 누구냐?!"

"흥, 나를 모르겠나?"

"인간족에 너 같은 실력이 있다니 놀랍구나!"

그 말에 피코가 경멸하듯 코웃음을 쳤다.

"킥! 인간족이라고? 난 인간족이 아니다. 내 얼굴을 자세히 봐라!"

피코가 맹렬히 타오르는 불빛 쪽으로 얼굴을 돌렸다. 그 불빛에 그녀의 땀에 젖은 얼굴이 환하게 드러났다.

잠시 의아한 표정으로 들여다보던 터치의 얼굴이 묘하게 일그러졌다.

"너, 너는… 히로코!"

"이제 알아보겠나? 내가 엄마를 많이 닮았다는 게 사실인 모양이군."

"어, 엄마?! 그, 그렇다면 너는?!"

"그래, 나는 피코다! 네가 죽인 하커와 히로코의 딸 피코다. 똑똑히 봐둬라! 내 얼굴을 보는 것이 이 세상 구경의 마지막이 될 테니까!"

"주, 죽여라! 저년을 죽여 버려!"

터치가 외침과 동시에 호위병들이 피코에게 한꺼번에 달려들었다. 그러나 피코는 이미 그 자리에 없었다. 사람의 키 높이를 훨씬 넘는 높이의 공중으로 뛰어올라 있었다. 그리고 그녀를 따라 뛰어오르던 여섯 명의 호위병들은.

부웅!

어느새 달려온 퍼쿵이 휘두르는 거대한 검에 의해 공중에서 반토막이 되어 사방으로 날아갔다.

"허억!"

터치는 공중에 뛰어올랐다가 쏟아진 화살처럼 자신에게 날아오는 피코의 얼굴을 바라보며 외마디 비명을 질렀다. 너무 빨라서 도망갈 틈도 없었다.

터치가 칼을 들어 앞을 막을 겨를도 없이 피코의 오른손에 든 장검이 터치의 벌린 입으로 정확히 찔러 들어갔다. 동시에 왼손에 든 단검이 터치의 목을 몸에서 떼어냈다.

잠시 후 터치의 얼굴은 피코의 검에 꼬인 채 하늘 높이 치켜 올라갔다. 그리고 얼굴을 잃은 몸통은 마구 허우적거리며 십여 미터를 달려가다 돌부리에 걸려 앞으로 고꾸라졌다가 다시 일어나 불길 속으로 달려가 버렸다.

피코가 두 팔을 번쩍 들고 들개족들을 향해 소리쳤다.

"봐라! 너희들의 대장이 여기에 있다! 내가 터치를 벴다!"

그 모습에 덤벼들던 들개족들은 잠시 동작을 멈추고 피코의 검에 꿰어져 하늘로 치솟은 터치를 바라봤다. 눈을 부릅뜨고 이를 악문 채 경련하는 자신들의 지도자를.

그러다가 한 장교가 소리쳤다.

"저, 저놈이! 저놈을 죽여라!"

"와아! 저놈이 폐하를 죽였다!"

일부는 싸울 생각을 못하고 뒤로 물러나는가 하면 일부는 더욱 미친 듯이 피코와 퍼쿵에게 달려들었다. 피코는 터치의 머리를 달려드는 들개족에게 던져 버리고 뒤이어 검을 채찍처럼 휘둘러 달려드는 대로 들개족들을 벴다. 퍼쿵도 피코를 엄호하며 엄청난 속도로 적을 베기 시작했다. 하늘에서 불을 뿜어대는 치요 역시 동작이 빨라졌다.

그 순간이었다.

"엇?"

"무, 무슨 일이야?"

"하늘이, 하늘이 갈라진다!"

웅성대던 목소리가 아우성으로 바뀌며 모든 사람이 동작을 멈추었다. 그리고 하늘로 고개를 쳐들었다.

달도 없이 새까맣던 밤하늘에 눈부신 빛이 번쩍인가 싶더니 엄청나게 넓은 빛의 장막이 세상을 둘로 가르며 내려왔다.

피코와 퍼쿵, 치요도 입을 쩍 벌리고 하늘을 바라보았다. 바로 머리 위에서 내리쏘고 있는 그 빛은 흡사 커튼과 같이 신의 산을 둘로 갈라놓고 있었다. 그리고 서서히 시계 반대 방향으로 회전하기 시작했다.

모든 사람들은 멍한 표정으로 그 신비로운 광경에 빠져들었다. 형형색색의 빛이 아름답게 세상을 덮고 있었다.

그러나 그런 감동의 시간은 곧 끝이 났다. 빛이 지나간 자리에서 빛을 맞은 사람들이 녹아내리고 있었던 것이다. 비명도 지르지 못한 채…….

"아악! 저, 저게 뭐야!"

"사람 살려!"

"사람이 녹아버린다!"

그 광경을 본 다른 사람들이 비명을 지르며 달려가기 시작했다. 빛이 돌아가는 방향으로 쫓겨가고 있었다.

이제 신의 산 위에서 싸우는 사람은 하나도 없었다. 그 위에는 단 두 가지 종류의 사람뿐이었다. 녹아내리고 있는 사람과 녹지 않으려고 도망가는 사람들.

이상하게 녹아내리는 것은 사람뿐이었다. 풀도, 나무도, 칼도, 옷도 모두 멀쩡하고 사람의 신체만 녹아내리고 있었다.

당황해 서 있는 퍼쿵과 피코의 귀에다 대고 치요가 소리쳤다.

"피해! 빛에 맞으면 모두 녹아버려! 어서 달려! 어서!"

"삐비빗!!"

"어엇!?"

퍼쿵과 피코는 갑자기 정신이 든 듯 달리기 시작했다. 이미 정신없이 달리는 들개족들의 틈에 묻혀서 두 사람도 정신없이 빛의 반대 방향으로 달렸다. 그러나 빛은 엄청나게 빠른 속도로 회전했다. 날고 있는 우레와 치요도 빠져나가지 못할 만큼 빨리 따라오고 있었다.

"안 돼!"

마침내 빛이 피코를 덮치려는 순간 그보다 조금 먼저 퍼쿵이 그녀를 감싸며 몸을 날렸다. 그리고 두 사람은 천길 벼랑 아래로 떨어져 내려갔다. 물론 우레와 치요 역시 빠른 속도로 두 사람을 따라 떨어져 내려갔다. 아직 녹지 않은 수많은 들개족 병사들과 함께……

시간이 흘러 빛의 장막은 도로 하늘로 거둬졌다. 그리고 신의 산 전체에 살아 움직이는 인간은 하나도 없었다. 인간족도, 들개족도 아무도 없었다.

인간들이 사라진 신의 산 여기저기서 들짐승들이 무슨 일 있었냐는 듯 조용히 두리번거리고 있었다.

……

……

제10장 새로운 시작을 준비하며

홀로그램을 바라보는 은주와 덕은 벌린 입을 다물지 못했다. 사람들이 녹아내리는 장면에서는 끔찍한 듯 얼굴을 돌리거나 눈을 가렸다. 퍼쿵과 피코, 치요, 우레가 천길만길 벼랑 아래로 몸을 던지는 모습이 나올 때는 아예 신음 소리와 함께 눈물이 터져 나왔다.

홀로그램이 사라지자 덕이 기계음에게 물었다.

"저, 저 영상이 사실이야?"

[세 시간 전에 있었던 사건입니다.]

"모, 모두 죽었나?"

[…이제 이 동굴을 위협하는 사람은 없습니다. 완전히 제거되었으니 안심하셔도 됩니다.]

"왜 사람만 녹아버린 거지?"

[…인공위성에서 쏘아내는 광선은 서기 2069년 실험에 성공한 빔으

로 사람만이 가지고 있는 염색체에만 반응하게 되어 있습니다. 다른 생명체에는 전혀 해가 없습니다. 자연을 파괴하는 주범인 인간을 제거하기 위해 개발된 무기입니다.]

덕과 은주는 가슴이 철렁 내려앉는 것을 느꼈다.

"그, 그럼 지금 지구상에 있는 인간이 모두 죽었단 말이야?"

[…아닙니다. 현재 광선은 이 지역 상공을 중심으로 반경 삼십 킬로미터에 한해서 발사되었습니다. 다른 지역의 인간에게는 적용되지 않았습니다. 필요하다면 더 넓은 지역이나 전 지표면에 광선을 발사할 수도 있습니다. 명령만 내리십시오.]

두 아이는 경악하며 펄쩍 뛰었다.

"그, 그만둬! 전혀 필요하지 않아!"

"그, 그래, 그런 인공위성 따위 아예 없애 버려!"

[…그럴 수는 없습니다. 인공위성을 떨어뜨릴 수 있는 방법은 애초에 프로그램되어 있지 않습니다. 위성은 이 기지를 보호하기 위해 언제고 공격할 준비가 되어 있고 위성 공격을 멈출 수 있는 유일한 방법은 모든 인간이 사라져 더 이상 광선에 반응하지 않는 것밖에 없습니다.]

덕이 화가 나서 소리쳤다.

"그게 말이 돼? 모든 인간이 사라지다니!"

동시에 은주도 기계음에게 손가락질하며 소리쳤다.

"그래, 차라리 네가 사라지는 게 더 나아! 네가 있어야 하는 이유는 인류를 보존하고 지키기 위해서가 아냐?"

[…본래 이 기지가 만들어진 목적은 적을 제거하기 위한 것이었습니다. 그러나 후에 인류의 종족 보존을 위한 프로그램이 새로 만들어져 입력되었습니다. 핵전쟁이 일어나기 이틀 전인 서기 2102년 7월 1일의

일입니다. 그리고 이틀 후 전쟁 당일 당신들이 이곳에 들어왔습니다. 그러나 인류 보존 프로그램은 불완전합니다. 따라서 필요하다면 프로그램 자체를 제거해야 할지도 모릅니다.]

덕이 진지한 목소리로 물었다.

"이 기지를 폐쇄할 수 있는 방법은 있나? 영구히 말야."

[…영구히 기지를 폐쇄하는 방법은 없습니다. 외부로부터 공격받아 파괴당하지 않는 한 자체적으로 폐쇄되지는 않습니다. 그러나 외부에서 이 기지를 파괴할 수 있는 적은 이미 삼백 년간 발견되지 않았습니다.]

"그럼 왜 삼백 년이나 조용히 잠들어 있던 기지가 갑자기 깨어나 이 난리를 부리게 된 거지?"

[…그것은 당신들이 이곳에 돌아왔기 때문입니다. 주인이 돌아왔기 때문에 이 기지는 본래의 기능을 회복하고 활동을 재개하게 되었습니다. 앞으로 적을 차단하고 제거하면서 당신들의 종족을 번식하고 기르도록 본 기지와 인공위성들은 프로그램되어 있습니다.]

컴퓨터의 얘기를 듣던 덕이 조용히 생각에 잠겼다. 은주와 기계음도 더 이상 말이 없었다.

한동안 생각에 잠겼던 덕이 말했다.

"이 기지에 남은 저 아이들 말인데, 내가 기억하기로 백 년이 더 지나지 않아도 우리에 의해 깨울 수 있도록 되어 있다고 들었어. 맞아?"

[…맞습니다.]

"이 기지에 주인이 없으면 어떻게 되나?"

[…주인이 돌아올 때까지 최소한의 자체 방어를 하며 휴식에 들어갑니다. 지난 삼백 년간 그랬듯이.]

"좋아, 그렇다면 남은 두 아이를 냉동에서 해제시켜 줘. 그리고 우리와 함께 저 위로 올려줘."

[···외부로 나가면 위험 요소가 많이 있습니다. 신중히 생각하고 결정해 주십시오.]

"이미 결정은 끝났어. 우린 저 아이들을 데리고 이곳을 나갈 거야. 급히 해야 할 일이 있어. 주인이 자리를 비운다고 죽이거나 공격하지는 않겠지?"

[···그런 프로그램은 없습니다.]

"좋아, 지금 당장 시작해 줘."

은주가 걱정스럽게 물었다.

"어쩌려고?"

"일단 나가자. 나가서 퍼쿵 형과 피코, 치요, 우레를 찾아봐야지. 분명히 살아 있을 거야. 그리 쉽게 죽을 사람들이 아냐."

"그, 그럴까?"

"분명히!"

덕은 스스로에게 확신을 주듯이 힘주어 대답했다. 그리고 은주의 손을 잡고 관이 놓여 있는 방으로 걸어갔다.

"자, 서둘러. 늦기 전에 퍼쿵 형과 아이들을 찾아야 해. 늦으면 정말 죽어버릴지도 몰라."

"알았어."

두 아이는 다시 관에 누웠다. 그리고 기계음에게 말했다.

"우리를 올려줘. 저 아이들도······. 지금 당장 말야."

['은주' 님과 '덕' 님은 언제 돌아오십니까?]

"좀 시간이 걸릴 거야. 우리가 돌아올 때까지 아무 생각 말고 푹 쉬고 있으라고. 알겠지?"

[…알겠습니다. 부디 몸조심하십시오. 지금 주인님들을 올려 드리고 '짐' 님과 '소냐' 님은 십 일 후 광장으로 올라갑니다.]

"여, 열흘이나 후에? 왜?"

[…주인님들이 깨어나는 데도 십 일이 소요되었습니다. 삼백 년간의 냉동 상태에서 급히 깨어나면 심한 저온 충격으로 신체에 심각한 타격을 입게 됩니다. 약 십 일에 걸친 준비 끝에 서서히 냉동을 풀어야 완벽한 상태로 깨어날 수 있습니다. 따라서 열흘 후에야 바깥 세상을 접할 수 있습니다. 그럼 올라갑니다.]

두 아이가 누운 관이 다시 빛의 문으로 닫혔고 서서히 위쪽으로 이동을 시작했다.

두 아이는 희미한 빛의 막을 통해 자신들의 과거와 인류의 역사가 담긴 기지를 눈에 새겨두려는 듯 하나하나 돌아보았다. 지금이 마지막이 될 수도 있기 때문이다, 아마도…….

두 아이의 시선 속에서 기지의 모습은 서서히 아래로 침몰하기 시작했다. 아니, 실은 두 아이가 위로 올라가고 있었다. 그리고 곧 어둠이 모든 것을 뒤덮었다.

몇 분 후 은주와 덕은 관에서 나왔다. 이번에는 아래에서 입었던 인공 피부로 된 옷을 그대로 입고 있었다.

급히 동굴에서 빠져나온 덕이 벼랑에 달라붙어 아래를 내려다보았다. 동이 트려면 아직 조금 더 있어야 할 것 같았다. 동녘은 푸르게 밝아오고 있었지만 벼랑 아래의 골짜기는 그야말로 칠흑같이 어두워 아무것도 보이지 않았다. 지옥의 입구를 보는 것처럼…….

"은주야, 어서 정령을 불러내 우리 일행의 생사를 확인해 줘. 서둘러야 해."

"응, 잠깐만."

은주는 땅의 정령과 바람의 정령, 물을 정령 등 부를 수 있는 정령은 모두 불러냈다. 그리고 퍼쿵과 피코, 치요, 우레의 행방을 물었고 정령들은 급히 사라졌다.

소식을 기다리는 동안 덕이 물었다.

"은주야, 앞으로 넌 은주로 살아갈래, 아님 유코로 살아갈래?"

"그게 무슨 소리야?"

"은주라는 이름으로 과거와 연결되어 살아가고 싶냐, 아니면 모든 것을 잊고 이 고대 도시와의 인연도 끊은 다음 유코로서 살아가겠냐는 말이야."

"그, 그게… 나, 난 잘 모르겠어. 넌 어떤데?"

"난 덕이라는 이름을 버리겠어. 난 보보로서 그저 순수한 인간으로서 살아갈 거야."

"그럼?"

"그래, 열흘 후 짐과 소냐를 데리고 이곳을 떠난 후 다신 돌아오지 않을 생각이야."

"이곳은 어떻게 되는 거야?"

"영원히 잠을 자겠지. 신비에 묻힌 상태로 말야. 간혹 이곳에 들어가려는 사람이나 짐승은 죽게 되겠지만 전 인류가 위협받는 일은 없게 될 거야. 이곳에 숨겨진 과학 기술을 훔치는 것도 불가능할 테고."

"그게 가능할까? 이곳이 영원히 묻혀 버린다는 게?"

"우리 둘과 저 아래의 두 아이만 없으면 이 기지는 다시 휴식에 들어갈 거야. 지난 수백 년의 세월처럼 말야. 주인이 돌아오지 않으면 깨어나지 않는다고 했으니까."

"하지만 난 무서워. 우리끼리 살아간다는 거. 퍼쿵 오빠와 피코, 치요가 함께 있다면 모르겠지만……."

"잊었어? 어차피 요시코 누나와 부르노 형도 단둘이서 살아남았어. 우리도 나가는 거야. 그리고 기계에 의하지 않은 순수한 우리 인간의 힘으로 살아가자."

"그럴 수 있을까?"

"만일 우리가 실패한다면 저 아이들이 성공할 거야. 그리고 저 애들마저 실패한다면 또 다른 사람이 그 뒤를 이어가겠지. 그래야 해. 힘들겠지만 그게 정석이야. 이런 기계에 의존할 수는 없어. 이 기지는 언제고 인류를 다시 한 번 멸망으로 몰아갈 수도 있어. 그 이상의 힘을 가진 무서운 괴물이야."

"난 너무 무섭다."

유코, 아니, 은주가 몸을 떨었다. 그러자 덕이 은주를 꼬옥 안아주었다.

"힘내. 지난 일 년간도 잘해왔잖아? 우린 해낼 수 있어. 인류는 결코 쉽게 멸망하지 않아. 오히려 이런 가공할 과학 기술이 인류를 멸망시키는 거야. 겪어봐서 알잖아?"

"하지만 들개족은? 들개족이 인간족을 멸망시키려 하잖아?"

"일단 터치와 그 일당이 모두 죽었잖아? 다른 들개족들은 조용히 살기를 원하고 있어. 그러니 큰 이변이 없는 한 당분간 서로 전쟁할 일은 없을 거야. 꼬치 아저씨와 나리 형을 믿어봐야지. 지금쯤이면 두 종족이 2차 협상에 들어갔을 거야. 분명히."

"정말 그럴까?"

보보가 힘주어 대답했다.

"그럼, 틀림없어. 모두가 평화를 원하고 있으니까. 앞으로는 다 잘 될 거야. 날 믿어도 좋아!"

그제야 유코가 고개를 끄덕였다.

"알겠어. 그럼 나도 유코가 될게."

그때 정령 중 누군가가 돌아왔는지 유코가 허공에 대고 시선을 돌렸다. 그리고 잠시 후 흥분한 목소리로 외쳤다.

"보보, 아직 살아 있대! 퍼쿵 오빠도, 피코도, 치요도 죽지 않았대!"

은주, 아니, 유코는 이제 덕을 다시 보보라 부르고 있었다.

"뭐? 정말이야?! 어디? 어디에 있대?"

그 질문에 유코가 좀 고민되는 듯 말했다.

"이 아래, 절벽 아래에 있대."

"그, 그래? 상관없어. 어디에 있든지 그게 무슨 상관이야? 어서 내려가자. 어때? 쉽게 죽을 사람들이 아니랬지? 서둘러야 해."

보보는 아까 벗어놓았던 옷에서 칼과 작은 배낭을 챙겨 멘 다음 급히 어두운 벼랑에 달라붙었다. 그리고 그 뒤로 유코도 벼랑에 붙어서 발걸음을 옮겼다. 일단 평지로 내려서야 벼랑 아래로 내려가든지 말든지 할 수 있었다.

그때 벼랑 아래서 무엇인가 쏜살같이 날아오르며 소리를 질렀다.

"삐이잇!"

"우레!"

"우레다! 우레가 날아오고 있어!"

우레는 인간이 아닌 짐승이라서 인공위성의 광선에 영향을 받지 않았고 또 날아다닐 수 있어서 전혀 다치지도 않은 모양이었다.

우레도 흥분해서 유코에게 뭐라고 한참 떠들어댔다.

"보보, 어서 아래로 내려가자. 너 정도면 우레가 매달고 내려갈 수 있대. 지금 아래에서 치요가 퍼쿵 오빠와 피코를 돌보고 있대. 상처가 아주 심한 모양이야. 어서 내게 매달려!"

우레는 유코에 의해 마력이 증폭된 데다가 아래로 내려가는 것이라 보보를 매달고 어렵지 않게 비행했다. 너무 빨리 떨어지지 않도록 조금만 날갯짓을 하며 바람을 타면 되었기 때문이다.

그렇게 몇 분을 떨어져 내린 끝에 유코와 보보는 안전하게 바닥에 내려앉았다. 그리고 우레의 안내에 따라 칠흑같이 어둡고 칙칙한 골짜기를 달려갔다.

한곳에 불빛이 환하게 밝혀져 있었다. 그리고 그 불빛 안에 치요가 있었다. 피투성이로 누워 있는 퍼쿵과 피코를 간호하며 두 사람의 생명의 불을 꺼지지 않도록 마법으로 겨우 목숨을 유지시키고 있었다.

"유코, 보보, 살아 있었구나!"

"치요, 괜찮아?"

"와아앙! 오빠! 피코! 정신 차려요!"

유코와 보보는 울음을 터뜨렸다.

아이들은 서둘러 퍼쿵과 피코를 지혈하고 치료하기 시작했다. 유코가 숲의 정령을 불러내 얻어온 정령초를 급히 두 사람에게 먹였다. 정령초의 효력은 과연 대단했다. 퍼쿵과 피코는 급속도로 회복되어 갔다.

마침내 퍼쿵이 눈을 떴다. 그리고 말했다.

"보보… 유코… 돌아왔구나."

피코도 힘없이 두 아이를 보고 웃었다.

"너희들… 고마워. 살아 있어줘서……."

보보와 유코는 눈물을 줄줄 흘리며 피코와 퍼쿵을 얼싸안았다. 잠시 후 퍼쿵이 물었다.

"고대… 도시는 어떻게 됐어?"

그 질문에 유코는 입을 다물었고 보보는 미소를 지으며 대답했다.

"그런 것은 없어요. 아예 처음부터 없었어요. 앞으로도 없을 거구요. 그러니 모두 잊어버리세요. 지금은 건강을 되찾고 돌아가는 것만이 중요해요."

유코도 활짝 웃으며 말했다.

"그래요. 어서 돌아가 자리코 언니도 만나고 나리 오빠도 만나야죠."

"그래."

퍼쿵과 피코, 치요는 더 묻지 않았다. 그리고 어렵게 몸을 일으켰다. 시체의 산이 되어버린 골짜기를 빠져나가기 위해 힘든 걸음을 옮기기 시작했다.

엄청난 덩치의 퍼쿵과 피코를 조그만 덩치의 보보와 유코가 부축해 걸어가는 모습은 왠지 매우 우스꽝스러웠다. 그러나 모두 진지한 표정으로 골짜기의 끝을 찾아 걸어갔다.

아주 멀리서 그들의 앞으로 웬일인지 환한 빛이 새어 들어오는 게 보였다. 아마도 먼동이 터오고 있는 모양이었다.

그 눈부신 태양 빛이 어둡고 습한 죽음의 골짜기에 한줄기 희망을 뿌려주고 있었다.

〈完結〉